道旁看花

DA PANG KAN HUA

来银玲 著

时代出版传媒股份有限公司
安徽文艺出版社

图书在版编目（ＣＩＰ）数据

道旁看花/来银玲著. —合肥：安徽文艺出版社，2019.7
（2022.7 重印）
ISBN 978-7-5396-6657-0

Ⅰ．①道… Ⅱ．①来… Ⅲ．①散文集－中国－当代
Ⅳ．①I267

中国版本图书馆 CIP 数据核字(2019)第 073501 号

出 版 人：姚　巍　　　　　　　　责任编辑：周　丽
···
出版发行：安徽文艺出版社　　www.awpub.com
地　　址：合肥市翡翠路 1118 号　　邮政编码：230071
营 销 部：(0551)63533889
印　　制：山东百润本色印刷有限公司　　(0635)3962683
···
开本：710×1010　1/16　印张：15.5　字数：250 千字
版次：2019 年 7 月第 1 版
印次：2022 年 7 月第 2 次印刷
定价：59.80 元
···

自　序

　　黑格尔说："大自然本身，包括黎明和日出，其实并没有美丑的问题。日出之所以美，是我们看到黎明的时候，唤起了生命里的某种感叹。"大自然里除了天空中的日出日落，还有大地上的山川河流，甚至道路旁的花草树木，等等，它们总能或多或少地投射着我们对生命美好的渴望，总能唤起我们生命里的某种感叹，引导我们思想上的向善至美，也每每让我感恩万分。

　　时光匆匆，步履不停，大自然的这些原汁原味，经过岁月的碾磨，竟变成了自己生命里的芳香，如鲜花般盛开在自己的人生路上，陶冶了自己真诚仁爱的美好情操，升华了自己至善至美的精神底色。我更没想到的是自己生命里的这些芳香，对尝遍生猛海鲜的人们来说，无疑也是一种新鲜的体验，他们自会体会到另一番情趣。这里，我只能讲述其中的部分内容，来奉献给我的读者。

目　录

第三辑　燕云·晨昏·花村

第四辑　遥望·星空·花韵

后记

第一辑

凤凰·鸿雁·花野

只想陪你走一段

　　周末傍晚，我独自骑着山地车在新修的公路上赶路。这条公路紧挨着一片坟地，平时就少人走，此刻显得更寂静了。太阳远远地投来几丝不很耀眼的光芒，也被秋风吹得东倒西歪的，有气无力地罩着大地。灰青色的坟地里偶尔蹿出一两只乌鸦，粗劣嘶哑的"哇——哇——"叫声，瞬间划破长长的天空，把一丝丝凉意注入天地之间，直捣我心底的柔弱。

　　"你好！"身后传来了一声磁性很强的男中音。

　　我回过头一看，一个骑着山地车的陌生男生正向我微笑着。不认识啊，莫非这男生是从"那里"出来的？想法刚一冒出，我感到自己那长长的头发瞬间飘了起来，思维出现了片刻的中断。我揪着一颗紧张的心狠踩了几下脚踏，让自己在公路上飞奔起来。

　　"跟你打招呼呢，怎么不说话？"那男生紧紧地追上来了，就在我的旁边。

　　"我不认识你，为什么要和你说话？"自以为从来没有做过亏心事的我，看来躲不过眼前这个不知从哪里冒出来的男生，我开始了唇枪舌剑。虽然这样，但我还是暗暗地再次狠劲地踩了几下脚踏，企图把这个陌生的男生甩开。可是，那男生也加快了车速，像幽灵一样，又和我并驾齐驱了，这让我非常恐惧。

　　"你为什么老跟着我？"

"我没跟你呀，你骑你的车，我骑我的车。大家不过是在同一条路上，而且车速一样罢了。"

"好像也有道理。"口头上虽然认可了那男生的观点，我的双眼里还是窝藏了一丝不为人知的恐惧。我心里思忖着："他跟着我到底是什么意思？劫财？敛色？要命？还是既劫财又敛色还要命？我可是什么都没有的，口袋里只装着这个月剩下的五十元工资，要不全给他，大不了连这辆新买的山地车也给他；敛色，或者要命吗？我就和他斗争到底，大不了一死了之。"

"我又不是坏人，就想跟着你一起走走。"他有点儿不好意思地说，同时抬起右手搔了搔自己的头，胳膊遮住了自己的脸。

我继续蹬着我的山地车，没说话。

"我只想陪你走一段。"

既然是走一段，他最终肯定是要离开了。总算听到了句正常的话，我开始不太紧张了，也没有刚才那么害怕了。既然眼前这个男生这么死皮赖脸地跟着我走一段，就顺其自然了。

平时，见惯了大学里男生的油嘴滑舌，我知道对付这种人的最好办法就是千万别搭理他，我开始沉默了。

两辆山地车开始在公路上并排行驶，车轮一起发出"沙沙沙"的摩擦声，踏脚声也相互关照着，一起开始共振，甚至左右脚的蹬车频率都变成一样了。

"你这么跟着我，我怎么知道你是不是坏人？"过了好长时间，我终于忍不住说道。

"你看，我连你的名字都没问吧？我也没问你是干什么的吧？"那男生感觉有点儿被我看低了，开始申辩着，以此来证明他的清白。

我想了想，倒也是。你要跟就跟吧，管你是好人还是坏人，我都有对付的办法。

"我也没问你去哪里吧？"他继续辩白道。

晚风轻轻地吹着，看着我没有赶走他的意思，他开始放开了，一边蹬着山地车，一边吹起了欢快的口哨。说实话，从前，我挺讨厌男人吹口哨的，我总认为那是没教养的人才吹的，是一种低级下流的行为，可是，今天，与其两个人不声不吭地这么骑着山地车，还不如听听他的口哨声。

我开始一边蹬着山地车，一边静静地欣赏起了口哨声。没想到气流一经他嘴里吹出，竟然婉转成一段美妙的歌曲，在寂静的空气里流动起来，漫过公路两旁的白杨树，像诗情画意般浪漫起来。更没想到的是眼前这个男生竟然把黄昏吹成了一路阳光，把担忧也吹成了一份温馨，我心里的戒备也瞬间荡然无存了。

继续向前蹬着山地车，我突然感受到人类自带器乐的快乐，而这种快乐是上苍送给每个人的财富，正如此刻这个男生将自己的财富分享给我一样。不知不觉中，依稀看见了前面的村庄。在一个岔道口，口哨声停了，那男生向我告别了，转到另一条路上了。我这才注意到他的背影：这是一个很率真的男生，宽阔的背影里藏满了个性的憨厚，而这种个性的憨厚带给别人的是一份快乐与温暖。可是，他就这么走了，把一路欢快的口哨声留给了我。想到这里，我的眼睛湿润了，那一句"我只想陪你走一段"的话语，永远存留在我柔软的心底了。

香包的记忆

　　小时候，每年端午节前，母亲总是会去附近的集市，花两毛钱买一纸包呛呛的黄绿粉末，放在家里的墙窝里，并且嘱咐我们："雄黄有毒，千万不能乱动。"

　　我不知道雄黄是什么东西，只知道每年端午节时，母亲会把它缝进香包，然后戴在我们的腰间，用来驱虫辟邪。我从小就害怕虫子，特别是在夜晚睡觉的时候，家里的床上不知什么时候就爬上了一只蝎子、壁虎，或者老鼠什么的，小小的我不是被蝎子蜇醒，就是被壁虎吓醒，抑或被老鼠吵醒。我那一声尖尖的叫声，一下子就会划破整个夜空，把一家熟睡的大人们都吵醒。于是，整个屋子便乱了：开门的开门，拉灯绳的拉灯绳，摸青石枕头的摸青石枕头，父母总是在我尖叫的第一时间里冲进来解围。他们开始在橘红的灯光里满世界找虫子、打老鼠。倘若适逢停电时候，几支手电筒的光芒就会交叉地扭结在一起，横扫房间的每个角落，直到找到伤害我的小虫子或大老鼠，打死或者赶走为止。

　　再有更可怕的事情，就是白天在房前或者屋后，常常会碰到长虫（蛇），不管是七寸的，还是八寸的，或者更长的，也不管是色泽鲜艳光亮的，还是色泽灰黄暗淡的，我都非常害怕。我常常悬着十二分心思企图躲开它们，但还是不经意地会遇到它们。印象最深的一次是我出茅厕时，我发现一条小长虫堵在茅厕门口，歪着眼睛不怀好意地看着我，还一跳一跳地往上蹿，看样子是想和我比个子。这可怎么办呢？村里大人们告诉过我们小孩子一个得牢牢记住的真理：长虫最喜欢和小孩子比个子，如果它比过小孩子了，它就能成精，小孩子过几天就会死掉的。今天这条奇丑无比的小长虫看样子是想成精了，它成不成精我不管，它想让我死掉这可不行。怎么办呢？我害怕得不敢尖叫，不敢去惊动它，可是它堵着我不让我出去。

环顾四周，周围空空的，什么也没有。我急中生智，解下皮带，准备和它决一死战，如果它再上前侵犯我。其实，说实在的，如果这只小长虫不侵犯我，心地善良的我还是不想伤害它，但它一跳一跳地想和我比个子，而我只有一米多点儿。小长虫再这样跳下去，我不是要被它比下去了啊！怎么办呢？现在无人帮我，我得靠自己的力量争取活下去啊。正这么想着，隐隐约约中有一股神秘的力量支撑着我，让我忘记了害怕。我顺着皮带下垂方向，轻轻地抖动着皮带，嘴里哆哆嗦嗦地念叨着："小长虫，你别吓唬我了，你走吧，我不会伤害你的。"不知是我的念叨起了作用，还是哪路神仙听见了前来帮忙，小长虫总算停止了跳跃。它仰着脑袋望着我，满眼狐疑，似乎不相信我说的话，还往高蹿了几下做好努力的样子。我又抖动了几下皮带，表明我没有碰到它的意思。小长虫这才怔怔地待了一会儿，悻悻地走了。

回家后，我给母亲陈述了刚才的险情，母亲以她无边的慈爱诠释了我的孱弱与多难。然后，她到后院茅厕门口，点香焚蜡，送"神"离去：希望小长虫走远，不要再来叨扰小小的我。

所以，小时候的我每年总是盼望着端午节到，好快点儿戴上香包躲避一年的百虫侵害。我盼啊盼啊，盼母亲早去集市买雄黄缝香包，好换掉腰间已经没有威力的香包。这次好不容易才盼到端午节，其实之前母亲为了给我吃颗定心丸，她已经让胆小的我看过买回的雄黄，可好奇的我还是趁大人不在家时，站着凳子趴在墙窝，取出小纸包悄悄地打开，闻闻那略微带点儿酸辣还呛得我直想打喷嚏的雄黄气味。心里的那份满足啊，赛过世上的任何幸福。

我掰着指头算日子，等着端午节到来。等啊等啊，好不容易戴上母亲亲手做的端午节香包，我兴奋地逢人就显摆。这自然激起了小伙伴们争胜的心理，我们就要一起比试谁的香包更漂亮。说比就比，我们几乎是同时解下各自腰间的香包，放到一块大石头上。一堆五颜六色的香包堆在一起，着实让人眼花缭乱，而在这些香包中，我的香包总是非常亮丽的。原因是一来母亲的做工细致，针脚匀称；二来他们的香包是用花布做的而我的香包是用丝绸做的，而那丝绸是给家里爷爷、奶奶缝制寿衣剩下的布头，母亲希望借助着家里老人长寿平安的福分保佑瘦弱的我，这自然会让那些想害我的小虫子和大长虫远离了。总之，比赛结束后，不管小伙伴谁的香包出彩，反正都是自己母亲亲手缝制的，里面都包裹着母亲们寄予小孩们的幸福安康，小伙伴羡慕别人香包的同时，都非常喜欢自己的香包。

今天，又逢端午节，想起有关香包的记忆，不觉又触动心底。依稀中，我又闻到了雄黄呛呛的味道，我多么想再次戴上小时候母亲缝制的香包啊！

官　井

　　我家门前的那口水井又称官井。官井，顾名思义，就是官家的水井，即为官者给老百姓凿的水井。到底是哪朝哪代凿的水井，恐怕村里耄耋之年的长者也说不清楚，只能含糊地表明这口官井和我们村子同时存在。

　　追溯我们村存在的历史，有资料显示秦汉以前甚至西周时期就有，理由是村里的庙宇或者村旁的墓群有相关记载；也有资料显示从唐朝开始，理由是唐朝某个大臣因为刑罚严酷最后遭遇灭族之灾，家族中的幸存后人逃到长安城之东南隐姓埋名而成；还有资料显示我们村是从明代皇帝朱家帝王十三陵的守墓将士繁衍而来；更有人云亦云的有趣说法，说我们村子是从山西大槐树下迁徙来的，至于什么时候迁徙来的，近百户的村庄里没有人能讲得清楚，后来想想，大凡追溯一个村子存在的历史，山西大槐树自然是其始祖之地。大家都这么说，我们村子大约也这么发展起来的吧。那么，我们村子就只能源于明朝的那次人口迁徙了。倘若此种说法成立，那么，我家门前的这口官井，少说也有三百多年的历史。一口持续至少三百年的水井还能保持水质清澈甘甜，这不能不说是个奇迹了。

　　从我记事起，这口官井的水脉一直很旺，水质非常清澈、非常甘甜。有时候，井底下的水还"咕嘟咕嘟"地响，直往上冒水泡。村里老者说是龙王来了，当然他们眼里的龙王不是东海龙王等，而是井龙王，是东海龙王的弟兄。胆大的后生趴在井口俯视井底，说他看见了龙王的鳞片和游动的影子。所以，我们村里每逢有婚丧嫁娶的大事，或添丁增口的喜事，或逢年过节的喜庆，村民就会前来水井边给井龙王上炷香火，祈求井龙王保佑村子的兴旺发达。井龙王是否一定保佑了我们村子的兴旺发达我不知道，我只知道这口官井一直是我们村村民赖以生存的救命井，养育了一代又一代村民。适逢干旱的年份，附近村子里的一口口水井都枯竭了，而我家门口的这口官井却仍然水脉很旺，滋养着方圆五里的村民。这口官井不但水脉很旺，而且还有一个特点，就是它的水质特别甘甜，蒸出来的馒头远近闻名。曾有远方朋友一顿狠吃了我家的两个杠子大馒头后还要吃，问原因，他说："这馒头太好吃了，带着一股子馒头的香甜味道，我不就一口菜生生就吃了两个。"其实，这不仅仅是因为我们地里生长的麦子好，更重要的是我们村的井水好，蒸出的馒头才这么有馒头的真实味道。这么好的井水当然也有缺水的时候，就是很长一段时间听不到井底下"咕嘟咕嘟"声音时，这时候，村民只需将井绳的长度增加一米多，还是能绞上来甘甜的井水。

妈妈讲过这样一个故事：新中国成立之前，从村南的樊川道爬上了少陵原的一支红脸红头发队伍，他们从埋有汉代许皇后的南园开始，荷枪实弹，一路向北横扫，和少陵原上的国民党军队开战了。面对"嗖嗖嗖"飞来的枪弹，面对即将到来的红脸红头发队伍的杀人放火，村民们自然吓得要死，他们扶老携幼，纷纷躲进地道。我的父亲母亲也如村里那些十几岁的同伴一样，牵着我家里仅有的家产——一头老黄牛，揭开厨房拐角的大石头碾盘躲到地道里去了。可是，一生只知道吃斋念佛的小脚奶奶，因为放心不下家门口的过冬柴垛，勇敢地留在地面守护着偌大的柴垛，并执行起了地面上和地道里的传输任务。后来，村里的国民党军队败北而去，红脸红头发的队伍住进了村里。奶奶一看，那些人不是国民党军队说的红脸红头发，还一口一个"老乡，老乡"叫得亲切，又是帮奶奶打扫院落，又是帮奶奶劈柴烧水，特别是其中一个战士，看到奶奶小脚行走的艰难，主动拎着房檐下的两只木桶到门口的官井提水。"不好了，老乡的水桶掉到井里了。"随着战士的一声惊呼，满院子的战士都焦急起来了，而那出身大户人家的我家奶奶却比较镇静，更没乱了方寸。过了一会儿，又听到那提水的战士在门外兴奋地喊"老乡的水桶又捞上来了"。后来，我奶奶才告诉我的妈妈，说那水桶一定是被村里的少年从地道里卸下了，因为那个少年误以为我奶奶给地道里的村民放下来食物了。结果可想而知，那没拿到食物的少年又把水桶挂在绳钩上了。

　　记得小时候，我经常看见从秦岭深处出来行走的僧道，或是从外村路过的走脚小贩，他们动不动就坐在我家门口的青石墩上，把草帽或背褡放在一边，和围坐在我们家门口说笑的村民搭话，不等他们开口，门口的村民总是问他们是否渴了饿了，并主动拿出饭食招待。行走的僧道自然也不白吃白喝，总要给迷茫的村民指引人生的方向、给生病的百姓开副偏药……以此来点化村民、解救痛苦，而那走脚小贩更是热闹，奇闻逸事讲得生动有趣，把闲聊的大人和玩耍的小孩逗得开怀大笑。常常，这些歇息在井边的大人，不论是行走的远来僧道和外村的走脚小贩，还是本村的闲聊村民，他们总会冲着我喊"女子，快回家给我拿个碗，我喝口井水凉快凉快"。玩得正在兴头上的我，只能悻悻地跑回家给他们拿碗，他们就坐在石墩上，等着有村民前来新绞上来的井水。当那冒着白汽的水桶出了井口，他们赶紧上前舀上一大碗清凉的井水，"咕噜咕噜"地灌进肚里，然后舒服地咂巴着舌头。那份满足啊，我至今还记忆犹新。更有个别有怪癖的村民，还没等水桶提出井口，就趴在井口，连胳膊带碗一起伸进半米深的桶里舀冒着白汽的井水。每逢这时，小小的我总是替他担心半天，早知这个人这样喝井水，当初我就不该给他拿碗，万一他掉进井里了……每次，我几乎都是提着十二分的小心看着他喝饱井水才放心的。也有的时候，他们半天等不到前来打水的村民，我还得陪着他们喝完水后才能拿碗回家，倘若适逢我家里有刚刚绞上来的井水，我就告诉他们说我家有新井水，他们就让我回家端一大碗新井水。我端着满满一碗救命解渴水，眼睛一眨不眨地紧紧盯着大碗里的井水，随着我小心的步子颤悠颤悠地晃来晃去，直到晃得我衣服上、鞋子上都有水了，才把大半碗救命解渴水递到他们的手上。而这些善良的走脚小贩，在后来遇到我经过他们村子时，不是给我摘枣树上的大红枣，就是给我摘柿树上的火晶柿子，甚至还端出刚出笼的包子……那份热情啊，以至于几十年来，我每每想起这些，心里都有一股股暖流在涌动。

说实在的，在那样的岁月里，给予路人一碗救命解渴的井水，是因为高高的少陵原取水不易，是一种生存需要的地域文化。而官井的存在，延续的正是这种地域文化下自然村落的生存需要。一口水井，就是一个自然村落存在的命脉，而能够给予路人一碗救命解渴的井水，是居住在这里的村民对每个相遇的生命最起码的尊重。由此可见，一口井，其实就是一部自然村落的历史文化；一碗水，就是一部自然村落的地域文化。历史文化和地域文化合并在一起就构成了当地村民个性良善、待人真诚的人文氛围，而这种人文氛围，滋养了当地一代又一代的村民。

后来，随着知识的增长，我知道了我家门口的那口水井里并没有居住井龙王，而是把水井凿在隋唐时代重大的水利工程——秦岭义谷（今大峪）引水入长安城南曲江池一线的水脉里了。能够如此科学地选址凿井，恐怕亦是为官者的高明之处，而正是这份高明，成就了造福当地村民的千秋功勋。可惜的是随着时代的发展，我家门口的这口官井的作用也到头了，因为当今政府已经给我们村村民装上了方便快捷的自来水。望着这口废弃的官井，再瞧瞧方便快捷的自来水，我不由得感慨万分：历史，终将记录那些造福百姓的千秋功勋，不管是历史的过往，还是已知的现在，抑或未知的将来。

九月菊

此刻，我坐在窗前，望着窗外那滴滴答答的雨，望着那盆被雨水浸湿了的九月菊。我的眼睛也湿润起来了⋯⋯

那是在我六岁的时候，当我自己种植的一株九月菊刚开出第一朵菊花的早晨，睡梦中的我就被母亲从床上拉了起来，母亲告诉我，老师叫我上学去。怀着一份惊喜，又含着一份胆怯，我躲在母亲身后偷偷望着面前的这个陌生女人：她四十多岁，个子很矮，微黑稍胖。虽然是面带微笑，可她那一双猫似的圆眼搜寻着我。看着眼前这位老师，我更加害怕了，况且在上学前，我就听说这位老师好凶，学生都十分怕她。现在见面了，一看她那双猫似的眼睛，我心里自然更害怕了。就在我踌躇不决时，听见母亲对她说：

"霍老师，我把这个小淘气送给您了。"

我当时很不理解：平时很乖的我，一夜间竟成了小淘气，并且还要被送人，母亲怎么这么狠心？正在我纳闷的时候，这位姓霍的老师已经拉起了我的小手，她不住地上下打量着我，嘴里还说：

"不错嘛，这么漂亮的小姑娘，做我的女儿多好啊！"然后，她笑了，母亲也笑了，而我终不知这位姓霍的老师到底和母亲在搞什么明堂，自己也就稀里糊涂地被带进了学校。

开始上课了，我老是坐不住，就想出了许多鬼点子。一次上课，我有意用纸团塞住了自己的两只小鼻孔，然后开始憋气。也许，这是当时我觉得最完美的办法，我企图以此来逃避课堂的约束。可是不到两分钟，我就觉得气堵，心里难受。这时，正在讲课的霍老师走到我的身边，她俯下身子轻轻地问我怎么了，我不说一句话，霍老师的眉头皱了一下，待到她再次俯下了身子，这才从我的两只小鼻孔里取出了纸团，然后，故作不高兴地说：

"咱们家养了一只小白兔，它不想吃饭，变得不可爱了。"说完，她又回到讲台上讲她的课，我当时就觉得自己的脸好烫，因为我知道我就是那只不想吃饭的小白兔。从此之后，我再也不敢淘气了。

又是一个菊花盛开的季节，我们学校举办菊展。在霍老师的动员下，我把自己种的那盆洁白的九月菊搬到了学校的展台，让它为我们班争光。望着展台上的九月菊，当时的我心里美滋滋的。然而，菊展结束之后，我们班的一个男生端着一盆已经蔫了的白菊花来还我。我不要，因为我送去的明明是一盆洁白含苞的九月菊，可他拿来的却是已经蔫了的九月菊。面对这么难看的花，我疑心是他弄坏了我的九月菊，就要他赔。他非但不赔我，还气势汹汹地在我那已经蔫了的九月菊上狠狠地踩了几下就跑了。我那可怜的九月菊就在这个无理的男生脚下花碎盆破了。望着这被人践踏的九月菊，我坐在地上大哭起来。就在这时，霍老师急匆匆地跑来了，她扶起了我，拍着我衣服上的土，说：

"乖乖不哭，老师以后送给你一盆更好看的九月菊，好不好？"劝过了我，她又似乎在自语，"人生也如同这盆花，完成了自己的使命就该退隐了。"我止住了哭，不解地望着老师。

后来，我上了初中、高中、大学，参加了工作，一年一度的九月菊荣了又枯，枯了又荣。然而，也许是因为幼时伤透了心的缘故，我始终对九月菊激不起多大的兴趣，渐渐地，那九月里的事情，也如其他经历过的事情一样淡忘了。

今年的九月，小时候的好友送给我一盆洁白的九月菊，并且她说是霍老师托她带来的，她还告诉我有关老师近年来的一些事情，其中一件是这样的：省里要让霍老师当先进老师，霍老师婉言拒绝了，说自己老了还是让给年轻老师吧，让年轻老师有机会闯出自己的新路，才能长江后浪推前浪。这件事又勾起了我对往昔的回忆，我又想起了老师的那句话："人生也如这盆花，完成了自己的使命就该退隐了。"至此，我才真正明白这句话的含义。我不禁对眼前这盆九月菊产生了深深的敬意。洁白的九月菊啊，我该对你说什么呢？我的眼眶湿润了……难怪古人称赞菊花是花中隐士、花中君子，你看，窗前那盆洁白的九月菊，不正是一位隐士、一位君子吗？

此刻，我依然坐在窗前，望着窗外那滴滴答答的雨，望着那盆被雨水浸湿了的九月菊。我的眼睛模糊了：那洁白的九月菊慢慢地变大、变多，多得到处都是……

西红柿的情结

　　小时候，我对西红柿有一种特别的情结，原因不是西红柿有多好吃，而是由于吃不到西红柿。

　　我们家兄弟姐妹一共有五个，幼时的记忆中，家里的饭食仿佛永远不够吃，更别说是吃西红柿了。吃西红柿的时候也有，那就是在已经流传千年的农村忙罢会时，当聚会的亲戚围成一桌时，桌上才放有一盘红红的西红柿，上面铺着亮晶晶的白砂糖。那色泽，红润中带着晶莹，大有一盘独秀的风采，人还没有吃，就已经垂涎三尺了。每逢此时，我们一帮小孩子们总是围着桌子惊呼："哇，今天的席桌上有西红柿了！"那声音，充满了惊喜，犹如几十年未见的好朋友突然相遇，逗得在场的大人都乐呵呵地看着我们笑……再有吃西红柿的时候就是过年待客时，早晨吃臊子面，擅厨的主妇总是给臊子汤里放上一些鲜红的西红柿丝丁。当那青绿的韭菜叶中飘出西红柿的几星红丝的时候，竟让人眼馋不已，忍不住伸嘴品尝，那浓浓的肉味中夹杂着些许的西红柿淡淡的酸甜，早已冲淡了臊子面单纯的咸味，变得那么醇厚，那么滋润。总之，那种感觉是说也说不出的，只能意会了。等到最后一大碗烩菜端上来了，在白菜、豆腐、土豆等大烩菜碗里，那依稀可见的西红柿格外引人注目。虽然仅仅几块西红柿，终将那烩菜的汤水调配得恰到好处，汤水不再显得那么单调了，变得浑厚起来了。虽然只是有几块西红柿，可是大家觉得那西红柿真是鲜美极了。

大概物以稀为贵吧！因为小时候难得吃上西红柿，幼小的心灵无法满足，就常常怀有美好的愿望，那时的我就常常想："等我长大有能力了，我一定要把西红柿吃个饱。"

美好的愿望总是随着时光的流逝而越来越强烈，等到我参加工作后，真正到了有购买更多西红柿能力的时候，我还真的买了很多的西红柿。拎着一大包沉甸甸的西红柿，满意地回到宿舍，我准备好好享用西红柿美餐。宿舍里的室友看到我如此反常的举动，十分惊讶地问我干吗买那么多的西红柿，我说了积压在心底的愿望。她听后笑着问我："真对西红柿有这么重的情结？"我使劲地点了点头。

午饭时，我真的一顿做了四个大西红柿，满载着胜利的喜悦，我尝了尝亲手做好的西红柿，哟，怎么这么酸？除了略微带一点儿甜味外，我并没有觉得西红柿好在哪里。小时候对西红柿的那种渴望随着嘴中这酸酸的、略微带点儿甜味的西红柿也消失得无影无踪了。于是，我开始责怪起了现在人们对生态的破坏，干吗用催红剂、农药和化肥，让现在的西红柿这么难吃？这哪里还是我童年时的味道、童年时的梦想？总之，这一次，我对自己曾经的味觉产生了很大的怀疑，难道自己的味觉曾经这么差劲吗？从此之后，我甚至不想再去碰心仪已久的西红柿。虽然这样，我每次见了红红的西红柿，第一反应还是要买，等到真正要买时，却又开始犹豫了，它会不会还是酸酸的呢？

久别的游子总是对自己的家乡有一种特殊的怀念，这种怀念首先表现在舌尖上的记忆。一次，我回到了农村老家，我的老家在陕西关中的少陵原上，那里山高地远，很少和外界联系。那天，当我串门到了邻居大婶家，大婶拎着篮子刚刚从地里回来，嘴里还吃着西红柿。她见到我，也顺手从篮子里拿出一个新摘的西红柿送给我，嘴里还说："吃吧，我家的西红柿是自然熟的，地里没施化肥，也没用农药，瞧这西红柿长得多好，吃了绝对不会拉肚子。"我略作推辞，但出于好奇，终于抵挡不住西红柿的诱惑，接过大婶手中一个粉红的西红柿。我轻轻地咬了一口，肉质厚厚的，没有一丝酸味，嚼在嘴里甜甜的，口味十分纯正……啊，我终于如愿以偿地吃到了心仪已久的西红柿！那甜甜的味道，厚厚的肉质，没有下咽后的余酸味。我开始慢慢地品味着，小口儿小口儿地品着，甚至都舍不得吃了。终于，我再次感受到了童年的味道。

屋后有菊

　　屋后二十步远，有一红砖垒成、直径不到五米的圆形小花园。花园里栽种着菊花等，每当秋季来临，菊花便以它素雅的色彩和淡淡的香气吸引了我。花园外西边一米远处，横着一堵矮墙。面对矮墙，我常常不自觉地想象那里会伸出一个美丽的脸庞，这或许是将那"人面桃花相映红"的诗句背得太熟的缘故；花园南面三米处，斜长着一棵柿树，红红的柿子压得本来就倾斜的柿树快要倒掉；花园的东边，是一块绿茵茵的菜苗，菜苗随着季节的变化而变化多端。我常常趁家人不注意就爬上柿树，大吃特吃红得透亮的柿子，过后，趴着柿子树的斜枝躺在树枝上俯视地面，那绝对比神仙还要快活。不信，请看地面：褐黄色的泥土是我作画时的木板；圆砖，是我画得很别扭的圆圈；园里那墨绿色的零星叶片是我着急时随便泼墨的"杰作"；还有那淡黄色仿佛丑小鸭般的菊花则成了我沉思里的物象。它们统一在一起，不但使我对于撑得难受的肚子有了如释重负的感觉，而且也给我增添了不少的幻想和希冀。我便觉得幸福极了。这就是我儿时的世界，这片土地也成了我儿时的乐土。

　　几年后，那棵菊花的枝条越发越多，一枝枝紧紧地聚在一起，犹如十个不可分割的姊妹。而我则常常独自带本书坐在花园边，虽说傍晚的阳光不是很热烈，再加上它是翻越那堵矮墙过来的，我想，恐怕它也是早已累得懒得睁开她那明亮的眼睛吧，所以也就并没有半点责备它的意思，任凭它将柔和的光芒洒入我的园中。阳光很温和，将花园也滋润得一派温和。我沐浴在夕阳的余晖中，觉得自己、大自然本身就该是现在这个样子：温暖、宁静与和平。

前天，太阳隐去了，天边飘着阵阵细雨，我丢下手中的书，急忙出了后门。顺着小径独自来到了屋后花园，我要看看菊花在雨中是一种什么样的姿态。从前，只听人说，雨天里的菊花才显菊花的本色。因此，我趁着这阵阵细雨，为何不仔细瞧瞧呢？然而，经过雨前的大风，菊花已经枝叶零乱，歪歪斜斜，甚是凄凉。突然间，一股莫名其妙的伤感涌上心头。瞧那淡黄的小菊花儿，一朵一朵地承受着大自然的肆意虐待而一声不吭，犹如一位不被人们理解的春闺少妇，虽然容貌佳丽，却是独处一室"寂寞恨更长"。这雨中的菊花该是谁呢？"东篱把酒黄昏后，有暗香盈袖"，难道会是她？是那个曾经"误入藕花深处，争渡，争渡，惊起一滩鸥鹭"的李易安吗？

正当我陷入沉思之际，母亲已来到了我的身边。

"傻孩子，幸亏雨停了，又独自站在花园旁发呆，真难为了老天让你菊月来到世间。"母亲无奈地说。

"我是菊月生的？"我吃惊地冒出了一句。话一出口，我有点儿后悔了，活了这么多岁的人了，竟忘了自己是哪月出生的，这才是天下的怪事。母亲见我此刻的窘态，笑了笑问我想什么丢了魂。我笑了，其实，我心里自然知道我也会像这雨中的菊花一样顽强地生活着。母亲看我笑了，知道我不会再一待就老半天，于是便离开了。

引住爷和放心婆

引住爷虽然在我们村里的辈分最高，可是他却最穷，俗话说人穷了，连小孩都想去招惹。虽然口头上叫着"引住爷、引住爷"，言语中不免有轻薄之处。

其实，引住爷的真实名字不叫引住，而叫富成。富成者，即富贵即成的意思，这也许是他家大人给他起名的缘由。回想老一辈人起名，自然有其讲究，尤其是在吃穿不足的年代，家里大人总是希望孩子衣食富裕，就给孩子起比较金贵的名字，富成的名字当然也不例外了。可惜，随着时间的推移，引住爷不但富贵没成，还出去讨饭了，在讨饭的过程中还拾掇了个比较"让人放心"的媳妇。为什么这个媳妇让人放心呢？原因是这个媳妇视力不好，又矮又丑，估计倒贴给人人家都不要。可引住爷却把"放心"视为珍宝，平日里总是把"放心"引住，时时小心别磕了碰了"放心"。村里人就拿引住爷开玩笑，让他一定把"放心婆"引住了，千万别把她弄丢了。于是，引住爷就成了富成的代号了。到了我们这一代，已经很少有人知道富成爷是谁了，我们眼中的只有能嘻哈逗乐的引住爷了。

据说早年的时候，由于不善经营农活，引住爷的家里穷得揭不开锅，一年的口粮上半年刚过完就没有了，下半年只能以红薯和野菜等充饥。引住爷做人懒散，他家连胡基土院墙都没有，胡乱地堆些半人高的苞谷秆就当院墙了。他家院子也没有前后门，是个南北直通的走道。走道一边有两间茅草厦子，三捆柴垛子绑在一起就是一扇挡风的门。两间茅草厦子，一间住着引住爷的母亲——一位身材高大的老太太；另一间住着引住爷自己。小时候从他家院子通过时，面对这样简陋的柴垛门，我常常担心会有狼外婆突然闯进来吃人，也许是幼年的我把小红帽的故事听多了的缘故。不过那个时候，我们村确实有从终南山下来的狼群，记得幼年时，家家户户的猪圈墙上都用石灰粉画满了白圈圈，据说那样可以吓唬狼群。我也曾经历过长尾巴狼的袭击，在夏天屋外乘凉的时候，半醒着的我以为一只狗站在席边，结果被母亲看见，说是长尾巴狼，父母硬是撵走长尾巴狼。这件事现在说起来是经历，可是它却在我的心里留下了永久的记忆，我虽然逃过一劫，却总是怕村里的人再遭受长尾巴狼的袭击，所以自然而然地担心引住爷家的柴垛门不能抵挡长尾巴狼的入侵。

　　因为引住爷家没有院墙和前后门，就自然成了村子前后街道的过道，村里人担水拉粪常常从他家院子通过，有时将水或粪洒了一院子，有些勤快的最后打扫干净，有些懒散的也就任其那样。不管怎样，引住爷总是没有半点怨言，有没有水或粪，在他眼里都一样。有了水或粪，别人打扫或自己打扫，在他眼里也一样。反正，他的生活本来就过得恓惶，无所谓一地水或一地粪。引住爷的母亲去世后，就只剩下引住爷一个人过活了。农活不精的引住爷，只能干一些工分较少的活，比如拾粪割草等，一年到头也看着他忙活得很，可生产队上分给他的口粮还是不够他吃，不得已，他只好以讨饭为生。他一只胳膊挎着担笼，一手挂着打狗棍，在附近的村子里讨生活。

　　1964年，国家开展农村社教运动。社教工作队根据上级指示精神，把在土改时所定的中农成分又划分成下中农、中农和上中农（富裕中农），有的定为地主或富农。村里要成立贫农下中农协会（以下简称贫协），那么贫协主任选谁合适呢？大家思前想后，觉得应该选村里最穷的人当贫协主任，因为他有深刻的体会啊！最后不知在谁的提议下，把引住爷推举为贫协主任。引住爷起初说什么也不干，可是当村里人告诉他能多给工分，以后就不会再要饭了的时候，引住爷这才高高兴兴地接受了。然而，贫协主任可是要代表贫下中农控诉地主老财的。村里有三家地主要批斗，可人家在引住爷讨饭的时候，还施舍过他，现在，自己却要批斗人家，这差事确实也不好干啊！一向为人善良的引住爷，心里实在过意不去。可是，自己已经是贫协主任，这可如何是好？从来不考虑明天的日子倒头就能睡着的引住爷，开始晚上睡不着觉了。面对皎洁的月光，引住爷平生第一次开始想逃离村子了。然而，常年在外乞讨生活的引住爷，饱尝了别人的施舍和疯狗的追逐，他又多么想有口饭吃啊！村里开批斗地主大会那天，引住爷还是站在了主席台上，只是这次，他选择了沉默，站在主席台上，面对高音喇叭，他像个木偶一样，不说一句话，只是微笑着看着大家。大家一看引住爷"烂泥扶不上墙"的样子，气得脸都变形了，不过也实在拿他没办法，也就罢了，不再让他声讨地主老财的罪行了。

从这以后，村里的大人都开始瞧不起引住爷了，有什么事也懒得和他说，虽然他也参加村里的老碗会，逮上老碗会说上一两句话，想凑个热闹，可是大家都不接他的话茬，随他，听也罢，不听也行。大家知道他成不了什么气候，听就听呗，对大家又构成不了威胁，引住爷开始在村里低贱得像尘埃一样不被人重视了。虽然这样，引住爷还是我行我素，从不去理会这些，村里吃饭开老碗会的时候，他倒是也围在外沿，喝着他的苞谷渣就着他的白萝卜丝，大家连正眼都懒得看他。天气晴朗的时候，大家挤在墙角晒太阳，引住爷也凑过去，坐在墙角抓虱子，大家照样有一句没一句地说着和他无关的话。引住爷只是一个听客而已，从来都不去插嘴。然而，古老的村子有古老的习俗，每逢村里的红白喜事，因为引住爷辈分较高，村里人还是比较尊重他，还得把他请来帮忙，可是引住爷实在没什么能力，又不能吃闲饭，主家只好给些劈柴挑水烧火的活。不管干什么，引住爷从来没有一句怨言，总是照着主家的吩咐把劈好的木柴码得高高的，把水缸担得满满的，把灶火烧得旺旺的，所以，对于干活认真的引住爷，村里人也没什么言辞可说。

　　放心婆是引住爷去南山（南山位于我们村子之南，正式的名字叫终南山）割竹子时拾掇来的媳妇，也没个结婚手续，如果用现在的话说叫非法同居。非法同居就没有正式身份，放心婆因为没有身份，村里不给分口粮，她就吃引住爷一个人的口粮，他们家常常是吃了上顿没下顿。放心婆是个山蛮子，个子只有一米四几，一头蜷曲的头发总是乱蓬蓬的，像蒿草。她的眼睛不好，总是红红的，很雾，看什么都不清楚，连人都看不清楚，只是逮声认人影。由于眼睛雾，村里人在她眼里都是帅男美女，这让村里人自己都感到很不好意思了。由于放心婆的眼睛不好，所以平常只好拄着个拐棍。放心婆做饭时经常把秸秆混到饭里，引住爷没少提醒她，虽然放心婆也不愿意这样，可是放心婆还是会犯同样的错误，谁让放心婆天生眼睛雾呢？大家都说放心婆做的饭也只有引住爷能吃得下。言下之意，放心婆连顿饭都做不好。不管怎样，引住爷对放心婆总是很好，把放心婆当成自己真正的老伴，想想平时自己一个人冰锅冷灶的，现在有个媳妇在家里烧水做饭，洗衣暖床，引住爷还有什么不满足的呢？贫贱，使得这对夫妻相亲相爱，就算是讨饭又如何？因为贫贱，这对夫妻的感情尤为真挚，引住爷对放心婆如何好村里的人都看在眼里。

　　人常说，人在一方面欠缺了，在另一方面总表现出惊人的才能。虽然放心婆的眼睛看不清楚东西，饭做得不好，可放心婆的记忆力却是全村最好的，谁谁谁家里有几亩地，谁谁谁家里有几只猪，谁谁谁是谁家的孩子，谁家有几个孩子，哪个是干什么的，谁谁谁的媳妇是哪里人，叫什么名字，娘家有几个孩子……放心婆都在别人担水拉粪从她家院子经过的时候一一打听出来了，这些资料活生生地印记在放心婆的脑子里，成了放心婆融入村子的资本。总之，放心婆像村里的老字典一样，虽破又旧，可是只要你愿意去查，她一定能如数家珍地给你娓娓道来。

放心婆因为从小在终南山里长大，终南山里优越的自然环境成就了放心婆非凡的才能，放心婆有一种村里婆娘都不具备的本领——种洋芋。每逢春季下洋芋蛋种子时，放心婆总是把锅洞里的灰攒一大堆，将一个个洋芋蛋种子切好、滚灰、下地和浇水。十多天后，放心婆的房子前后总是一片绿芽吐蕊，仿佛绿衣仙女临门，惹得村里人争先恐后地前去观看，大家都去学习放心婆种洋芋的经验。这时的放心婆，总是不厌其烦地给大家介绍经验，望着洋芋花旁的放心婆，村里的婆娘觉得放心婆远远比历史上的黄道婆有名了。种洋芋，在粮食欠缺的时候更显得重要，尤其对于引住爷这样穷得叮当响的人家，有洋芋收获就成为奢侈了。放心婆种的洋芋苗长得特别青绿，苗儿一出土，就迎着少陵原上的野风，呼啦啦地往高疯长、变粗。待到洋芋蛋成熟季节，挖开土，那又繁又多的大洋芋蛋像放心婆的孩子一样个个水灵、肥大，特别可爱。适逢这样的收获季节，放心婆总是挑出又大又肥的洋芋蛋送给路过她家的村民。大家都知道他们家的日子也不好过，或物物交换，或客气一番就走了。新收获的洋芋蛋就是香，放心婆的洋芋疙瘩饭做得特别好吃，老远就闻见香喷喷的，惹得路过的人都前去讨经验。放心婆逢人就给人介绍做洋芋疙瘩饭的经验，把终南山的生活习俗带给村里的人，大家就不再笑话放心婆是山蛮子了。

如今，引住爷和放心婆都已经去世多年了，但他们在我们孩提时代的眼里是美丽的，我们心中的引住爷和放心婆永远那么善良美好。

母亲的旗袍

母亲的旗袍是她在出嫁时用七斗小麦换来的，算起来已经有七十多年的历史了。

我想象不出母亲穿上旗袍是什么样子，因为从我记事起，我就根本没有见过母亲穿过旗袍，只是在我们关中地区盛行的农历"六月六日，晒丝绸"这天，我才得以亲眼看见被母亲一直压在箱底的旗袍。也就是在这天，我才得以亲眼看见母亲的旗袍风采。这是一件深红色的丝绸旗袍，混着亮红色和暗蓝色的金丝线，其中好像还夹杂着黑色等其他色彩的痕迹。这件旗袍的内衬是非常亮丽的翠绿色，外红内绿，色彩艳丽，一看便想到了婚嫁的喜庆。

这件喜庆的旗袍最让人惊奇的不是它质地的特别，而是色彩的奇异。在阳光下和在阴暗处，这件旗袍的色彩十分迥异，特别是从不同的角度来欣赏这件旗袍，就会有不同的光泽，似乎有五彩锦缎的味道。从我记事起，我就感觉到母亲非常喜欢她的旗袍，总是舍不得上身。我不知道七斗小麦在二十世纪三十年代对一个家族意味着什么，只知道母亲总是提起七斗小麦的金贵。在每年的特殊日子里，适逢母亲开箱取东西，我们姊妹几人就百般纠缠母亲取出旗袍看看。母亲拗不过我们，嘴里念叨着"你们真能添乱"，但还是照着我们的意思做了。当母亲真的取出旗袍时，旗袍那光鲜的色彩顿时让整个屋子亮堂起来，也让我们姊妹们有点儿望而却步。

小时候，我也从来都没看见过母亲穿旗袍的样子。即使在"六月六日，晒丝绸"的时候，我都想让母亲穿上旗袍给我看看。母亲摸着我的头，低头看着地上我和她并排站立的影子，微笑着说等我的影子和她的影子一样长的时候吧。为了能看见母亲重新穿上旗袍，我就在心里天天地盼着我的影子和母亲的影子一样长。姐姐们或许穿过母亲的旗袍，或许没有穿过母亲的旗袍，我印象比较模糊。我只记得自己很小的时候，母亲就教我怎样辨别旗袍的优劣，比如面料的讲究、手感的丝滑、光泽的迥异、裁剪的讲究、绲边的细密、走针的匀致、盘扣的寓意、腰胸的比例以及开衩的高低……没想到母亲讲起这些的时候，道理一摞一摞的，说得明明白白，术语还那么专业，这到底让我怀疑大字不识一个的母亲缘何出自书香世家，就像母亲没有裹成的大脚能够顺利地穿行在亲戚家里一样。这一切听起来总是神神秘秘，而这种神神秘秘蒙蔽着我幼时的眼睛，让我看不透其中的奥妙。总之，母亲出身的神秘和这件旗袍的神秘一样困惑了我许久。

然而，母亲的旧时光总是被历史蒙上厚厚的灰尘，搁置在不被注意的角落，变得越来越没了光彩，母亲的旧旗袍也像旧时光一样没了光彩，淡出了我们的时代。岁月的沧桑让母亲变得越来越寡言，或者说经过岁月打磨的母亲，已经具备了选择性遗忘的能力，忘记某些不能轻易言语的快乐或者痛苦。母亲的旧时光也像她的旗袍一样淡出了历史，成了她压在箱底的古董，不再引起别人的关注。只是在每年农历"六月六日，晒丝绸"的这天，健忘的母亲忽然会想起晒丝绸的日子，这才翻出压在箱底的旗袍来晾晒。望着人到中年的母亲在阳光下拽展绸缎的臃肿背影，我感觉到此时的母亲晾晒的不只是一件旧时的旗袍，还有自己的少女时光以及自己经历过的陈年往事。也就是在每年的这一天里，我才约略地听到母亲说起一些和这件旗袍有关的旧闻。可是年少无知的我，哪里会将这些旧时的过往当成家族的宝贝资料记录呢？闻过掠过，母亲的旧时人事像风掠原野一样很快就消失得无影无踪了，我自然不会用母亲或将发霉的记忆来左右我幼时的快乐。等到我的影子和母亲的影子一样长的时候，母亲似乎忘了往日许我的诺言：准许我试穿她的旗袍。在我的特意提醒下，母亲这才满怀歉意地递给我这件旗袍。这时的母亲，嘴里不停地念叨着怎样系扣、怎样迈步……等我照着她的吩咐做好这一切的时候，她则站在远处微笑着看着我，那一脸的惊喜里，终究隐藏不了青春年少的我要腰有腰、要臀有臀的曼妙身材。也许，这时的母亲仿佛看见了她自己当年穿着旗袍出嫁时的情景。那绰约风姿的神态里，可是醉了一街的车马？

　　渐渐长大，与旗袍有关的人和事开始活生生地出现在我的眼前，比如这位亲戚，多年不相往来，却突然登门拜访，看见素未谋面的我，她那满脸的亲近与慈爱，还是让我有些无从应对；又比如这位大姨，在土匪抢劫的年代，曾经与母亲躲在许平君皇后陵墓后面，还惦记着母亲包裹里的新婚旗袍……后来，随着社会的越来越好，没有见过的亲戚越来越多，错综复杂的家族脉系让我越来越茫然，特别是当我听说二舅爷回家探亲的时候，我看到了母亲脸上少有的激动，听到了母亲言谈的语无伦次。这时的我，也才知道自己还有一位在台湾生活了三十多年的二舅爷以及在邻村生活着的表姐。后来因其他事情牵绊，母亲与二舅爷无缘相见，可是，母亲却还是念叨起二舅爷的旧事，念叨起与旗袍有关的过往，如同念叨她的旧时光。后来适逢听到后辈的我们去台湾交流或旅游，母亲除了担心后辈们像二舅爷一样不能返归外，总是找各种借口说起二舅爷的不辞而别。或许，二舅爷当年的不辞而别，曾经带给一个家族莫大的伤痛，而这种伤痛一直让母亲不能释怀，但只因为骨肉亲情又不得不放下伤痛。我虽然不能明白社会动荡给一代人造成的痛苦，但我看出了母亲的矛盾心理，就像她也想再穿上美丽的旗袍，却终究因为岁月的无情一直没有如愿一样。

　　现在，母亲的旗袍依然压在她陪嫁时的箱底，历经七十年的岁月，传承了一段家族的礼仪文化，早已成了我们家族的一段旧时光。我们替母亲小心翼翼地珍藏着这件旗袍，犹如小心翼翼地珍藏着母亲的青春岁月，甚至是那些再也经不起岁月风蚀的记忆。

油　爷

　　远走他乡多年，总是忘不了家乡的味道，忘不了村里的油爷庙，忘不了油爷庙里的供品。那不能名状的神秘味道，至今还存留在我的记忆里。

　　已经记不清村里哪位老人说过这样的话："吃了佛家饭后，浑身通透，连个臭屁都没有。"小时候的我们，除了贪玩之外，根本没有什么书可读，也没有什么信息可议，所以，村里老人的话，那可是必须遵守的哲理名言啊！我们眼巴巴地渴望吃佛家饭食。适逢寺院庙会举办开光等活动，村里大人们都会跑去赶佛会，希望分得一食半口。我们小孩子腿短，走不了那么多路，只能在初一、十五，到村里的菩萨庙、关帝庙、龙王庙和油爷庙等佛家圣地，硬等大人们为佛爷更换供品。那被换下的供品，自然就成了我们小孩子的美味佳肴。油爷庙在我村西头，我们去的机会最多，吃到油爷的供品也最多。

　　还清楚地记得那是一个槐树刚刚吐出白色花苞的日子，在我们高高的少陵原上，那挨着树梢的白云像棉花一样松软，非常有诱惑力，我们小伙伴们比赛抓白云。当我们铆足劲儿跳起来的时候，白云倒是没有抓到，自己反而跌落在绸缎般的黄土地上，把厚厚的黄土摁下深深的大坑，那细细的黄土真的软和极了，小屁股没有丝毫的疼痛，我们爬起来拍拍身上的黄土，再次跳起来抓白云。可是最终，我们只能无奈地望着树顶上的朵朵白云，那份遗憾啊！以至于后来几十年都难以释怀。既然树梢的白云抓不着，槐树上的叶子总该能抓得着吧。老槐树叶子够不着，我们就抓小槐树叶子，小槐树夹带着零星花苞的槐叶被我们无情地捋下来，扔到旁边的涝池里。微风一吹，清凌凌的涝池里，晃悠着大槐树的倒影，闪烁着太阳的点点光芒，还有池面上那荡漾的半池槐叶，也像小绿船似的荡漾着。我们继续捋着槐叶，直到整个涝池盖上绿莹莹的薄衾。静默之际，那满池的槐叶仿佛得了神通，像精灵一样你挤着我，我挤着你，在水面上荡悠着……那水中的美景，真是醉了。

路过的老奶奶，看着光秃秃的小槐树，皱起了眉头，从半个大门牙缝里发出深深的叹息。她说树木也是有生命的，人们不能随便毁坏树木的生命，尤其是槐树，会成精的。听说槐树能够成精，我们的小脑袋里立马浮现出绿脸槐精的模样，几乎吓得半死，我们再也不敢捋槐树叶子了。老奶奶要去庙里烧香，我们一蹦一跳地跟着老奶奶来到村西的油爷庙前。

老奶奶让我们在庙门外等候，自己独自进去。我们扒在门边往里瞅，庙里光线昏暗，油爷石像高高地站在庙堂正中。老奶奶从篮子里取出蜡烛点燃，庙内一下子亮堂了，油爷石像也瞬间聚拢了佛光，一下子仿佛光芒万丈了，身着云朵与花瓣样袈裟，双目微闭，神态祥和宁静，敬畏使得我们连大气都不敢出。我们眼巴巴地看着老奶奶清扫、上香、下跪和拜祭等，心里还是有些许的着急，好不容易等她做完佛事，这才吃上了油爷庙里的供品，虽然蔫蔫的，但是味道甘甜无比。

后来，尾随村里大人去油爷庙里的次数多了，熟悉了，也就习惯了，不再觉得油爷威严，反而有种说不出来的亲切感觉，好像"他"就是我们的爷爷。油爷庙前有一大块空地，两棵高大的柏树各立两边，像撑开的大伞，遮掩着夏日的骄阳和冬日的雨雪。我们小孩子常常在庙门前打闹和嬉戏，油爷就站在庙里静静地看着庙外的我们，听着我们稚嫩的童声和甜甜的笑声，那份满足的神情是非常迷人的。更多的时候，我们还是喜欢静守在那里，等大人把换下的供品分给我们吃。俗话说得好，"爷爷领气，孙子尝味"，油爷因为"受人香火"，自然要"与人消灾"。在保佑村子平安的同时，油爷也享用着村民供品的香气，而我们这些子孙后代，总会享用供品的香甜。庙里的这些供品总是带着神秘的仙气，享用之后浑身通畅。那份心理上的满足，甭提有多美了！

油爷不但让我们身体通畅，还保佑了村民的平安。村里曾经有一种习俗，谁家男孩连遭命运折磨不好生养了，就希望借助神佛的力量来驱除孩子周围的鬼魅。他的父母会请高人跪求神佛，祈福孩子。高人就在庙里的神佛面前，给孩子脖子上戴白银打成的"锁"（银器项链）。这个孩子就成了庙里神佛的孙子，孤魂野鬼或魑魅魍魉就不敢再侵害年幼的他。直到这个孩子成人结婚前，才会到神佛面前开锁还愿，感谢神佛多年的庇佑，也报告神佛自己已经成年，该成家立业了。有一次，村里一个叫小龙的男孩，年纪小小就几遭灾难，父母实在没法，就将小龙依次"锁"在村里的关帝、龙王和菩萨等庙里。可是，关帝、龙王、菩萨等神佛还是保佑不了小龙的平安，小龙依然灾难频频。后来，村里老人说小龙的命太贱了，劝其父母放弃，可是，小龙的父母还不死心，最后心一横，把小龙"锁"在了不位列仙班的油爷跟前。然而，意想不到的事情发生了：小龙开始无灾无难了。这件事后，油爷石像就成了我们村的"镇村之宝"。今天看来，在神庙里"锁孩了"，也许是我们村村民的愚昧行径，但是从另一个侧面也说明了油爷在村民心中的地位。

俗话说"自古少陵原一条道"，指的就是油爷庙东边的壕沟，即"油爷沟"。据村里老人讲，在交通工具不发达的年代，如果想要爬到千米之高的少陵原，就必须走这条古道。早些时候，适逢樊川的油菜花结籽炼油后，卖油郎们就会推着沉甸甸的木轮推车，到交通不便的少陵原上卖油。卖油郎们路过油爷庙前歇息时，顺便也给庙里的石佛像上倒一勺子菜油，原因是因为有石佛的暗中相助，他们才能登上少陵原，并且生意兴隆。倘若遇上哪个吝啬的卖油郎舍不得给石佛像上倒一勺子菜籽油，他的木轮推车以后就很难推上少陵原顶。现在想想，这也许是卖油郎们的心理寄托，不过大家都把石像叫油爷石像了。新中国成立之前，油爷石像的南边曾经有一座高达十五六米的砖塔，塔下有一口大铁锅，后来不知怎么就不见了，也许是合作化时期，生产队吃大食堂时给社会主义建设者做贡献去了。

近年来，全国到处大兴土木，远在少陵原上的村民也急红了眼：清凌凌的涝池填满了建筑垃圾，根深叶茂的大槐树让道拓宽的大路，洁白的云朵藏匿到雾霾里，绸缎的黄土混进了瓷实的沙砾……少陵原上的村民开始积极地向"钱"奔走，甚至做起一夜暴富的黄粱美梦。走亲访友之际，谈论最多的还是西安民用航天基地建设的进程：最近少陵原上拆迁了哪个村子，又准备拆迁哪个村子，某某村村民将地里的粮食全部换成了果树，某某村村民盼拆迁竟盖起一砖半的五层楼房……那还没有等到拆迁的村民更是狗急跳墙，迷了心窍，偷走了高达两米、底座还深埋在土里的油爷石像。唉！早知道村里的油爷石像会被哪个龟孙子偷走，为什么当初不知道给油爷石像盖三间大房再上个带大锁的铁门呢？油爷石像被偷到哪里去了呢？村民们你看着我，我看着你，心里那个懊悔啊！在万般无奈的情况下，村民最后决定报警。

漫长的等待，焦急了村民们忐忑的心。月余后，警方才从西安市长安区文物局的匿名电话中，寻到了被盗的油爷石像。长安区文物局、公安等部门立即赶往二里外的邻村，在村子后面的麦地里，工作人员找到了丢失的油爷石像。原来，那盗贼财迷心窍，把我们村的油爷石像当成文物要倒卖。虽然经过精心策划，但盗贼终落法网。

现场的文物专家初步判断这尊油爷石像应该为唐末文物。为了避免文物再遭损坏，十多名工作人员和我们村村民将这尊重一吨左右的油爷石佛像从黄土掩埋的坑中抬起来，后装车安全运到长安区博物馆，事后将对油爷石佛像进行进一步研究确定等级。

不久，陕西省文物专家鉴定结果出来了：根据雕刻造型的历史资料考证，我们村这尊油爷石像双手处有圆形插孔，面貌与体态壮硕，着通肩式袈裟，袈裟轻薄贴体，内穿僧祇支，腹部微挺，衣饰于胸前挽结，衣纹简洁，为北周时期雕刻的释迦牟尼佛立像。

啊！我们村的油爷石像是释迦牟尼佛像？给我们童年带来快乐、平安的油爷竟然是释迦牟尼佛！大彻大悟的释迦牟尼竟然大隐于环境优美、民风淳厚的我村？震撼之余，我又想起油爷庙里供桌上的供品，原来，我们小时候享用的美食竟然是村民供奉释迦牟尼的供品，难怪村里那连遭厄运的小孩，在油爷的庇护下能长大成人？嘿嘿！想起我们小时候的事情，不免唏嘘不已。

如今，出于安全考虑，政府已经把油爷石像请进了西安市长安区博物馆，我们村的油爷不能再陪伴村里的村民了。虽然这样，油爷庙里的甘甜供品，至今还存留在我的记忆里。

渐行渐远的背影

一位清瘦的高个子老头，正在费力地推着一辆自行车，车子后座绑着两个沉甸甸的大筐，迎着刺骨的寒风，沿着铺满积雪的道路，吃力地行走着，慢慢地消失在茫茫的大地里。

父亲虽然离开我们六年多了，我却总觉得父亲还在老家生活，直到每次回老家，再也看不到父亲的身影时，我才确信父亲确实已经离开了，然而风雪里的父亲总是浮现在我的面前，让我深深地体会到了父亲一生的辛劳。

我是计划外出生的，在我刚刚落地时，父母一看又是一个女孩，似乎很不高兴。不过我确实乖巧，不哭不闹，一睡就是六个月，把自己睡成了人见人爱的小美人，也睡成了父母捧在掌心怕化了的小水珠。等我能听懂人话时，听姐姐说我是父亲进秦岭山里给木器厂采购木材的时候捡来的，说让父亲送我回山里的爹妈家。由于不是亲生的，父亲宁可跟他的朋友们一起乐呵也不愿陪着我玩。小小年纪的我看得出父亲并不喜欢我，我当然也很讨厌父亲了，觉得他武断专横、不愿粘家。就说我四岁那次感冒吧，他硬是按着我的胳膊让母亲用缝衣服的大针在我的额头上、喉咙处和胳膊弯里狠挑，然后用力地挤出血液（这是我们陕西农村的习俗，他们认为从病人身上放出来点儿血液，感冒、风寒、肚子痛什么的就好了）。我当时那么小，而缝衣服的针又那么粗，额头连挑三针，放血；接着又挑喉咙三针，放血；最后还要在胳膊弯里连挑三针，放血。那一针针进去，疼得我哇哇大叫，尤其看见血把手纸都染得鲜红，那可不是欺负小孩的行为吗？我的手脚被父亲按住，母亲实施刽子手动作，两个大人欺负一个小孩。我挣扎不了，就连哭带骂，使劲地叫着父母的名字破口大骂，可他们还是要那样折磨我，直到母亲对我实施完暴力，而我也像泄了气的皮球一样疲软下来。我不吃不喝地躺在床上，一天里都不想理睬他们。父亲为了安慰我，要领我到村里的小商店给我买糖吃，我死活不去，也坚决不吃父亲买回来的糖果。

放血这件事情对我幼小的心理造成了很不好的印象，又加上父亲为了采购木材没日没夜地进秦岭的深山老林，我总怕他把我送走，就躲着他。平时我也不愿和他走近，都是他叫我了，我才走近他。我总是远远地站在父亲的对面，远远地看着他，直到他的突然离世。

父亲离世后，从兄姊们虽然已经尽孝到筋疲力尽却仍然深陷在"子欲养而亲不待"的愧疚里，从方圆百里亲友为父亲送行而把秦腔唱响了整个少陵原的敬重里，我开始思考父亲为何能让子女陷入深深的愧疚、让亲友言谈之中由衷地敬重？借着模糊的点滴记忆，我拂去厚厚的岁月尘灰，展平那些藏匿在历史角落的褶痕。父亲的生命轨迹便在中国近现代历史的发展里，作为一位普通的关中农民形象越来越清晰了，他的身影里也深深地印下了中国历史的烙印；父亲是二十世纪二十年代末生人，在"四男一丁、五男二丁"的兵役制度下，小小年纪的父亲便肩扛家族重任，十六岁代兄入丁，做了国民党兵营的壮丁，从陕西西行蜀道入四川，后实在不堪忍受非人待遇，便和一群壮丁从兵营里夜逃，躲过枪林弹雨，绕道甘肃，三个月后如乞丐般爬回陕西的少陵原。新中国成立后，父亲很快投入社会主义建设里，带领村民轰轰烈烈地大干社会主义。改革开放后，父亲凭借自己的智慧很快成为富甲一方的万元户。至此，父亲也完成了从国民党壮丁到砖瓦厂厂长、石砭峪水库修建时几百

人的总指挥、木器厂厂长、改革开放带头人等角色的转化，实现了一位
关中农民立业的辉煌。而这辉煌的后面，记载着父亲一步又一步的艰难，
比如代兄入丁这件事，当村里的保长三番五次地到家里催丁的时候，当
自己的哥哥因出丁而怕得号啕大哭的时候，为了手足情谊，年少的父亲
仗着自己个子高大冒充壮丁；又比如担任厂长那些年，为了厂子的生产
原料和产品销路，他很少陪伴我们兄弟姐妹的成长，没日没夜地扑在工
作上，无论进秦岭深山采购木材还是跑西安各个大学销售桌椅，都能给
厂子带来活路，给村民谋条生路；到了改革开放时期，村里的成年男人，
不管是普通农民还是村里干部，为了获得更多的财富，都进城做起了小
本生意，父亲当然也不例外。一次，父亲和村里的一位教书先生同去西
安城里摆地摊，就在教书先生去饭馆吃饭的时候，市政管理者来检查卫
生了。这时，父亲先藏起了先生的商品，等他再返身回来时，发现自己
的商品被市政管理者没收了。父亲这种宁可亏了自己也对得起兄弟、朋
友的品德，每每回忆起来，总是那么令人感动、令人敬重。

　　在子女教育上，父亲也是胸怀大志的。为了子女的前程宁可劳累自
己，风里来雨里去，一连供给了我们兄妹五人考学或工作，直到我们的
大家庭，成了家境殷实、友好和睦的四世同堂。勤劳一生的父亲，此刻
却依然享受不了年老的平静岁月。古稀之年，身体硬朗的父亲还想再次
开办木器加工工厂，后被已经富甲一方的哥哥强烈阻止，才被迫放弃想
法。谁知耐不住寂寞的他，后来竟迷上了麻将。嘴上说是输赢一两毛钱，
图的就是一个热闹，行动上可是风雨无阻、按时按点到场。父亲的"不
务正业"行为，没少遭到母亲的唠叨，刚开始时，父亲还多少有点儿不
好意思，背地里和母亲闹点儿小别扭。可是，善良的母亲却不懂得斗争
策略，在子女们跟前唠叨，子女们只是劝说一番，母亲没捞到"正义"，
又唠叨到亲戚那儿了。没想到，母亲的这一次唠叨，把父亲的"不务正业"
推向了一个新的高度。父亲的外甥当面就顶撞起母亲来了，说都七八十

岁的人了，只要不生病，爱怎么玩麻将就让他玩去，反正又输不了家当，更何况父亲在麻将场上钱财还总有进入。没想到这回让母亲挨了个肚子疼，还增长了父亲的气焰，他更加"肆无忌惮"地玩上瘾了。只是在农忙季节或是我们兄妹们从城市返回老家了，再或者就是家里来了客人，父亲才是一天二天三天都不会进麻将场。看样子倒还是个自制的老头，并不像母亲说的那种"败家子"嘛！

2005 年，父亲年近八十岁时，得知我们在北京分了房子，感觉我们确定把家安在了北京，遗憾中还是非常高兴。当我请父母来京转转时，没想到他们欣然同意了。这倒让我有点儿吃惊，后来想想也明白了，毕竟这些年农村的生活水平提高了许多，村民的眼界开阔了，跟旅行团坐飞机逛北京的人越来越多，再说西安到北京，车票并不贵，谁还出不起这点儿钱？只是母亲心脏不好和有晕车等毛病，怕给我们增添麻烦，后来死活不愿来京。我们兄妹几人商议之后，大家各尽所能，出钱、出力、出人，一路开绿灯满足父亲的北京之游。也许到了北京这样的大城市，人的视野会更加宽阔，蜗居山村的父亲对麻将的嗜好可能会多少有点儿改变吧。

抱着看女儿的心理，父亲特别高兴，并且从头到脚焕然一新，来时还带了四样小礼物，把旧时陕西关中乡绅走亲戚的礼节做到了极致。这倒让我有点儿不自在了，不得不还以主宾之礼，每天尽量做或买不同样的饭菜招待他们，虽然我的厨艺实在不敢恭维。我也曾暗笑父亲的迂腐，哪有到自己女儿家还这么生分的啊。父亲来京时，正值伏天，楼前还在盖楼，面南的大房子简直睡不了人，好在父亲耳背，施工对他并没有影响，我们倒也心安起来。我们陪着父亲逛故宫、去毛主席纪念堂、游颐和园等，看看昔日皇帝的住所，因为父亲毕竟是旧社会过来的人，对皇帝比较感性，想他看了以后，会有更深的感触吧。更让我没想到的是父亲参观完毛主席纪念堂后，像见到毛主席真人一样激动得满面红光。

　　现在，步入中年的我，懂得了柴米油盐后，懂得了人情世故后，才深深地读懂了父亲的一生，才深深地懂得了什么是勤劳善良、什么是德高望重。依稀中，我又看见了父亲的身影：一位清瘦的高个子老头，正在费力地推着一辆自行车，车子后座绑着两个沉甸甸的大筐，迎着刺骨的寒风，沿着铺满积雪的道路，吃力地行走着，慢慢地消失在茫茫的大地里。

遥远而美丽的董爷沟

定居北京多年了，总是忙里偷闲，去以野趣著称的樱桃沟。面对美丽的樱桃沟，我想起了那遥远而美丽的董爷沟。

董爷沟位于西安市长安区夏侯村西、东西杨万坡间，北依少陵原，是樊哙花园遗址通向少陵原上的一条重要古径。这条古径由绵延二三平方千米的沟壑与海拔 600 米的曲折坡路组成。其中有樊川八大寺院之一的兴国寺，是长安慈恩寺下院。宋时，兴国寺改名"延兴寺"（张礼的《游城南记》）。后被一个刘姓人家占作私家花园，经其修葺，花园内"竹木森蔚，泉流清浅"，云栖之洞美若仙境、禅如乐土。据史料记载：清雍正时，云栖洞寺庙北枕少陵原，面向溪流，四周竹树环合，清幽无比。沟底有一股小溪，经年向外流淌，溪流上架设一座木板桥。道士董本云在此出家修行，故这里又得名董爷沟。1939 年，为避免日机轰炸，陕西省教育厅便在兴国寺旧址上创建了规模宏大的兴国中学，木板桥取名 "卢沟桥"，意思自然是不忘卢沟桥事变。新中国成立初期，董爷沟迁来了西北军政大学和西北艺术学院两座高校。1954 年，这两座高校经过扩建和改建，成为西安美术学院。

我本少陵原上一介村民，上原下原自然成为家常便饭，董爷沟是我常走常歇的地方。这条古径东边，有高大的白杨树，整齐而苍郁，延伸至远处。白杨林中，一条小溪从北往南，缓缓流过沟渠。伴着一路潺潺的溪水逆行，不到两百米，便见一汪清澈见底的方池。方池四周，慈眉老妪、艳丽少妇和如花少女洗衣浣纱、撩水嬉笑。驻足倾听，笑语欲止。实在不忍打搅，我便继续前行，眼前一座青砖石洞，洞上一座木桥横空两原半腰，人行桥间，微微欲坠，此所谓"卢沟桥"。

穿过卢沟桥石洞，眼前便豁然开朗，满眼的春色，生机勃勃，有两条曲折小路分别通往少陵原上的大、小长胜坊村。小路中间，有一条宽五十米左右的深沟野壑，其间碧草横铺，蛐鸣蛙和，树木葱郁，雀欢鸥舞。这里简直成了鸟雀的天堂，人已经不能行其间了。站在通往小长胜坊村的小路上抬头远望，半坡上新开垦的几处农地上，金黄的油菜花灿烂无比，将明快的春光尽情渲染；肥大的青菜地晶莹剔透，将天成的碧玉精美镶嵌；清澈的泉水时隐时现，将欲露还藏的羞涩瞬时遮掩；几株塔形的柏树固守半崖，将顽强守护的老兵刻画得淋漓尽致。

抬脚行走在开阔的软草平地上，不远处有一座褐黄色的方形塔，肃穆庄严，令人敬畏。塔上似乎还有文字，可惜我幼时看不懂，实在不知是佛塔还是道士塔，也许，佛道本同源，实在没必要分得那么清楚。这座方塔修建的年代已经不为人知了，只知道北边十几米远的柿子树，让人万般遐想。那一个个亮晶晶的绿色脑袋，一定会在秋天结满一树鲜艳夺目的红果。听说柿子树是高僧或道士栽种的，如今已有两人腰粗了，枝繁叶茂，这里已经成了过路人休憩的地方了，可真应验了"前人栽树后人乘凉"的俗语。古塔南面二十多米处，有一片小竹林，绿垂仙风，竹韵悠悠，宛若无欲无求的虚怀，我疑心是高僧或道长栽种的。

小溪旁边，一名美院学生支着画架，于是，潺潺的溪水流进了他的画中，盘根错节的柿枝伸进了他的画中，且行且歌的村姑走进了他的画中……原来，我也成了他画中的风景，殊不知他也是我眼中的风景。他那标新立异的灵魂提升了董爷沟的文化品位，早已融进了我美丽的向往；而我那朴实无华的拙笨，也成就了他画中的精髓。此刻，且让你我共享董爷沟里的这份美好。

歪着头，仔细地端详画里的世界，看出了山水的幽深与空灵，看出了村民的淳朴与厚道。哟，怎么将董爷沟里的方塔忘了？一句惊叹，顿悟了画者。他一拍脑袋，迅速地补上一笔，顷刻间，一份空灵瞬间充盈了这里的天地。其实，这里的天地不光有那神秘的宝塔，还有"卢沟桥"外那沿溪水而下，积溪成池，洗衣浣纱的慈眉老妪、艳丽少妇和如花少女，她们的嬉闹欢笑早已藏在成片的白杨林里了……

告别画者，逆着潺潺溪水，沿着小路，开始攀爬那近千米的少陵原。踩着松软曲折的黄泥小路，看小溪尽情地舞蹈，听小溪欢快地歌唱。走累了，停下脚，眼前一亮：一股小小的浪花从崖间喷出，瞬间形成脸盆大小的一汪清泉，至清至纯，想她可能就是那世外仙姝。邂逅仙姝，我自然不能放过。探身过去，掬一捧泉水，洗把热脸，算是和仙姝姐姐打了个招呼。泉水顺着细沟往下流，我回到上坡的小路上。

伴着潺潺的水声，扒着树枝，抓着草茎，我继续往上爬。慢慢地，上坡的小路变成了一段"之"字形路，既窄又陡，只可容一人通过，实在难走。我几乎是铆足了劲儿往上爬，好不容易才遇见一棵救命松树，捡了个歇脚地方，抱着碗口粗的松树稍稍歇息。低头一看，裤脚早已经被野酸枣的刺儿"牵挂"了，我只能小心翼翼地扒开小枝，这才感觉手背隐隐作痛，不知什么时候，野酸枣的刺儿已经扎破了我的手臂，渗出丝丝红血。终于，我爬上了我那广袤的少陵原了。

倘若秋高气爽，白云缀天，立在小长胜坊村的原塄，西望，对面大长胜坊那坡塄上满排的枣树集齐了天地精华，颗颗鲜红的大枣高悬于树枝上，沉甸甸地压弯枝丫，看那样子，仿佛是在奖励勇攀高原的胜者。俯视，陡峭半崖上，一条小路在陡坡处分成两条小路，如长江与黄河一样成两条河流，在太阳下熠熠发光。几只小羊在波光里缓缓地向前爬行，那放羊的村民，敞开喉咙大吼一声，雄浑而宽广的秦音便回荡在高原峡谷间深邃的沟壑里。循声下视，优美秀丽的深谷之间，烟云笼罩，塔松如伞，白杨似柱，斑鸠野雉，自由穿梭。居高临下，终于可以将一沟的美景尽收眼底。忍不住想前行一步，迈了前脚才知道，我本平凡，坠入那神仙的境界是要付出代价的。也罢！

　　每年忙罢会前，少陵原上的长辈们总是让我们这些娃娃去挖几块白土，洗刷烟灰熏黑的泥墙。于是，我们身背小竹篮，手提小镬头，三五成群，欢歌笑语，顺羊肠小路而下，来到董爷沟，于陡峭断崖中，挖几块白土，装入竹篮，返回原上，然后，将白土融入水盆里，刷那落满烟灰的黑墙。兴起之时，我们要过大人手中的刷子，装模作样地刷上几刷，然后，闻着刚刚刷过的浓浓泥味，心里的满足就甭提了。

　　董爷沟里不但有刷墙用的白土，还有黑油油的观音土。在天灾人祸的艰难岁月里，观音土不但能将辘辘饥肠填饱，而且还是解除大烟瘾的好东西。听长辈们讲，旧社会人穷，生了病痛苦万分，郎中就给病人服用少量大烟壳子以求减轻病人痛苦。这样，痛苦确实是减轻了，然而有人却不幸染上烟瘾。怎么办？人们来到董爷沟里，祈求沟里寺庙里住着的高僧。一次偶然的机会，人们发现了董爷沟断崖上的观音土能够治疗烟瘾。当然，这也许只是传说。虽然是传说，却很美丽。

　　林木茂密的少陵原上，水流自然也是从高到低，新旧寨子、四府井和新和村等高亢的地势藏不住汹涌的雨水。每逢夏秋季节，暖湿的气流越过秦岭，吹扬了绸缎般的黄土，黄土如尘，甩了沉重，扶摇上升，飘荡空中，形成降雨的锋面。于是，天降大白雨，涝池满溢，水流就顺着低洼的地方流走，在这几个村子中形成一个凹陷的地方——栲栳村。栲栳村常常水漫村庄，狼藉一片，苦不堪言。大水漫过之后，流向西南，冲出一条宽宽的大渠，黄泥伴着流水，再流向西南，于是就将一个完整的长胜坊村一分为二，一大一小，两村中间形成一条幽深的沟道——董爷沟。

二十世纪九十年代，恰逢合并大学，返城高潮形成，偶然间听说西安美术学院也闹着进城。终于，他们离开了少陵原畔，离开了美丽的董爷沟进城了。从此，董爷沟里没有了那群写生的生机勃勃的学生，换成了一所职业学院。没有写生学生的董爷沟，好像也丢了自己的灵魂。

二十一世纪初，我那仰天拂云、俯川呼峦的少陵原走进了世人的眼里，不是因为它有凤凰栖息的美丽传说，也不是因为它有西周墓群、汉代大冢的累累胜迹，也不是因为它疏于管理而丢失了"油爷"（北周释迦牟尼立身大佛），也不是因为它拥有"九井十八寨"的天然博物院，仅仅是因为发展西安民用航天工业基地需要，在响应村村通公路的政策下，少陵原南畔上下几个村子的村民日夜盼望着占地、拆迁。为了配合政策需要，村民们和治理滑坡的职业学院走在了政策的前面，大家齐心合力，以建筑垃圾为原料填沟修路，硬是在深壑的董爷沟里修成了一条宽广笔直的公路。如今，原下的汽车、卡车可以从董爷沟直接奔跑上少陵原，然而，那深谷幽兰的董爷沟没有了，企图重返原址的西安美术学院也回不去了。此刻，那覆盖公路旁边的下水道的敲碎的水泥板，仿佛受了伤的汉子，那么参差不齐；那裸露在外的红砖白瓷，张牙舞爪地宣扬愚公移山的伟大，然而，董爷沟里渗出的泉水，黑了周围的虚土，仿佛在无声地诉说自己受伤的心灵。

曾经，面对参差不齐的断崖褶皱，我仔细地数过，足有五层不同的颜色。如果按照地质学家的说法，五层不同颜色的土质代表五个不同的地质年代。五个地质年代，大自然才冲蚀出这样一条美丽的沟壑，没想到最近几年，却被垃圾填平了。

如今，再过董爷沟，不见了藏美于眸的村民，看到了谈"拆"兴起的市民。傍晚时分，天干物燥，烦躁的太阳无心地照在董爷沟的公路上。公路一旁，一间间青砖棚屋林立，随心所欲的招牌上写满了店家的疯狂广告语。烟熏火燎之中，市井叫卖声里，杂糅着半生不熟的秦音。吆喝拉客，热情倍增，顿觉如入烟花柳巷之中，让我感到浑身不自在，赶紧逃离这里。无树遮挡的董爷沟公路，反射硬巴巴的光芒，犹如一把利剑生愣愣地刺入我的眼睛。俗话说："无鸟则俗，无雅则颓。"那藏匿在杨树林里的小鸟去了哪里？池边洗衣浣纱的女子去了哪里？美院写生的画者去了哪里？

如今，樱桃沟里的千年流水依然潺潺，《石头记》里的斑斑泪痕依稀可见，我那遥远而美丽的万年董爷沟，却再也寻不着它了。

佩枪的公安局长

回老家时，惊闻二舅脑梗，不由得感慨人生的无常，同时也勾起了我的回忆。

记得小时候，少陵原上，村后的柿树园便是我们童年的乐园。从吐出淡黄色柿子花到结满了绿莹莹的果子，再到捡拾红彤彤的柿子享用，我们小伙伴就一直在低矮粗壮的柿树园里优哉游哉，不是躲进柿树的枝丫里，扮作一个个土精灵古灵精怪，就是穿梭在茂密的柿叶林中，扮作捡拾柿树林中果实的鸟雀叽叽喳喳。直到柿树园的柿子树上挂满火红火红的果子，村里的大人才不准我们进柿树园半步。

有一年，柿树园的柿子眼看着要红了，甚至个别的柿子都能吃了，却不见大人来赶我们走。我们在柿树园里玩得正高兴的时候，旁边的小土路上，远远地走来了一个人，头戴大壳帽，身穿白警服。呀，不好，老卞来抓偷柿子的小孩了。老卞，不爱言语，整日黑着个脸，他是我们村里长期蹲守的警察，负责村里的治安工作。村里小朋友都怕他，谁家小孩要是哭个不停，大人总是吓唬小孩说："再哭，就被老卞抓走了。"那正哭的孩子，把哭出一半的声音硬生生地咽了回去。可见，老卞在我们幼小的心里，那威慑力该有多大啊。我们总以为穿公安制服的人都叫老卞。那次在柿树园，已经记不清当时是谁喊了，总之，我们几个小朋友像小猴子一样滑下柿树，穿上布鞋撒腿就往村里跑。等到气喘吁吁地躲在我家后墙苞谷秆后，我在低头之际，才发现由于奔跑得太急忘了系好鞋带。我赶紧平息气息，装作什么也没做过。然而没想到的是，那位白衣警察径直走向我家。我们紧张得要命，后悔自己躲错地方了。不过想想，反正他又没在柿树现场捉住我们，再说我们又没破坏那又绿又涩的柿子，大可不必紧张。

也许是因为从小就生活在高高的少陵原上，落后封闭的高原阻隔了与外界的交往，我们从小就没见过什么世面，看见警察就发抖，更没想到这位警察竟然走进我家的门，同伴们就嘀咕着老卞一定是来抓我们家大人的。我当然不同意他们的观点，和他们争论起来，因为我心里明白，我父亲是村里的干部，老卞每次到我们村就住在我家后房。我知道老卞有一把手枪老是别在腰上，还有一支很大的手电筒放在枕头边。趁他不在村里的时候，我还偷偷地玩过他的大手电筒，一照就能照到很远的地方，即使在漆黑的夜晚，强烈的电光足以让坏人睁不开眼睛。我们还管老卞叫叔叔，老卞叔叔一日三餐都在我家吃饭，还给我家口粮钱，我虽然害怕他但还没害怕到发抖。即使这样，我还是有些不安，赶紧往家里跑，生怕家里的大人被警察带走。

回到家，悄悄地扒着门缝向屋里看，只见白衣警察坐在方桌旁喝水，母亲也坐在方桌另一头陪着说话。看到他们亲切地交谈着，我放下了担忧的心。母亲见我跑回家，满脸是汗，用她的蓝布围裙擦了一下，把我推到白衣警察跟前，让我管他叫"舅舅"，母亲还说舅舅刚从新疆回家探亲。我不知道新疆在哪里，只知道在很远的地方。舅舅年轻时当兵去了新疆，一走就好多年，我没见过他。当然也许是见过，只是我太小不记得他，总之，这次相见对我来说是第一次。也许是农村孩子生来就嘴巴笨，我竟然开不了口叫舅舅，倒是舅舅先说话了。

"哟！都长这么高了。"

说着他站起身来，在自己的腰间比画着我的个头。望着舅舅牛高马大的样子，听着他说时间过得真快，外甥女不认得舅舅了。我终于知道这位戴着大壳帽的警察是我的舅舅，我便不再害怕了。

逡巡在屋子里，听着母亲和舅舅拉着家常，我看见方桌上有一把黑色的手枪，我以为这也像我父亲给我做的木头手枪。我磨蹭到桌旁，伸出小手想摸方桌上那把黑色的手枪。看到我的举动，舅舅连忙拨开我的小手，把枪往方桌里面推了推。我够不着了，但有点不甘心，于是还爬上椅子伸手去够。舅舅制止了我，说："这枪是真的，可千万不能动，小心走火伤人。"

"你回来探亲干吗还带着真枪？多危险啊！"母亲的话中充满了责备。既然舅舅带枪，就说明一定有危险伴随，母亲的脸上显出了少有的忧郁。事后，母亲才告诉我，舅舅这次从新疆回西安探亲，顺路给西安公安局押送四个重犯，上飞机前，四个罪犯请求解开手铐，给他们做人的一点尊严。舅舅和四个重犯讲好不许逃跑的规定，才让他们在沿路上像自由人一样体面地活动，并且还给他们解开了手铐。母亲的言语充满了对心地良善的舅舅的无限担忧，若是那四个重犯联合起来对付舅舅而逃跑，舅舅又如何能一人擒住四个重犯呢？即使他是新疆的公安局长，只身在外执行公务，又如何能调动千军万马啊？

反正不管怎么说，此后，无论舅舅的身份怎么转换，总抹不掉他是佩枪的公安局长的影子。

以后的日子，舅舅每次回家探亲，第一站多数是我家，这自然源于母亲对这个弟弟的照顾，因为舅舅从小饭量比较大，母亲总是宁可自己少吃一口也要让弟弟吃饱肚子，所以舅舅总是对我们家亲戚说："只有在我二姐家，我才能吃饱肚子。"后来，听母亲说舅舅为了能吃饱饭，就去当兵了，并且一走就好几年回不来。舅舅每次探亲回来，都要在我们家小住几天，勤快地挑水拾柴、烧火做饭、打扫庭院，力图能为自己的姐姐多做一些家务，即使他总是远在新疆，也不时寄来一些当地的特产。天冷了，舅舅给我的父母寄来羊毛大氅和羊毛褥子等，在那个物质资源匮乏的时代，羊毛大氅和羊毛褥子几乎是奢侈品，父亲穿上羊毛大氅，十足地阔绰，加上父亲也有当兵的经历，活脱脱一个军官模样。在自行车凭票供应的年代，父亲想买辆自行车，舅舅就从新疆寄来，虽说舅舅远在他乡，但见到这些实实在在的东西，我们总是感到舅舅就在我们的身边，与我们有着血浓于水的亲情。后来，舅舅调回陕西咸阳，我们亲戚之间的来往更加频繁，母亲常常对我们夸赞舅舅妗子的好。

就是这么一位好人，老了却脑梗了，目前，他甚至连我们都想不起来了，我们却常常想起他的好。

九井十八寨

"九井十八寨，寨寨出妖怪……"

古老的民谣又一次在耳边响了起来，我的心不禁抽搐了一下，继而迈过千山万水，回到生我养我的九井十八寨。

九井十八寨，顾名思义，是由九个井和十八个寨子组成的。然而，这里的井，不是汲水的井；这里的寨子，也不是村寨的寨。不是汲水的井，也不是村寨的寨，莫非真如民谣所云"寨寨出妖怪"不成？

这事儿还得从明朝说起。洪武年间，地处陕西关中地区的少陵原，因其在天文上暗合北斗七星的勺柄之处，在地理上处于浐河、滈河之间的双龙戏珠之地，自然也成为明朝皇族升仙轮回的首选之地。那些游走于天地间的众多生灵，没有一个不渴望能够在这块风水宝地之上吞吐北斗之云气，吸纳龙珠之灵气，化戾气为祥和，去尘世之纷扰，灵魂得以濯清和舒展，进而飘飘然，抬脚触及高台之云梯，伸手触摸苍穹之美德，心底驰骋星河之璀璨，最终位列仙班或转世新生。特别是到了夜晚，寂寥的少陵原，或万里星空，缥缈仙境；或楼台琼阁，一览无余；或宇宙混沌，天苍地茫；或漆黑寂静，六道轮回……适逢漆黑寂静的夜晚，本来就人迹罕至的少陵原，更透显出了其寂静博大之本色。那些看护先人阴灵的守陵者，实在不忍惊扰阴灵游走的随意，家家户户早早地关门闭户。大人们放浪形骸，横陈土炕；小孩们担惊受怕，苦度年少。这一切源于九井十八寨里那两棵粗如碾盘的空心老槐树，据说这两棵老槐树里藏有一男一女两个人面狐狸身子的妖怪，一到天黑，它们就出来在九井十八寨子里兴妖作怪，残害百姓。直到有一年夏天，老天爷发威了，用电闪雷鸣之自然威力，劈裂了空心老槐树，揪住了这两个人面狐狸身子妖怪的鼻子，惩治了妖怪。九井十八寨里不再有妖怪作祟，守陵人这才过上安宁的日子。后来，但凡谁家小孩淘气，大人就会吓唬说："老天爷知道了，要来抓鼻子了。"

这个神奇的传说，仿佛一道来自皇宫的圣旨，给九井十八寨的守陵人传递着一条信息：为了九井十八寨的未来，活着的时候一定不要作恶，一定要做个安分守己的良善臣民。

这道蒙着神秘面纱的圣旨，的的确确来自大明王朝的皇宫，来自远在南京的明朝皇帝朱元璋的手谕，而九井十八寨的形成，自然也源自明朝。这事还得从洪武年间说起，洪武元年（1368 年），明朝军队攻占了元朝大都，结束了蒙元在中原的统治，明太祖朱元璋定都南京。作为开国明君的朱元璋，他非常清楚陕西乃至西部城市，对稳固明王朝的统治有着非常重要的战略意义，必须予以高度的重视。洪武二年（1369 年），朱元璋就命令大将徐达率军从山西渡河入陕，占领奉元路，后改奉元路为西安府。洪武三年（1370 年），朱元璋年仅十四岁的次子朱樉，因为能力超群，特意被封为秦王，驻跸西安，镇守西北边地。洪武十一年（1378 年）五月四日，年满二十二岁的朱樉，就藩西安府。临行之时，朱元璋悉心教导朱樉"关内之民，自元氏失政以来，不胜其弊。及吾平定天下，又有转输之劳。西至于凉州，北至于宁夏，南至于河州，民未休息，予甚悯焉。今尔之国，若宫室已完，其余不急之役，宜悉缓之，勿重劳民也"。

这是一位父亲对儿子的谆谆教诲，也是一封玺书的智慧见证，因为朱元璋曾两次想定都西安，只是考虑到西北边地的贫瘠，以及有可能随时出现的战乱，才打消了定都西安的念头。这次朱樉就藩西安府，朱元璋还给他配备了卓越的军事指挥官。然而，当年满二十二岁的朱樉就藩西安时，哪里会想到秦地却是一片河水汤汤、草木葳蕤的景象，连他的军事指挥官都诗兴大发，吟咏对联一副，上联：宁羌安边秦地江山秀，下联：牧民弘德金陵社稷春。横批：气接终南。朱樉赞叹之余，却以为将"江山"两字改作"山川"更为妥帖，原因是怕父皇或皇兄心中有碍。在修建秦王府等重要建筑时，朱樉更是牢记父皇教导，时常告诫下属不得奢靡。总之，在朱樉长达八年的苦心经营下，西安基本上改变了宋元以后的衰败面貌，成为西北地区名副其实的政治经济中心和军事重镇。可以说，在明朝分封的25位藩王中，朱樉的势力发展得相当迅速，有"天下第一藩国"之美誉。

俗话说"一龙生九子，九子各不同"。有温顺乖巧的，有威猛强悍的，有胆小怕事的，也有暴虐残忍的……自称真龙天子的朱元璋，他的众多儿子大多非常优秀，虽然他们的性格大不相同。比如朱樉，也许就是精力充沛型的，他如历朝的封建皇子一样，骨子里自然也摆脱不了对江山、财物和美女的欲望，或者说他希望自己能够主宰自己的人生，包括对权力的过分追求，包括对财物的强烈掠夺，包括对女人的过度欲望……也许，这些都是冷兵器时代一个强势男子的正常角逐。无奈，朱樉的老爹——当朝皇帝朱元璋，本着太子朱标才是明朝皇权承继者的古训，只是希望次子朱樉成为日后新皇的左膀右臂，协助其安定中国的大西北。甚至连朱樉的女人，也是为爹的早已为他物色好了的政治联姻——元末大将王保保的妹妹，那个可能与他同床异梦的女子。

随着军事经济实力的增加，朱樉似乎也开始有了对皇位的觊觎之心，这让还在皇位的朱元璋隐隐地感觉到了一丝不安。洪武二十四年（1391年），朱樉因为在其藩国内的不检行迹，被朱元璋召还京师训教，后来，还是仁慈的皇太子朱标从旁劝解，次年他才被放还藩封。洪武二十八年（1395 年）正月，西北地区的洮州有乱，严重威胁到明王朝的政治稳定。骁勇善战的秦藩王朱樉受父皇之命，率平羌将军宁正等人远征洮州，大获全胜。眼看着建功立业遂成、声名威望并起，然而，这年三月二十日夜里，朱樉在自己的藩王宫里，因食用葡萄煎或者樱桃煎，走上了不归之黄泉路。如他的父皇朱元璋对他的盖棺而论：你的生活奢靡也罢，掠人妇致死就显得不地道了，更别说远征洮州时阉割当地的幼童，简直到了不可饶恕的地步了……总之，你这个不争气的逆子啊，朕定你 28 条罪状，都难以道尽你的罪状。可怜的老爹，在丧子之痛中，还得打起精神理智地处理次子的后事，他赐谥册曰："哀痛者，父子之情；追谥者，天下之公。朕封建诸子，以尔年长，首封于秦，期永绥禄位，以籓屏帝室。夫何不良于德，竟殒厥身，其谥曰愍。……"（《明史》）。愍者，从心敃声，本义忧患、痛心。《谥法》曰：在国逢难（逢兵寇之事）曰愍；使民折伤（苛政贼害）曰愍；在国连忧（仍多大丧）曰愍；祸乱方作（国无政动多乱）曰愍。一向爱民如子的朱元璋，对次子朱樉的暴毙，内心该是怎样的情感啊？

"藩王之死"毕竟是一桩毒杀案件，不是光耀朱家门楣的事情，这件事情在朱元璋的漫骂声中没有彻查下去。这位暴毙的秦藩王朱樉，最终是带着他的暴戾强悍与恣意妄为撒手人寰。朱樉的陵墓选址在西安府东南的少陵原——一处风水俱佳的台原。这里曾经有鸿雁高飞于此、有凤凰栖息于此，更是汉宣帝夫妇、唐皇族后妃，以及袁天罡、李淳风等玄学大师的落脚之地。这里，自然也成为明朝皇家为其子孙们选址修建皇家陵墓的首选之地。早在朱樉两岁时，明朝皇室已经在此为他选址修陵。明朝皇家陵墓工程的浩大与恢宏是常人无法想象的，光是皇陵神道两边的石人石马，就已经处处彰显着明朝皇家的威严与气势。虽然，秦藩王陵墓早已竣工，但因为藩王尚在人间，故讳避不能称之为藩王皇陵，又因为藩王皇陵的墓坑里留有一个以做藩王身后封葬之用的天井，故称之为井。总之，在明王朝统治的 276 年间，少陵原上像这样的井（明藩王陵墓）总共有九个，是秦藩王朱樉这一支脉藩王子孙百年之后的落脚地，依次为大府井、二府井、三府井、四府井、五府井、简王井、康王井、庞留井和世（十）子井。这些井封土之后为墓，每个墓都由两个营的驻军驻守。这些驻军大多是藩王生前的部下，其忠孝之心不容怀疑。带着对亡灵的敬畏情绪，这些驻军愿意以自己一生的光阴来守护藩王的阴灵。随着时间的推移，一些驻军的家眷也随军定居到这里。官兵们除了正常的守陵工作外，闲时也开垦一些荒地，或编织一些竹器买卖营生，补贴已用，慢慢地发展成了一些寨子，即所谓的东伍村（驻守陵墓东边官兵的寨子）、南伍村（驻守陵墓南边官兵的寨子）、胡家寨、大兆寨、甘寨、查家寨、常旗寨和南高寨等十八个寨子，合称"九井十八寨"。

因为"藩王之死"是一桩暴毙事件，南京的皇室虽然已经翻篇了，秦地的辖区却没有走出秦藩王暴毙的阴影。凶杀恐惧的阴气笼罩着九井十八寨的上空，一时间，少陵原上阴风森森，乌鸦嘶鸣，阴灵游走，冤魂哀号，尤其是寨子里的那两棵空心老槐树，似乎也成了一男一女两个人面狐身的妖怪藏身之处，他们常常趁着天黑出来作祟，吓唬幼童。于是，便有了"九井十八寨，寨寨出妖怪……"的传言。祖祖辈辈，口口相传，便成了九井十八寨的地域标签。四百多年后，出生在九井十八寨里的我，在恐惧的传言里，战战兢兢地度过了自己的童年，直到长大成人，我已经与朱家陵墓纠缠了近半个世纪。今天，年近半百的我又一次被幼时的民谣牵引，不得不顺着自己血脉的流向逆行，穿梭在时光的隧道里，企图找到点能够消除我内心与生俱来之恐惧的东西，可是，一点点蛛丝马迹也找寻不到。28 条罪状是铁板钉钉的事实，是一位父亲对儿子深深的责备与惋惜，也是一位皇帝对儿臣不检行为的总结与钦定，史学专家们便不再言语了。葡萄煎或者樱桃煎，在中华饮食文化中虽然非常有诱惑力，然而在中国的史书里，却变得那么狰狞，成了历史留给我们的唯一证据。那民谣里的恐惧在成年人的心里反复咀嚼："九井十八寨，寨寨出妖怪……"，莫非，那个躺在地下的藩王，死活也不承认既成的历史事实，还躲在两棵空心大槐树里兴风作浪？还在阉割着幼童的肢体？还在恐吓着幼童的心灵？虎毒不食子啊！作为血脉延续的子嗣，或者守墓官兵的后裔，或者世代延续居住的村民，我本不该心生恐惧，可为什么小小的我，心里恐惧了那么多年啊？

这是一个初春的季节，我带着漂泊多年的岁月风尘，带着我祖祖辈辈的血脉绵延，独自行走在少陵原上，行走在九井十八寨。远处，曾被雷电劈过的两棵空心大槐树，如今只剩下一棵了，还蜷缩着老枝干伏在半墙之上，挣扎着最后的力气为村民遮风挡雨。老槐树下，我的父辈们盘膝坐在那里，心满意足地喝着自产的少陵原茶水，心无旁骛地下着少陵原的茶枝棋子，神闲气定地享受着少陵原的尘外风光，自律自觉地遵守着日出守护劳作、日落落枕入眠的生活习惯。这种简到极致、慢到极致的生活，把我的思绪也拽到了一个慢条斯理的空间。我突然醒悟到，正是这种根植于他们血脉里的执着基因，才使得他们安稳于这种近乎封闭的生存现实，这恰恰形成了九井十八寨人质朴、忠诚与执着的人文底蕴，从而构成了九井十八寨特有的地域文化。这种质朴、忠诚与执着的个性，伴随着生于斯的我们的脚步走南闯北，触及世界的犄角旮旯。而我们的父辈，他们仍然在暖暖的阳光下，用自己那快要掉光牙的嘴巴，讲述着岁月的过往。

大府井村寨的地里，一大片白茫茫的野桃花正开得灿烂，像个粉色的大花环簇拥着藩王朱樉的陵墓。沿着墓地的甬道，两边的石人石马固执地守护着时光的忠诚，在野桃花的掩映下，偶然间还散发着历史的丝丝腥臊。而大墓的主人——那个曾经强势的朱樉，在历史的诟骂声里，已经悔过自新了四百多年。白衣如犬，世事如烟，四百多年的少陵云气和原野之风，已经化解了过往的千般恩怨，时间的刻刀似乎雕去了朱樉暴戾强悍的个性棱角，终究成为少陵原上的一抔黄土。这抔黄土和着天地间的正气，滋养着居住在少陵原上的众多生灵，构筑了少陵原村民质朴、忠诚与执着的人文情怀。斗转星移，受四百多年天地之滋养，春风掠过，白茫茫的十里野桃林，终究还是灿烂了少陵原的天空，妖娆了四百年后的九井十八寨，陶醉了四百年后前来拜谒的远方游客。

面对这一大片灿烂的野桃花，我不由得心生感慨：世间还有什么东西比这满原的野桃林更加耀人眼目的呢？虽然尽人皆知的北京明朝皇家十三陵，已经被列入世界文化遗产的名单里了，但是鲜为人知的西安明朝藩王十三陵，却依然静静地安卧在绿树成荫、鸟鸣人和的少陵原上，享受着少陵原上慢条斯理的时光。哦，我魂牵梦萦的少陵原啊，我的九井十八寨啊，我该怀有怎样的情绪顿悟你呢？

第二辑

长安·道旁·看花

带露的玫瑰最美

在我的心中，有一朵美丽的玫瑰，它带着清晨的露水。每当我想起它的时候，一段往事就涌上心头。

那是二十世纪九十年代，在陕西这个有着特殊文化氛围的地方，一下子涌现了五位作家，他们写出了五部有影响的书：陈忠实的《白鹿原》、贾平凹的《废都》、京夫的《巴黎情仇》、程海的《热爱命运》和高建群的《最后一个匈奴》，这五部书不约而同被京城五家出版社推出。当时《光明日报》的资深记者韩小蕙在参加陕西省一个作家座谈会的时候提出"陕军东征"这个概念，它很快就风靡全国，形成了一个口号。在"陕军东征"的日子里，记得那是 1994 年 5 月 2 日，一个晴朗的日子，我们中文班的小毛兵，有幸参加一场作家座谈会，和作家面对面谈文学。

那天早上，我们九点钟就到了陕西省少年宫，等待这些著名的作家到来。过了一个多小时，会议室里就进来了很多人，有陕西省著名的文学评论家王愚老师、作家陈忠实老师、京夫老师和陈长吟老师，还有两位陕西省团委的老师、两位西安市团委的老师、两位《西安晚报》的记者……再下来就是我们这些小毛兵了。

因为已经被老师要求读过他们的书，再加上我们这些小毛兵天生就有一种崇拜欲，所以那次一见到著名的作家老师，就赶紧凑上去，围住名人请他们签名留念。好在这些著名的老师确实为人谦和，也没有架子，签名自然也不推诿，给大家一一签名。本来就在报纸上发表过小豆腐块的我也凑上去，随同我的同学一起请名人给我也签个名。当我把本子拿到陈忠实老师跟前时，陈忠实老师问我写什么。我心里想作家都是文笔很好的人，怎么到眼前就不知道写什么了呢？我什么也没说，只是静候在那里。见我半天不说话，陈忠实老师说话了："我自己也不知道写什么，我给你写个名字吧！"写名字就写名字吧，于是陈忠实老师只写了"陈忠实"三个字，并附上了日期。王愚老师如他犀利的评论般写下了"人生的路很长，没有艰苦的努力，是很难走到头的"。当时年纪尚轻的我根本领会不了王愚老师写这话的深刻意义，想我的生活一向如此诗意，将来的人生之路如何变得艰难啊？看着王愚老师的字，我略有一丝不满，也只能悻悻地走了。倒是陈长吟老师的祝福语"祝你幸福"比较和我们的年龄合拍，更显得直截了当，更容易接受。然而，当我走到京夫老师跟前，他看了我一眼，微笑了一下，写下了"带露的玫瑰最美"这几个字。一种被喻作花朵的幸福感立刻充满了我的心，我非常喜欢京夫老师的散文化语言，瞧！京夫老师多有文采啊！他的字俊秀美丽，相当漂亮，虽然我当时还不是很理解京夫老师写下这句话的意思，但是，那种被喻作花朵的幸福感油然而生了。我沉思着：玫瑰本身就很美，如果再带着露水，它的美丽又该怎么形容呢？

　　其实，玫瑰既是一种植物，也是一种美玉。作为植物形象出现的玫瑰，自然众所周知。而作为美玉形象出现的玫瑰，却知之甚少，但在中国古代文献中确实存在。先秦杂家著作《尸子》里有云："楚人卖珠于郑者。为木兰之椟，熏以桂椒，缀以玫瑰。"这里的玫瑰指的是美玉。司马相如《子虚赋》里有云："其石则赤玉玫瑰。"这里的玫瑰，亦谓珍珠。西汉元帝时，黄门令史游编写的《急就篇》云："璧碧珠玑玫瑰瓮。"颜师古注："玫瑰，美玉名也，或曰，珠之尤精者曰玫瑰。"《说文》中也有："玫，石之美者，瑰，珠圆好者。"什么意思呢？就是说

"玫"是玉石中最美的，"瑰"是珠宝中最美的。后来，玫瑰变成了植物的名字，因其香味芬芳，袅袅不绝，再加上这种植物的茎上有刺，中国人形象地视之为"豪者""刺客"等，这种对"豪者""刺客"的欣赏非常符合玫瑰的本性。我国目前唯一的花卉院士陈俊愉先生认为，玫瑰并不娇贵，它对生长条件要求很低，它耐贫耐瘠、耐寒抗旱，很多园林甚至直接就用攀缘玫瑰做花篱，管理也相当粗放。对玫瑰的认识，中国人也没有西方人那般柔情万种的解释，无论是"豪者"还是"刺客"，玫瑰展现出的都是一种隐藏于坚韧中的绝代风华。

多少年过去了，经历生活磨砺的我，才深深地明白京夫老师当初赠言的寓意：生命如花，每个人都是一朵美丽的花朵，而当时年少的我，就是早晨那朵带露水的玫瑰花，浑身散发着青春的气息，是那么让人羡慕啊！京夫老师把生命比作花朵，可见他是多么热爱生活，希望如花朵般绽放自己，把芬芳留给人间，然而，他的生命花朵未能在人间尽情绽放，不知是天妒英才还是什么，总之，他被召回天界了。京夫老师就这样离开了他倾其一生热爱的文学事业，以及众多崇敬他的人格和作品的读者。此刻，我再次读京夫老师《金丝峡》："仙子飞天来／带飘一缕霞／月梳理云鬟／龙泉濯金钗／秀发束黛结／瀑挂满身花／玉指轻轻点／十里霞如画"一种对生命如花的理解，自然就更加透彻了。

如今，适逢八月，在这个鲜花盛开的季节里，想着一朵生命之花，将美丽留在人间后就幻化了，但京夫老师曾经赠予我的话语蕴含着对年轻人的赞美与肯定。多少年来，我心中的玫瑰永远那么美丽地盛开。其实，我们每个人都是一朵绽放的花儿，尤其在含苞待放的时候，带着天地精华凝聚而成的露水的时候，一定是人间最美的风景。

走过回坊

每次回到西安，面对凝聚中华五千年文明、拥有千古帝都人文底蕴的西安古城，我总要找各种借口逗留、走访，企图神遇华夏祖先，倾听华夏神曲，膜拜中华文明。

在西安的城墙里，有一处名叫回坊的地方，它是我回西安常去之地，好像不去回坊走走，就感到自己未曾到过西安。每次走过回坊，我的心总是澎湃不已。

走过回坊，古老庄重的气氛，强烈地围绕着我：那成荫的绿树，遮挡着四季的炎热风寒；那朴素的青砖石瓦，演绎着明清的简练严谨；那老字号的诱人招牌，蕴含着丰富的文化内涵；那警世的暮鼓晨钟，和鸣着云端的朝晖夕阳；那古朴传统的建筑设计，凝固了中华历史的久远漫长……

走过回坊，朴实坚韧的秦地人民，强烈地吸引着我：那倔强的小伙，身体里聚集着血性的阳刚；那淳朴的女子，眸子里透闪着灵秀的光芒；那黄发蓝眼的游客，嘴唇里倾诉着赞许的语言……

走过回坊，西北风情的美食文化，强烈地震撼着我：那香脆甜蜜的黄米炸糕里，藏匿着不为众人所知的历史渊源；那略带膻味的羊肉泡馍里，浸透着西北汉子的豪放不屈……透过滚滚的历史尘烟，我仿佛看见了周穆王驾八骏马车西巡游猎，看见了张骞率百名勇士出使西域，看见了班超投笔从戎深入虎穴，看见了玄奘冒越宪章西行印度……

走过回坊，鳞次栉比的名店，陈列着奇珍异宝的商品。那些琳琅满目的商品，彰显着异域的文化：西亚的琥珀、波斯的琉璃、印度的象牙、缅甸的骠乐、高丽的参茸、胡姬的美酒……总是散发着万般风情，它们令我沉醉。走在这样的大街上，即使什么也不用买，只需瞅瞅这里的风光，闻闻这里的味道，听听这里的秦音，也能够强烈地感受到回坊的特别，感受到西安的风韵。这时的我，仿佛刚刚启蒙的儿童，走进了一个奇异的空间：我行走在繁华的盛唐里，走进了人声鼎沸的闹市，看到了各国使节蜂拥而至，各地商贾云集于此……我还看到了胡姬翩舞的倩影，听到了小二招徕顾客的热情，读到了李白醉吟酒肆的诗篇……遥想那丝绸之路的绵延，原来是那远途的行者踏出的精彩人生。他们洒下的斑斑汗迹里，汇聚着人类文明的结晶，从而带给中华民族盛世太平。

那胸怀大气、容纳四方的文明，可以说是举世无双、威震四海、天地可鉴的。只有这样的文明，才能滋润华夏大地，惠泽世界各国。我敬仰这样的文明，足以让世界膜拜的中华文明。

走过回坊，走过几十个世纪的繁华。几十个世纪的繁华历史，却不小心蒙受了历史的尘垢。二十世纪三十年代，就是在这片孕育人类文明的国土之上，由于我们短暂的落后与贫穷，那越海而来的日寇进犯我中华大地。东北地区首先沦丧，当地军民不得已败走西北。接着，北平、天津等地相继沦陷。后来，太原也失守了，晋南的风陵渡也被日军占领了，隔河相望的陕西潼关，危在旦夕。日寇企图越过潼关，进占陕西，进军西北。据资料显示：从 1937 年 11 月到 1942 年 12 月，日寇出动百余架飞机，先后对西安、延安等地狂轰滥炸 1413 次，造成抗日军民死亡 3300 人，受伤 3467 人，房屋被毁 24208 间。

西安的回坊，当时活跃着一批抗日救国的力量，他们自发组织了"回族抗日救国协会"，开展形式多样的抗日救亡活动。如马正卿先生办起了"陕西省回民抗日救国图书馆"、刘希贤等创办刊物《流火》、孙明初先生创办抗日小报……他们积极地宣传抗日活动，同时向数以万计的东北官兵和流亡而来的东北同胞分发抗日传单，鼓舞中华儿女。西安回坊，成了西安抗日救亡的一个中心，吸引着数以万计的有志爱国之士。

在这群人里，有一位三十多岁的年轻人，一位省立西安二中的教师，他在教学之余，不顾劳累，常去回坊的夜校给那里的人们讲课，他就是积极从事抗日救亡活动的张寒晖先生。

每当夜幕降临之际，张寒晖先生放下日常的教学工作，快步前往回坊的夜校讲课。一路上，东北军官兵及其家属、流亡学生流浪徘徊的凄惨以及嗟叹痛苦的呼声，深深地揪着张寒晖先生的内心。张寒晖先生深深地体会到了他们心底的亡国之恨和家破之痛，终于，在一个夜深人静的晚上，张寒晖先生再也抑制不住自己内心强烈的创作激情，谱写出了一曲《松花江上》的歌曲。歌中唱道：

我的家在东北松花江上，那里有森林煤矿，还有那漫山遍野的大豆高粱；

我的家在东北松花江上，那里有我的同胞，还有那衰老的爹娘……

张寒晖先生把《松花江上》教给当地的学生和群众演唱，然后，他带领他们到西安的城墙上演唱，到西安的街头巷尾演唱。悲怨壮烈的《松花江上》歌曲，深深打动了广大东北军官兵的心，数万名官兵无不潸然泪下。那凝聚着血泪的旋律，强烈地感染了爱国的中华儿女们，他们争相传抄传唱。一时间，祖国破碎山河的上空，到处飘荡着《松花江上》的呼号。

《松花江上》，是一首从西安回坊唱起的战歌，是一首感人肺腑、催人泪下的悲歌，是一首民族创痛的心歌，是一首哀歌动天地的殇曲。唱遍中华大地，经久不衰。

漫漫长夜，中华民族心底的歌声成了我们的精神支柱。古城西安，在夺取抗战胜利中的历史性贡献，功不可没，永存史册。

今天，我再次走过西安，走过回坊，我的耳畔又响起了《松花江上》悲壮的旋律。在这呼天唤地似的旋律里，我更加热爱脚下的这片土地，更加肯定了西安在抗战时期的历史性贡献，同时，也更加明白了发展西部建设的重要意义。终于，我读懂了国家发展丝绸之路的良苦用心，同时也衷心地希望新丝绸之路给中华儿女带来更大的辉煌。

花之梦

　　一朵美丽的花儿迷迷糊糊地睡着了，它做了一个美丽的梦。

　　初夏的一天下午，它正爬在楼顶的凉台上，看着街上来来往往的芸芸众生，欣赏着人间这道美丽的风景。不料，一阵大风吹来，花儿连同养它的花盆一同从高高的楼顶重重地跌落到地上。这一跤摔得可真不轻，脸儿破了，手儿折了，腿也断了。可怜的花儿已经不可能站起来了，它独自躺在地上黯然伤感。正在这时，一位和善的园丁捡起了受伤的花儿，精心地给它挑选了一个上好的花盆，小心地给它培土施肥，耐心地给它浇水，细心地呵护着花儿，于是，园丁和花儿之间便有了一份东西——缘。

　　缘使得花儿更加娇艳，从此，园丁的眼里多了一片美丽的风景。

　　后来，缘尽了，花儿离开了园丁，独自来到了充满干旱、风沙的不毛之地，开始了自己的生命历程。环境虽然很苦，也少了园丁的呵护，可是，花儿却很坚强，因为它明白，每一朵花都要经过生命的泥泞才能站在上帝的面前，它更坚信只要自己是花，终究会有开放的一天，园丁不会因为曾经的呵护而失落，自会有欣慰的一天。

　　也许，这就是命吧。

我爱小屋

有道是："山雀在深林筑巢，所栖不过一枝；老鼠在河中饮水，所饮不过满腹；人在万丈高楼之中，所卧也不过一间。"

曾经年少之时，独倚故乡长满青苔的石栏，望着终南山下夕阳里鸟儿们的小窝，渴望着也有一间可以安放自己灵魂的小屋，哪怕仅仅是放得下一桌、一凳、一床和一灯的空间，或者干脆来个"半床明月半床书"的空间，亦足矣。等到大学毕业有了工作，童年的渴望就更加强烈了，然而，身居闹市的我，因为单位的分房一向颇为紧张，我甚至连几个人挤在一起的宿舍也没有分到，只好求得亲友的帮助暂居他处。一天之中，我的大部分时间都耗费在路上，等到披星戴月地赶回暂居之地，人早已累得筋疲力尽，谈不上享受文人阅读的乐趣，更谈不上涵养自己闲情逸致的兴趣。故一向颇为无奈，不知一天中忙忙碌碌到底得到了什么，心中很是一份失落。等到好不容易分到一间小屋，虽说是"茅檐低小，房顶长着草"的十二三个平方米的小屋，没想到自己倒还豁达，也不嫌其小，更不嫌其陋，反倒劝慰起自己"山不在高，有仙则名；水不在深，有龙则灵。斯是陋室，唯吾德馨"。搬进小屋时，就开始想着怎样把这现实的狭小变成精神的博大，于是，我决定把小屋稍加设计一番，既让它显得舒适温馨，又不失典雅脱俗。

墙上帖了幅青竹，床边堆了些书籍，桌上放了枝紫花，不知是附雅于古贤，还是天性中就喜欢这种恬静。我的小屋有的是长笛、吉他、琴棋、墨砚……工作之余，或拨弄琴弦，体会和谐；或独卧小居，夜听秋露；或与友同榻，共床神侃；或情注笔端，挥毫疾书……此情此景，莫不是一份精神上的满足。是啊，小屋因有了人的活动而倍增生机了。

前不久，"有朋自远方来"。当她看到我的小屋时，第一句话便是："你住的房子好破哟！"待到我把她请进屋子时，她不禁惊叫了一声："啊！好诗意的女孩。"我在她的惊愕里微微一笑，给她沏上一杯清香的茉莉花茶。淡淡的茉莉花香顿时充盈了整个小屋，把忙乱的时光停顿在恬淡宁静的感觉里。她与我一边浅浅地品着茶香，一边依窗低声谈心。不知过了多久，窗外，微风摇动着树枝，细雨击打在檐下，空气中漫散着的泥土香味……临别之际，朋友紧紧地握住我的手说："你这里好温馨啊！下次，我还要来的。"

夜晚来临了，拉上窗帘，阻隔外界的烦恼与喧嚣，我独守小屋的一盏橘灯，摊开一本书，泡上一杯茶，吸足一笔水，对着一沓纸，肆意地享受着夜晚阅读的乐趣。在书中，我认识了许多名人，他们将自己的思想彻彻底底地呈现给我。他们教我如何摆脱生命的忧戚与烦恼，如何在短暂的人生中完善自己、升华自己。每每得到他们精辟的见解之际，我不觉反复吟哦，悠然神往，觉得自己好幸福。于是，我禁不住在纸上写道："人生的幸福不在于拥有万贯家私、粮田美池，而在于获得心灵上的真正满足。"

是啊，小屋带给我心灵上的满足远远胜于世间的荣华富贵、功名利禄，我爱天地间这间小屋。

无言的一瞬

  几个简单的镜头不停地放来映去，仍是几个简单的镜头。镜头虽然简单，对我来说却是很珍贵的，因为镜头里的世界很纯很净，只有先生和我默默地相处。

  言语虽然很少，境界却很高雅。不知为什么，平日里健谈的你我一旦走进了镜头，竟是那么不善言语；又不知为什么，言语虽然不多，相处却是那么融洽。你闲静的举止、优雅的风度，以及幽默的言语，常常在镜头中闪光，更让人难忘的是你认真的治学态度，常常使我不由得尊敬万分。不知为什么，镜头里的我傻得让人琢磨不透，不知是天生就这样，还是导演有意让我扮演这样的角色，我常常为一道难题皱紧眉头，以至于无可奈何地坐在书桌前，而你则像一位老先生一样很有耐心地讲解，使得本来就毛糙的我，常常为做错了题而闷气。

  镜头里的我听讲听得那么认真，因为我知道，那是先生讲得好。要不，一向听课不认真的我，怎么就听得那么认真了呢？镜头里的我那么相信先生的话，先生讲得绝对正确。我喜欢听先生讲课，因为先生正在交给我一个充实的世界，我可以在先生送给我的世界里快活地生存。

  分别那天，我虽然比较伤感，然而我还是尽量装作高兴的样子，好不让先生难过。先生说他今后还会回来。我没说什么，默默地望着先生的背影，直到再也看不见先生的背影。

  先生虽然走了，世界却送给了我。哦！先生。

河　蚌

　　连日来的狂风暴雨，将我院中的月季花打落下来了，我俯下身子，捡起地上的一片花瓣，体会着爱情的凋零。

　　曾经多少次，并且几乎是常常，从那冥冥的内心深处冒出这样的字眼："我是你的一根肋骨"。这根肋骨只有让它回归原处，才能与血肉之躯充分地吻合，才能使它的灵魂得以安放，才能彻底地激发起作为人的伟大。也许是肋骨过分依恋血肉之躯的神圣；也许是因为肋骨过分崇拜有着血肉铸成的崇高思想……然而，肋骨终于明白了：人类创造血肉铸成的崇高思想也只是童话，人类编写这样的童话，也仅仅是聊以慰藉自己那血肉的渴求，肋骨当然也在被骗之列。为什么，为什么要这样？我永远也想不通。回过头来，世间毕竟是苦的东西多。

　　十多天之后，太阳出来了，我拖着瘦弱的病体从床上爬了起来，想走出门去晒晒太阳，呼吸呼吸春天的新鲜空气。

　　雨后的野外格外清新，弯弯曲曲的小路旁，几朵叫不上名字的野花散发出淡雅的芳香；一望无际的庄稼地，一棵棵带着露珠的麦苗亮闪闪的。我在田垄边坐了下来，对着青青的庄稼地，开始慢慢地整理自己的思想。

　　"姐姐，你能帮我把这只小河蚌埋了吗？"一个甜甜的声音打断了我的思绪，我抬起了头，看见一个六岁左右的小男孩怯怯地站在我的面前，手里捧着一只河蚌。望着孩子天性里的善良，我不忍心拒绝这小小的请求，于是，我拉近了孩子问：

"孩子，告诉姐姐，你叫什么名字？说说河蚌是怎么死的？"

"我叫贝贝，姐姐。我把河蚌的死因说给你，你可别怪我。"我冲贝贝微笑着点了点头，贝贝这才告诉我说他看电视上养蚌的老爷爷掰开贝壳，把小石子放进去，一个月后取出了珍珠。他也想得到珍珠，就每天掰开河蚌看珍珠好了没，结果河蚌却死了。我听完贝贝的叙述，笑着抚摸着贝贝的头说：

"你太心急了，每天都生生地掰开河蚌，河蚌不疼吗？再说了，电视上养的河蚌是珍珠贝，但你养的是普通的河蚌，虽然它们都属于贝类，你养的河蚌不分泌珍珠样的黏液，当然不会出珍珠了。"

"噢，我懂了，以后再也不这么干了。姐姐，咱们现在能不能把这只死去的河蚌埋了呢？"

"好啊！乖。"我答应了贝贝。

于是，我们开始用双手刨了一个小坑，将那只死了的河蚌埋了进去，贝贝还做了个忏悔动作，跟我说了声再见，像卸下了身上的重担，快快乐乐地离开了。

贝贝走后，我的思路又回到了我与他最后的那次见面，他说："你现在已经是个大学生了，而我却没有考上大学，你过高的地位会使我丧失作为男人的自尊。"

我说我不在乎，我只尊重自己的感情。他摇了摇头，说了声"祝你幸福！"，然后就撇下了我，头也不回地走了。

看着眼前河蚌的结局，我才彻底明白了他的话。是啊！他只想做一只普通的河蚌，他有权选择他的幸福生活，而我，我却也要像贝贝一样，让他完成珍珠贝的工作，我不是也和贝贝一样重新制造生活中的另一个悲剧吗？既然我的爱对和我在一起的人会感到痛苦或者压力，那么，我还有什么理由不能割舍呢？

河蚌的故事使我体会到了做人不能一味地强调拥有，如果因为拥有而对别人来说是一种痛苦或者一份压力的话，那么失去这种痛苦或者这份压力，又何尝不是一种洒脱、一份幸福呢？

终于，我理清了自己的思路。

窗外有童

　　"在这不尽的长吟中，我独坐在冥想，难得是寂寞的环境，难得是静定的意境；寂寞中有不可言传的和谐，静默中有无限的创造。"

　　已经到了晚上九时了。窗外，夜幕落了下来，一片静寂。我独自坐在室内，独守今夜的寂寞，和一份孤独，伴一盏清灯，对一杯清茶，携一丝失落，品一本徐志摩的《潇洒的人生》。可此情此景，我却怎么也潇洒不起，于是便抄下徐志摩的这段话放在这篇文字的开头，姑且算是平静一下自己此刻的心情。

　　窗外，幼童的嘈杂之声阵阵传来，搅乱了室内的静定。我很难集中注意力，享受夜晚阅读的乐趣。于是，我合上书本，走出户外，寻找这制造噪音的稚童。

　　小院广场的中央，一盏古老的汽灯，闪着幽明的光芒，一台旧式的录音机，播放着咿咿呀呀的儿歌。那十余个围坐在广场的孩子，大至十一二岁，小到四岁半。他们一边拍着小手，一边放开童喉歌唱："丢、丢、丢手绢，轻轻地放在小朋友的后面。大家不要打电话，快点儿、快点儿捉住他。"歌声在围圈上空盘旋，围圈外，一个五岁左右的小姑娘，她手里拿着一块白手绢蹦蹦跳跳的，两条细长的辫子一摇一摆地晃动，很是可爱。我来了兴致，问问圈外观看的大人："怎么回事？孩子们这么热闹？"大人告诉我："小孩在过自己的节日呢。"哦！今天是六一。早上，我还应邀去看了孩子们表演的节目，晚上便钻进了灯下的书中，竟把日子都忘记了，瞧我这记性。我和广场上的大人正说着话，突然，看见了其中一个大一点儿的小朋友手拿麦克风报幕，我觉得惊奇，就对旁边大人说："看来，这还是一场有组织的活动。"一句话逗得周围大人一阵阵笑声。

幼童们唱完了歌曲，主持人走到圈子中央，对着麦克风大声地说：

"来阿姨也来院子里了，我们请来阿姨参与我们的活动，给大家表演一个节目，好不好？"

"好，好！"

"上次我还在电视里看见来阿姨了。"

一阵噼里啪啦的掌声，就把毫无准备的我弄得尴尬了，我知道说我上电视的孩子是把电视里的漂亮阿姨当成我了，她妈妈还不让我申辩。就这样，我被小朋友们连推带拉地拥进了围圈中央。没有办法，我只好对着麦克风喊了一句：

"你们光让阿姨表演节目，阿姨这会儿真的口渴得发不出音了，谁愿意回家去给阿姨拿瓶水？"

话音刚落，三四个小朋友同时举起了手。我点了一个七岁左右的幼童，她果真要往家里跑。没想到一句玩笑话竟被他们当真了，我笑着制止了她，同时内心却被幼童的真诚深深地感动了。想平日沉浸在俗尘里的人们，他们一定少了幼童心底的这份真诚。怀着对幼童真诚的敬意，我也没了太多的顾忌，放开歌喉给小朋友们演唱了一首《小兔子乖乖》。在欢快的歌声里，我也忘却了自己日常的种种庸俗，忘却了自己陷入困境的尴尬，忘却了自己心灵的时时悲观……此刻，我是一个平凡的真我，怀着和小朋友们一样的天真，欢度小朋友的节日。

不觉中，月亮已经爬上了小院围墙边的树梢，我悄悄地告别了小院里的小朋友，又回到了我那本《潇洒的人生》中，面对书本，我心里思忖着：不知远处的世界里，可否也有无限真诚的快乐与幸福？

木头和老马

十多年前，有幸与一位小巧玲珑的女孩相识，没想到后来，我们的关系到了如漆似胶的地步，此女孩外号"老马"。

老马，实际并不老，二十出头，只不过她好为人师，自称"老马"。老马因为太天真、太可爱，和年龄有些出入，所以就故意端起一副成熟的样子，让大家如此称谓。老马像个新疆女孩，长相非常漂亮，高高的鼻子，一双丹凤眼，闲时还会扭几下脖子，哼几首新疆歌曲，于是，一份异域的风情扑面而来，惹得人想去探个究竟。除此之外，老马还有一个特别之处就是她有一张甜甜的嘴巴，见人就"哥哥姐姐弟弟妹妹"地叫着，那个亲啊，不知道的还以为是真的了。所以，老马周围的人都十分喜爱她。相比之下，我这个善于思想却不善于表达的室友在她面前自然嘴笨了许多，故她戏称我曰："木头。"木头就木头，虽不好听，倒也实在。

还记得二十世纪九十年代，大学的许多校园热衷于举行周末舞会。有一次周末，我没回家，躺在宿舍的被窝里，翻着从图书室借来的几本名著打发时间。这时，老马穿着一身漂亮的衣服，神秘地出现了。她附在我的耳边，让我稍微收拾一下自己跟她出去。我不知怎么回事，还以为要什么帮忙，问她干什么。起初她不愿说，不说我可不去啊！不得已，老马使出浑身的解数"姐们长、姐们短"地叫个不停。弄得我怪不好意思的，她就这么连说带骗地把我哄出宿舍。结果，笨木头第一次走进了校园里灯火阑珊的舞厅，听着温润柔情的舞曲。面对霓虹闪烁的灯光，自己也感到迷迷糊糊的。木头埋怨老马怎么带她来这种地方，这分明就是拉她下水。没想到老马一拍木头的肩膀说："姐们，看来，你真是一块木头，不管怎么说咱们也是个大学生吧？将来到社会上，单位组织个文艺活动，让你牵头，你连个交谊舞都不会跳，怎么应付呢？"木头低头一想，旧社会大上海的地下女特工，她们个个不但举枪能百发百中，还能优雅地出入百乐门这样的社交场合。这么一想，觉得老马说的倒也在理。后来，不知是木头的天资聪明还是老马的耐心教导，以至于最后，木头竟成了班上姐妹们公认的舞后，同室姐妹们甚至建议木头去参加共青团组织的交谊舞大赛，说没准能上个名次拿个大奖。老马一听，不高兴了！当然也是有点不服气了，着急地说："木头的交谊舞还是我一步一步跳男步带出来的，我是她的师傅，哪有不先让师傅去比赛而直接让徒弟去比赛的道理？"同室姐妹们一听点头称是，老马心里那个乐啊！简直像抗战胜利一样。看着幸灾乐祸的老马，木头则委屈地喊："我是咱们宿舍被老马第一个拉下水的人，这损失咋算？"同室姐妹们哈哈大笑，结果哪里的交谊大赛都没参加，木头的交谊舞倒是在班上出了名，只是很少去舞厅罢了。

　　一次，木头、老马一同去拜访另一所大学的同学。路程较远，木头不会骑自行车，小小个子的老马便主动提出承担坐骑的重任，驮着百十来斤的木头拜访好友。这让木头自己都感到有点儿不好意思了，不想去。可是，同学之间的情谊总是那么让人感到无限美好。就这样，木头和老马一路有说有笑、有唱有看，像欢乐的小鸟一样穿梭在闹市中。长长的路，长长的情，连木头的屁股都坐累了、腰都挺不直了，还是没有到达目的地。木头有点儿泄气了，开始埋怨这趟门出得远了。"姐们，我看你是舒服得有点儿不耐烦了，你知道这一路上，我一直在用两只脚踩着自行车脚踏吗？看看我可怜的双脚，你还会给我说你累吗？其实，木头，说句真心话，再坚持一会儿，老马识途，马上就到。"面对老马的辛劳，木头只得闷闷不语了，任凭老马七转八弯地在人流中穿来转去……后来，等到木头也能骑自行车和老马一样在大街上自由穿梭时，木头陪老马去看老马的同学。路上，老马的车一会儿就蹿到前面消失在人流里了，一会儿又从前面冒出来停下来等待木头。一路上，老马总是这么走走停停地等待，没有半句怨言。好不容易才见到老马的同学，老马可算见到亲人了，她把自己一肚子的委屈全部倒出来了："木头刚学会骑自行车，车子蹬得比蜗牛还慢，要不然早就来了。"老马的同学体贴地问我："到我这里一路还好骑吧？"木头开玩笑说："我说咱们骑快点，老马说不急，光踩倒圈，走走停停，我只好慢慢地骑。"老马一听，转过头睁大眼睛白了我一眼。我在心里不屑地说："你懂什么，走路就得走慢走稳，犹如做人一样。"

参加工作后，木头和老马还是经常你来我往，互相交流教学方法和经验，两人挤过一张狭窄的单人床，静心地倾听窗外麻雀的鸣叫；醉卧公园的草地花丛中，看花丛里的蝴蝶翩翩起舞……在那个全民都想经商的年代里，老马也有些蠢蠢欲动了。曾经一次，老马邀请我和她一起利用学校假期时间，参加化妆品推销培训。为此，我们两人还一起去了厂家做了实际调查，听厂方代表吹嘘推销化妆品比抢银行还来钱快的理论。听着听着，我们就像气球一样膨胀起来了，一腔热血沸腾起来了，都想尝试一番。回来后，脑子一清醒，我才觉得搞推销虽然可能会干得不错，然而，我还是适合静下心来做好教师的本职工作。时隔不久，我去电话问老马最近的推销情况怎样，不料老马哈哈大笑，原来她也没去搞推销，没想到我们竟不谋而合了。

后来又有一次，老马来电话，听得出来，她情绪很坏，我们便相约见面。下午下班后，她来我单位，黑着个脸。我问了半天，她的话匣子才打开："我妈到处托人给我找对象，还说我都这么大了，又长得这么丑，再不嫁人就嫁不出去了。你说天下哪有这样的母亲，自己生下的孩子，却嫌长得丑，还硬逼我去相亲，她怎么不想想，和一个陌生男人生活在一起，我会习惯吗？万一那家人对我不好，我妈这不是把我往火坑里推吗？"

原来，老马的父母给她介绍对象惹恼了她。看到老马气急败坏的样子，我开始庆幸自己的父母离得较远，不用整天在耳边唠叨这些无聊的话题。是啊！那时刚参加工作的我们，一门心思想着玩，今天这个同学买了什么好看的书，明天那个同学听了什么好听的磁带，哪条街上新进的衣服好看，哪座山的风景有趣……有谁会傻了吧唧地想把自己嫁出去，过早地禁锢在婚姻的牢狱中啊？老马在我这里诉完了苦，心情又恢复了之前的愉悦，我们又开始没心没肺地有说有笑了。那天下午，窗外屋檐下，两只欢快的小麻雀飞来飞去，叽叽喳喳。我们不觉相视而笑了……

日子就这么过着，无忧无虑，仗着年轻的资本，想怎么折腾就怎么折腾，失败了大不了重来，反正本来就什么也没有啊！后来，我和老马就分开了，我到了另一座城市，有了新的生活圈子，新生活的节奏也比原来快了很多。我还没有来得及问她，一晃就好几年了。总之，我好几年没见老马了，不知她过得怎么样？前几天，我的另一位同学说她见到老马了，我赶紧打听老马的近况，同学这才告诉我说："老马的女儿已经五岁了。"

看来时间不饶人啊！原来很少联系的这些年，姐妹们都忙着做伟大的母亲了，把自己的大好光阴都奉献给生育抚养了，谁也腾不出多余的时间相互关心自己的姐妹们。是啊，女人生孩子后，家里有人帮忙了，那自己还叫女人；家里没人帮忙了，那自己就是一台机器人，按钮一按，只能按照日常的程序进行，还谈什么诗情画意、个人爱好，全扔到垃圾筐里了。每天都这么忙忙碌碌，柴米油盐都得买，吃喝拉撒都得管。一晃，孩子五岁了，这才想起自己原来还是个人，还是个女人，还曾有过一些梦想，还曾有过一帮牵挂的姐妹。想到这里，我赶紧问同学老马的丈夫是干什么的，她告诉我，老马的丈夫经商，特别有钱，对老马又特别好，老马现在的生活滋润着呢。我要了老马的微信，姐妹俩在网上狠聊了一回，从同室的趣闻聊到日常的饮食，最后聊到了今年初夏的野菜，我们比试谁吃得多。老马快人快语，从笔端流出了"咱婆婆什么野菜都给我做了：荠菜饺子、香椿炒鸡蛋、槐花麦饭、凉拌苜蓿菜、青麦粒炒菜……木头，你都吃上了没？"看得网线这头的我口水直流，恨不得让"咱婆婆"也给姐妹我留一份。是啊！就这一句"咱婆婆"，浓缩了近十年来老马婆媳间多少理解与体贴、关爱与融洽啊！我听后只有祝福的份了，是啊！这才是我印象中的老马，老马毕竟是老马，她不是木头，她遇事很会变通，她的任何选择都有她自己的道理，我想我是非常理解老马的，因为我们曾经相知。

　　老马时尚现代，追求日益变化的城市潮流，一定会把自己的生活打理得顺顺当当的；我则古典文雅，喜欢安静平淡的田园风格，虽然寄居行色匆匆的城市，我还是希望有自己思考的空间。木头、老马，因为我们曾经有缘相遇，快乐生活并且能够成为好友，我想这都可能是我们都能够更多地看到对方身上的美好，同时对对方亦付出了一份真情。我们相信，木头和老马会伴随我们走向新的明天。

偶拜观音寺

祖上几辈人与佛有缘，我从小受之熏陶，这种因缘早已在我的身上种下了慧根。一次机缘巧合，我们一行几人前往陕西，拜访了樊川八大寺院之一的观音寺。

观音寺位于西安市长安区凤凰嘴之北的南樊村西，因伺奉观音菩萨而得名。它背依起伏如画的神禾原，面临绿带西飘的樊川，与少陵原畔的兴教寺遥遥相望。

蒙蒙细雨中，慕名而来的我们，在南樊川村里一名六岁幼童带领下前去观音寺。我们一行人心随童牵，舍远求近，远平坦而趋陡峭，沿着曲折的羊肠小路，攀爬神禾原。扶老携幼之间，你拉我拽之际，终于穿过一片粉红如云的桃林、踩过一堆坑洼泥泞的湿地、攀缘长满细树嫩草的陡崖，皆因内心缘于对观音菩萨的崇敬。谁知大家只顾念叨观音菩萨的善行，走着走着，竟然无路可走。大家开始你看着我、我看着你，谁也找不出好的出路，注意力全转向幼童，却见那幼童搔头晃脑，极尽巧思，不愿承认迷了路。看到他一脸茫然的萌态，尤其是小眼珠转来转去地搜寻，我们又忍不住乐了起来，不再忍心迁怒小小的他。大家开始出谋划策，寻找出路。幸好这时，当地的友人及时赶到，柳暗花明，我们七拐八弯之后，终于来到平坦的大路，走上了通往观音寺的神禾原大道。

阳春三月的樊川伏卧在我们的脚底，一派欣欣向荣。吸纳冬贮积雪的麦苗活泛如绿浪飞溅，潏河之水如灵龙一样在河床里游动，岸边的杨柳伸展着婀娜的腰肢，阡陌纵横中，几处成片的桃林争奇斗艳，如霞似锦，将初春的芬芳轻轻呼出，瞬间弥漫了整个樊川的上空，幽雅而清香，恬淡而润心。神禾原与少陵原两原之畔，若隐若现的宝塔不时飘来一声钟鼓之音，将时空拉得漫长而久远。我似乎闻到了盛唐的余味，耳畔响起了杜甫老先生"杜曲花光浓似酒，少陵春色苦于人"的吟咏，更唏嘘进京赶考的崔护，是他在偶过樊川时，将"人面桃花"的胸怀佳句牢牢地镶嵌在中华唐代的诗坛上，成了一颗熠熠发光的明珠。

神禾原畔的平地上，一处长势茂盛的麦地油绿透亮，麦苗宽粗如竹，仿佛翠绿的竹林立地，清幽安静。眼前一座寺院，寺门楼上，没有飞檐斗拱，只是简约方正地写着疏朗的"观音寺"三个字，字迹古朴端庄，除华存净，去伪存真，体现了中华传统文化中大道至简的禅宗美学。怀着虔诚，我们走进寺门，迎面是一处偌大的雨棚，两旁是两排简陋的厢房，青瓦木窗，厢房的每个窗台上都供奉一尊菩萨，小小的香火碗里还残存少许的灰烬，显然已经是几天前的事情了。据说两旁的厢房是供寺里的住持和护寺老妪居住。站在这百米见方的寺院里，我享受寺里的简单清静，不觉生出一份淡泊世俗的觉悟。一位老妪从右侧的厢房走出来了，她衣着朴素，慈眉善目。见有香客进寺，主动上前和我们搭话，谦和地说住持今天不在家，她在为重修寺庙外出化缘去了，否则一定会接见我们。其实，能否见到住持只是随缘，对我们来说，住持外出化缘自然是在做她应该做的功课，我们原是前来拜访观音菩萨的。

我们和老妪正说话的时候，天空突然下起了雨。雨点越下越大，如弹丸飞落砸将下来。老妪急忙招呼我们进院中的雨棚大殿避雨。慌忙之中，我们几乎是冲进了雨棚大殿，抖抖身上的雨珠，整顿衣裳，抬头一看，棚里正中敬着一尊金光闪闪的观音立身石像。她头戴法冠，面目生动。她的双目微微俯视，左手托着一个清净瓶，右手握着几枝柳枝。她慈祥宁静、庄严雍容。此刻，观音菩萨的神闲气定，倒让我们有点儿愧疚自己刚才的慌乱了。这尊观音立身石像的左右两边，还有两尊稍微小一点儿的千手观音坐像，它们的色泽灰暗，显然稍逊，可依然十分庄严。千手观音石像的每个手掌心中有一只眼睛，呈一个天地方圆般排列在观音菩萨身后，视觉感特别震撼。据说观音菩萨曾经为一切众生，发下誓言，生千手千眼，随时解除众生苦难，广施百般利乐。我心里思忖着：观音菩萨这般幻化，也许是千手观音的来历吧？此刻，雨棚里仅有的三尊观音佛像形成了一个强大的磁场，犹如观音真身现世，我们顿时觉得精神上有了向善的寄托。同道的几个小孩一进大雨棚，顾不上说话，径直上前，以他们最纯净的初心跪拜观音菩萨。我也收敛慌乱之心，既然落雨，来之安之。整顿浮躁之心，大家一一拜过观音菩萨。

拜完观音菩萨，老妪领着我们来到观音石像后面的青石碑前，这块青石碑上记载着观音寺的历史。大概情况是这样的：观音寺始建于唐朝初年，为著名的樊川八大寺院之一。《咸宁县志·祠祀考》中曾两次出现：一曰："南樊村有观音寺。"另一曰："观音寺……在城南三十五里樊村里，明嘉靖丁巳重修。"《长安县志·祠祀考》里记载："观音寺，居城南十五里，柏木参天，宫阁尚幽……"可惜斗转星移，时代更替，民国时期，观音寺被国民党黄埔军校第七分校拆毁。当地民谣记曰："黄埔军校，白天睡觉，晚上拆庙，不要砖瓦，只要木料……"后来，观音寺里剩下的几座残破殿堂，又于"文革"浩劫中毁坏殆尽。

啊！原来这是一座历史残存的寺庙啊！难怪如此简陋。虽然简陋，可它在当地人的心中气场还是非常强大的，甚至家喻户晓，就连村里的幼童都知道。唐朝文学家刘禹锡《陋室铭》里有这样的句子："山不在高，有仙则名。水不在深，有龙则灵。"有仙有龙，山水就有了灵气，灵气就是山水的神韵。观音寺就是西安市长安区南樊村的神韵，观音菩萨救人于水火之中，已经成为一种美好的象征。只要是一种美好的象征，人们就会广播她的功业。是啊！遥想那文化繁荣的唐朝，李唐王朝多有崇道，但它非但不排斥其他诸家学说，而且还能游刃有余地驾驭诸家学说，引导诸家学说向良性发展，以至于为其所用、为百姓谋福，从而，也是自己的王朝走向了盛世的辉煌。我想，这恐怕也是一个盛世王朝最高统治者的高明之处吧？

盛唐社会是一个朝气蓬勃的社会，社会各阶层的有志之士都期望以美好示人，佛教更是引导百姓集福行善。向善的文人骚客、市井小民自然都以信奉佛教为大事。京都长安，城郊野外，更是佛寺林立。城南樊川，聚集了著名的八大寺院。八大寺院由东南向西北，分别位于樊川左右的少陵原畔和神禾原畔，距长安城由远及近的少陵原上有兴教寺、兴国寺、华严寺和牛头寺，神禾原畔有观音寺、洪福寺、禅经寺和法幢寺。这城南樊川八大寺院，两相对峙，形势颇为壮观。可惜，千余年之后，至今除兴教寺保护较为完好外，其余各寺都废毁改观，有的甚至已湮没无存。观音寺自然也没能幸免，成了现在的样子。

当地友人看出了我心中的些许遗憾，他赶紧补充说当今盛世，国家倡导社会和谐，发扬中华民族优秀的传统文化。长安区政府经审验核准，已将观音寺列为佛教活动场所，并聘请著名古建专家将以唐朝古建筑艺术风格，重修观音寺。也许，这是长安区政府，试图找寻这里遗失千年的和谐，至于什么时候重建起这份人与自然的和谐，我自然不可知了。

这次因为偶然拜访观音寺，没有被大雨淋着，我疑心观音菩萨在暗中庇护我们。临别时，我们心怀不舍。走出观音寺大门时，已经雨过天晴，天空一片瓦蓝，远处彩虹映照，勾画出一个美丽的半圆光环，仿佛佛光普照，自然增添了一份韵致。极目远望，陀螺形梯田地围成一处辽阔博大的时空，神禾原畔麦苗泛青，青翠碧绿，仿佛身处翠竹林，体会到的是清幽与超脱。俗话讲得好：佛家喜欢居住在清幽之地。美丽的南樊村，就是观音菩萨的真正道场，她在用天际的和谐向我们暗示向善的美好。

当晚，我做了一个奇怪的梦，可惜的是在我睁开眼睛时梦就消失殆尽了，唯有四个字尚存，那就是：倒驾慈航。

毛衣，慢慢地织

　　自从做了你的女友，我开始学会了慢慢地织毛衣。双手握着细细的毛线，将过往的日子一同编织起来。

　　说不上是一见钟情，还是因缘所致，与你初次短暂相遇后，你就离开故乡去了远方的一座大城市。浪漫季节虽然早已经过去，你却还总在你的同事面前把我描绘得尽善尽美，吹嘘缀满五色气球的小屋里的幻影，吹嘘小河边摸石头过河的长发女孩，吹嘘师范学院葡萄藤下倾听青葡萄生长的声音，还有环城公园里乐施乞讨婆婆的女孩，以及柿树园下一股脑喝下讨来的半瓢凉水，或是盆景公园两只七夕相望的蝉蜕……你的同事以为你遇上了仙女，于是，美滋滋的你来信告知我你的喜悦，说你拥有世界上最美丽的小说，却不知我从此开始学会了慢慢地织毛衣。

　　记得在星星缀满天空的夏夜，你我一同坐在校园的操场上共赏天上繁星点点时，木讷的你不知哪里来的勇气，开始海阔天空地指点江山了。你说你们对整个人类环境都很重要，没有你们，就没有地球的和谐，没有人类的和平，你们干的是宏伟的事业。我当时很不服气地说我们当老师的对一个人的成长才有着至关重要的作用，尤其是在一个人懵懂无知需要引导的时候，更别说你们搞科研的今天的发展，也同样不能没有老师，我们奠定了你们的基础。我心里不服气：你们不就整天抬头看星星看月亮看太阳的？有什么了不起的？望着天上的星星，我用《牛才子观星》的故事开你的玩笑，你只傻傻地对着我笑，然而从此以后，我知道了你工作的伟大。

夏荷盛开的季节，你已离开故乡近半年了，积郁的思念也随着时间增多了。为了等你一封信，我曾三番五次地去学校的传达室，也曾三番五次地从街道上来来往往的自行车中寻找着邮递员的身影，有时几乎到了"身似浮云，心如飞絮，气若游丝"的地步，然而多少次，"过尽千帆皆不是"，惆怅却依旧。我不得不有气无力地回到宿舍，面对空空的四壁，伴一盏孤冷的清灯，品尝着中国古代诗词中游子思妇的诗句。虽然此刻，你我还没有踏上红地毯，然而，诗词中闺中人"悔教夫婿觅封侯"的愁绪油然而生了。这样自寻了一段烦恼，生气之余，就在心里默默地对自己说："待雁却回时，也无书寄伊。"就在这种心境下，看到你的信了，于是怨恨俱消，忘了赌气。拿着你的来信，急急地回到宿舍，关上房门，营造一份单独与你心灵对话的空间。谁知，当我满怀希望地展开书信时，看不到你的"平生不会相思，才会相思，便害相思"的理科生的班门弄斧，却是你们研究所里和国外专家合作研究的项目已经着手，你又恰逢转博复试，没有时间每周给我来信。一段被当作字典搁置起来的感受向我袭来，我知道即使自己到了"人面桃花"的地步，你也没有精力顾及我，寂寞的时候也只好由我自己来打发。于是，我索性买上一斤细毛线，开始慢慢地学织毛衣，仿佛用这一针一线的精细工作来忘却远方城市令人眷恋的灯火。同时，我还得很大方地写信让你忙好手边的事情而不必顾及我，并"警告"你，若博士过不了，下次回来请你喝稀粥。此时，毛衣慢慢地在我的手中织着，提心吊胆的魂儿陪伴着远处的你。正当我惶惶不安的时候，你从异地打来了长话，听着你熟悉的声音，我一下子噎住了，好久，才憋出了一肚子的委屈声。你劝我不要这样，说你明天还有最后一场考试，并开玩笑说你已基本通过了博士复试，下次回来可别让你喝稀粥。听到你并不轻松的玩笑，我却怎么也笑不起来，强咽着眼泪急忙说等你回来，我请你去小吃城吃家乡风味。

今夜，你已两星期没有来信了，我知道你又在忙你们的星星上天的事情了，并且知道只要我一拨电话，你肯定又在办公室伏案工作。然而此刻，远方的灯火虽然令人眷恋，我还是不忍心去打扰。现在这里又是隆冬季节，我没有走出房门去看天上的星星，也很明白天上的星星此刻全让你和你的同事收入你们的视线。下班归来，我独守橘灯，半依热床，一边听着录音机里传出的音乐，一边握着毛线，慢慢地织出我心中最美丽的图案。

相信在这个世界上，和我一样慢慢织毛衣的人一定还很多，很多……

那响叮当的铃声

　　时序已经进入了隆冬季节，天气也渐渐地冷了起来。日暮，我慢慢地拉上窗帘，阻隔外界的冰天雪地。低头，宿舍里没有烟火味，也没有世事的嘈杂。空气冷清了很多，也给远离故乡的我，增添了一份莫名的寂寥。

　　一声碰门，轻微的，可还是打断了我的寂寥。我推开房门，四下里张望，矮墙青瓦，冰溜凄清；灰砖青阶，冷雪满目。偌大的小院里，空荡荡的，没见有一个人影。再回头，门上的留言袋里露出一角粉红，艳艳的，和此刻的小院在色彩上似乎有点儿不和谐。我取出这份粉红，原来是一张精美的小卡片，封口处还缀着一只丁零作响的银色小铃儿。在这样的雪天里，它像从天而降的小生命一样，那么鲜亮、清脆、温情，而且还引人注目，给我带来的视觉冲击力是那么鲜活，即刻，我被这小小的细节感动了。我的眼睛湿润了，因为我知道，这小小的银色铃儿早已封存在故乡的记忆里了，还有谁，会在异地他乡呼唤我儿时的欢乐呢？

　　记得小时候，因为一尘不染，村里人都管我叫小仙女。每次出门，大人们都争着让我做他们的女儿或妹妹。最难忘的是村里的一位年长的姐姐，她特别疼我，一直视我为妹妹，对我百般呵护。有一次，她竟不厌其烦地给我梳了十几条小辫子，还在每条小辫子下缀上一个小铃儿。当我走起路来，那小铃儿就一直欢快地响个不停，村里的大人听到活泼的铃声，就知道我就要到了，他们就把他们家最好吃的东西给我准备好了，我每路过一户人家，总能吃到那户人家里最好的饭食，当时的我感到自己是世界上最幸福的人。一连几天，我都不让家里人去掉我辫子上的小铃儿，以求能将这份美好延续得更长更久。那是多么美丽的故事，简直就像神话一样。

没想到儿时那份美好，像我们少陵原上的云彩一样，随着少陵原的远离而消失得无影无踪了。由于初入社会，骨子里依然固执着自己那不染世尘的品行，虽身处其中，却不愿意低下头来讨好周围某些鄙俗者，他们给我设置了很多困难，处处为难我，我终于陷入了极端的精神困境中，度日如年地生活在不被理解的日子里。在这样的日子里，我感到自己的内心被深深地伤害了，灵魂被强烈地扭曲了，由此带来的心境也极端糟糕。就是在这种低沉的情绪下，幸运之神也与我擦肩而过，我的生活终于陷入了人生的低谷，我成了周围人眼里不受欢迎的一个人了。

就在我极度郁闷的时候，我看到了这张用心做成的手工小卡片，我的眼前突然亮堂起来了，我觉得生活中美好的东西不是不存在，而是我缺少发现美好的心境。翻开这小小的卡片，一行行清秀的字体扑入我的眼帘：

"铃儿老师，那天真的很对不起，你当时的美丽使我忘记了课堂的严肃。一个爱哭的学生。"

爱哭的学生是谁呢？我费力地想了想，哦！终于想起来了，一段往事浮现在我的眼前：那天下午，我刚刚洗完了头发，还没来得及梳理，上课的铃声已经响了，我披着一头柔顺的长发走进教室，给我的学生开始上课。就在我沉醉于书中讲得津津有味的时候，班里那个擅长画画的女生，轻轻地捋了一下我的头发，惊得我愣在那儿半天没了言语。这事自然引起了课堂片刻的骚动，学生们的注意力全被牵引了过去，开始不再注意听讲。为了维护教师的尊严，为了执行课堂纪律的严肃，我严厉地批评了这个不守纪律的女生。我心里认为就算你是班上的好学生，课堂之上，也不能随便拽拉老师的头发啊。也许，当时可能是言语说得重了点儿，她低下了头，眼里满是泪水，哭了。我却只顾了讲课，没在意她的感受，想一个小孩子哭过之后也就没事了。

今天傍晚，外面雪落满地，我心境也一片洁净。门外这小小的铃儿，却把我再次带回到很洁净的境地。我蓦地发现：原来我的身边有许多很美好的东西，而我却仍囿于天气的寒冷，忽略了周围的美丽。

九月，心中升起暖暖的爱

唐朝诗人韩愈《师说》云："师者，所以传道受业解惑也。"这句话强调老师在学生成长过程中起到的作用：人生的指导与学习进步。今天，又逢九月，面对这样的月份，我的心中依然升起一股暖暖的爱。

记得多年前的九月，白云在蓝宝石似的天空悠然地飘浮的时候，我散落头上青涩的羊角辫，以成熟的姿态走进校园，走进教师的行列。我第一次站在凝聚学识的三尺讲台上，教室里那满是渴求知识的目光已经给了我很大的压力，更别说教室后两排来听课的教研室老师，我那个紧张啊，现在想起来心还突突地跳着。因为我知道，那是我第一次当着那么多的老师和学生在上一节公开课。

那次学校公开课堂上，我给学生讲陶渊明的《桃花源记》，也许是我课前筹备工作做得不错吧，我细细地研究了陶渊明的整个思想，同时也调动了大学时学过的全部文言文知识，也许是我天生热爱自然的缘故，碰到心灵相通的文章，就很容易激发起感情的共鸣，也许是……总之，那节公开课，我上得绘声绘色，真可谓声情并茂。到现在，我还清楚地记得当时的课堂情景，由于自己的记忆力非常好，我便想象自己的学生也是最优秀的，想他们一定如我般学完一篇课文后就能全部背过。可是，我想错了，听完我的课文分析后他们并没有熟记课文内容，他们把课文背得结结巴巴的，时不时还得我来提示，这很不合我意。我一着急，一甩长发，翻出粉笔盒里的彩色粉笔，一边诵读课文，一边在黑板上给我的学生画画。瞬间，黑板上出现了一幅桃花源的画面，那绿树、小溪、桃花林、山洞、土地、屋舍、良田和美池等，红的、黄的、绿的、蓝的、紫的、咖啡色的……像一个个有生命的精灵跳动起来了。在座的学生和老师都惊讶地看着我，目光中包含了些许的羡慕和赞许。面对那么美丽的图画，同学们的热情被激发起来了，纷纷举手要求背诵课文，终于，我也将课堂的气氛推向了高潮。

听课结束几个小时后，我被新城区上中教科教研室的老师找去谈话。一进办公室的门，我看见一位五十岁上下、高高胖胖的女老师坐在桌子后面，她戴着深度眼镜，正在翻书。看见我进去，她微笑着招呼我过去坐在她的身边，并且自报姓氏：卢。因为是第一次上公开课，我也不知道自己的课到底讲得如何，再加上对区领导的敬畏，我明显地有点儿紧张了，只能被动地回答问题。显然，这种一问一答的方式卢老师不太欣赏，于是，她转换了话题，先不评价我的课讲得如何，却和我聊起了家常，比如我从哪里毕业，是否学过美术，家里排行老几，平时喜欢看什么书，等等，后来又问起了我最近是否还在写什么文章，在写作上有什么困惑，等等。等我将这些问题全部回答完毕后，我知道眼前的这位卢老师对我构成不了什么威胁的时候，我才慢慢地消除了紧张的情绪，话也开始多了点。

气氛一旦变得轻松起来，谈话自然就更加融洽了。卢老师还给我介绍她认识的作家，其中说到了叶广芩老师，其实那时的叶老师没现在这么出名，卢老师也只是把叶老师当作自己的朋友一样对待，她告诉我她们的关系很好，希望自己将来或许能够帮助我。面对如此真诚的老师，我的心中升起一股暖暖的爱，尤其是第一次见面就想帮助我的人。其实，那时的我已经在报纸杂志上发表过一些小文章，可是，我总是十分低调地对待这件事，我不知道眼前区教研室的这位卢老师又是从哪里知道了我的事情。虽然我不太爱谈论这些事情，但出于礼貌，我还是一一回答卢老师的提问。聊完这些文学上的事情之后，卢老师才转换话题言归正传。作为区教研室老师的她开始点评我的课堂，说我的课讲得非常好，特别是我能当场将课文内容画成一幅美丽的图画，并能用图画形象地指导学生背诵课文，这在教学上简直就是一个创意。接着，她指出我在教学上的优缺点，她说得那么仔细、那么严谨，我真的非常受益。

此后，每年的九月一日开学第一天，我总是被区教研室的卢老师点名听课，因为学校语文组有我的存在，别的语文老师倒显得轻松了，仿佛我是我们语文组应付区领导听课的挡箭牌。所以每年的九月开学前，我都会很努力地准备自己的课程。而每次听完课，卢老师总是耐心地对我指导一番：今年长进了多少，在哪方面还得注意点……总之，卢老师总会滔滔不绝地一说就老半天。既然确实是为了我好，听她指导也成为一种习惯。孔子云："与善人居，如入芝兰之室，久而不闻其香，即与之化矣。"和卢老师交流语文教学，我总能得到许多点拨，收获不少知识。在卢老师的指导下，我的讲课能力提高得很快，自己很快成为学校的骨干教师。后来，我还参与区教研室组织的教材编写工作，和许多高级教师讨论教材，自己也特别受益。我们还出过一本语文教材辅导，将自己平时的教学心得写成辅导书，让更多的学生受益，自然是再高兴不过的事情了。

今年的九月，一样的白云一样的天，我又想起了那段美好的回忆。虽然现在，卢老师早已退休，我也离开了教师岗位，可是，在我心中，依然升起一股暖暖的爱。

戏　缘

　　要说我的戏缘，可谓一言难尽啊，那若隐若现的戏缘，几乎牵引了我的大半生。

　　小时候在农村生活，接触最高的文化元素无非是看戏。看戏自然是最热闹的事情，只是看戏的日子并不是很多，所以就更期待了。适逢附近村子有唱大戏的，我们小孩子比大人还积极，不管能不能看懂，从搭戏台子开始就在里面钻来钻去。记得我最初看戏是挤在人墙里看，看的是周围人的腿和屁股，那呛人的烟味和酸臭的汗味憋得我也想站到高高的戏台上，像那个叫李爱琴的人一样拉长嗓音大吼"见嫂嫂她，直哭得泪流满面"。我想上戏台大吼秦腔当然不切实际，摆脱人墙压抑骑在家人肩膀上看戏倒是真真切切的事情，虽然我不知道戏台上演员唱的内容，但心里那份淋漓尽致的畅快啊，也是在我多年后才体味到了秦腔的天然魅力。我们村里有一个女孩，五官姣好，皮肤白净，嗓子还尖尖的，呵斥村后打麦场啄食的雀禽时，嗓音像一支尖箭，会绕过浓密的树叶，爬过半截子黄土墙，不偏不倚地插入村人的心脏，自然也追得小小的雀禽无处可藏，唯一遗憾的是她走路一跛一跳。老人们建议她学戏，以为或许将来能有碗饭吃。在她家里大人的默许下，她跟着走街串巷的自乐班学了一段时间，最终不了了之。很多年后，在故乡街道上，我又看见她一跛一跳地转悠，尤其是她还扯着尖尖的声音招呼我"碎姑，你回来了"

的时候，我就想起了她学秦腔的事情，心中不免掠过一丝说不出的遗憾。

少陵原的正月，可以说是非常热闹的，许多村子都轮流搭戏台唱大戏。记得有一年正月，邻村的大戏已经开戏一两天了，父亲这才问我想不想去看戏，我说想去。父亲推出崭新的凤凰牌自行车，我们出了村子，沿着满是积雪的庄稼地边的小路，缓坡而上。父亲用力地蹬着自行车，热气不时地从他黑大氅后冒出，温暖着旷野的白雪，也温暖着天地间小小的我，我心里美滋滋的。没想到不留神的一瞥眼，我还是看见坡塄上那一排排向后退缩的坟冢，小小的我因为害怕可能随时出没的阴灵，两只小手冻得红肿肿的还是紧紧抓着父亲的后衣襟。然而，长时间的颠簸，小屁股被后车座硌得慌，还手冻腰疼的，我想下来和父亲走一段路。给父亲说了半天没反应，我就自作主张往下跳，结果跌落在雪地里，还摔了个屁股蹲儿。父亲却全然不知，还在蹬着他的自行车。直到我大声呼叫，他才停下来了，看见几十米远的我，很是责怪了一番。总之，那次的大戏确实是看了，看的是什么内容不知道。唯一记得的是，因为想看戏，我把自己摔倒在汉宣帝许皇后大冢旁的雪地里了。

少陵原上的乡野村庄，本来就没有什么文娱活动，听秦腔是我们那里大部分村民的一大乐趣。父亲喜欢听秦腔，还爱拉个二胡、吹个口琴什么的，随着收音机或电视机里传出的秦腔戏曲图个乐呵，有时候还邀上三五戏友聚在院子里吹拉弹唱。吹拉也好，弹唱也罢，你们大人别扯着大嗓门拼命吼啊，不就唱个秦腔戏吗，非得把家里吵翻天啊？我们全家人就有意见了：前几天李爱琴的《周仁回府》不是已经听过了吗？怎么还听？趁着父亲忙别事的时候，我就偷偷地换了好几回频道，还自作聪明地哄骗父亲说秦腔唱完了，有时候他也就稀里糊涂地默然了，有时候他又调回秦腔台。

我长大后，因为好文又有点儿小名，结识了一些文友，其中有一位忘年交文友，即当时还健在的中华梨园学研究会秘书长刘占先老先生。

起初，我也只是给他帮帮忙搞搞文字上的事情，没想到这么好心一帮忙，就上了"贼船"，走进了"土匪窝"，原来我被当时还健在的中华梨园学研究会创始人李尤白老先生相中了，他非让刘占先秘书长拉我"下水"。我就稀里糊涂地加入了中华梨园学研究会，开始了中华梨园学日常研究工作。在近二十年的探索与发现下，我懂得了中国传统戏剧史上的千年老根，懂得了"梨园学"一词将和"敦煌学"一词一样，终将成为中华文化辉煌的代名词，还懂得了家乡陕西秦腔戏曲文化的深层含义。几年前，家父高寿仙逝，家里请了戏剧班和歌唱班两大阵营唱戏。作为中华梨园文化研究嫡传弟子传承者的我自然想点一出家父喜欢的秦腔大戏作别，可是轮到我点戏时，因为我在家里排行最小，又加上家父在方圆德高望重，家乡的父老乡亲们和亲戚朋友们为家父点了一出又一出的秦腔大戏，唱得秦腔演员们口干舌燥叫苦连天，唱得父老乡亲们特别是年轻的父老乡亲们出现了对秦腔戏审美上的短暂疲劳。为了照顾秦腔演员的疲惫不堪情绪，为了照顾父老乡亲们的审美疲劳情绪，家兄家姊们只能让我为喜欢秦腔的家父点了一首歌曲，我心里当时的那个憋屈啊，每每想起来，总是那么难以释怀。

前不久，读到一位西北地区文友的文风豪迈激昂、激人上进，相比之下，我的文字里少了像他那样的阳刚之气，一位文友建议我去中国的大西北寻找"西北之魂"。我想了半天，自作聪明地以为他的文字肯定是他像李白那样喝高后写出来的，我身为一介小女子，怎么能像他那样酒后成文呢？至于他这种文风，我不学也罢。没想到时隔不久，陕西文化网总编秦岩先生要做一个传承中国传统文化特别是陕西地方戏曲文化项目（陕西省喜秦传统戏剧文化研究会）的申报，得知了我这么个"老人"这么多年来对中华梨园文化研究的事情，就鼓动我和陕西文艺界著名的老先生们一起做陕西省喜秦传统戏剧文化研究会的项目发起人。习惯于深居简出的我已经不愿再加入什么组织协会了，我起初没有答应，但终究没禁得住秦岩先生几个星期来唇焦舌敝的好说歹说，再加上看到老先生们对秦腔等传统戏曲文化的忘我追求与拼命呼唤，毕竟他们都是风烛残年的老先生了，也许，我是真的被陕西文艺界这些著名老先生们的精神感动了，我最终答应秦岩先生为这些还在为中国传统文化传承而奔走的老先生，做一点儿力所能及的事情。也就是在这个过程中，我也终于悟出了秦腔这门戏曲艺术是一种发自人们内心的呐喊，是一种生存抗争的呐喊，是一种欲罢不能的无奈，是……正如我小时候被挤在人墙里喘不过气时我就只想呐喊，也如我不能为家父点一出秦腔戏而感到憋屈时的心里呐喊，还如……

"八百里秦川尘土飞扬，三千万秦人齐吼秦腔。端一碗髯面喜气洋洋，没撮辣子嘟嘟嚷嚷。"中国西北地区恶劣的生态环境，造就了秦人粗犷豪爽、坚韧顽强的特质，形成了秦人心地宽厚、淳朴厚道的性格，也滋养了秦人奋进抗争、豪迈乐观的气质，同时也衍生出来高昂激越、强烈急促的秦腔。秦腔，真的可以说是中国西北地区人民对生存环境、对人生命运发自内心的呐喊与赞美，是对人生苦闷、对生活乐趣扯着大嗓门的质问与歌颂……也许，这就是那位文友所赞叹的"西北之魂"，而这种"西北之魂"不也正是中国西北地区人民赖以延续的"民族之魂"吗？

此时，我多么想扯着大嗓门吼一出秦腔，为我那渐行渐远的父亲，为我那日思夜想的父老乡亲们啊！

秦川浴德

　　一进西安南门，右边，一座古韵十足的高大牌楼吸引了我，从左而右，"书院门"三个烫金颜体大字方方正正地并排在牌楼上方，牌楼两旁柱子上一副醒目的"碑林藏国宝，书院育人杰"楹联，底气十足地告诉我，这里有西安碑林和关中书院。

　　走进书院门，一条老街自西而东延伸三百余米。街道上整齐地铺砌方块青石，两旁是清一色仿古小楼，楼前的大红灯笼，悠然地荡着时光的秋千，不急不缓。暗灰的椽檩锈迹斑斑，看得出岁月的侵蚀。路北不远处有一座华塔，得名宝庆寺，人称宝庆寺华塔。此塔建于隋文帝仁寿年间，即公元600年左右，距今已有一千四百多年的历史，称得上这条老街上最古老的建筑标志。紧挨宝庆寺华塔东侧的是关中书院，鼎盛于明清，可惜从我记事起就被西安师范学校占用，今天为西安文理学院占用，游客不能随便进去。望着这徒有虚名的关中书院，我只能将一份不遇之憾藏于心底，黯然前行。摸着一路骑兽人像等诸多造型的拴马石桩，我的思想也如石桩上曾经拴过的老马，哼哧地喘着粗气，随意岁月逆驰，一同飘摇千年的风雨，驰进了北宋仁宗景祐二年（1035年）。

　　北宋景祐二年，河南开封，一个名叫张载的少年，以他十五岁的肩膀扛起了从天而降的灾难：远在四川的父亲病亡。张载和母亲以及五岁的弟弟远赴四川，运父尸骨回开封老家。含着悲痛，忍着困顿，当他们返途经过陕西眉县的横渠镇时，被关中局部地区的战乱挡住了脚步。是冒险前行呢，还是驻足将逝者埋骨他乡呢？这让这个已经破碎的家庭陷入了两难抉择，也让年幼的张载过早地体味到人间痛苦。在权衡利弊之后，张载不得不将父亲的尸骨安葬于这个叫横渠镇的地方，横渠镇遂成了张载扎根落脚的第二故乡。陕西，曾被极重华夷之分的孔夫子认作久处西北，与戎狄杂处的蛮夷之地而至死都"西行不到秦"。莫非此刻，这里真应了夫子的预言不成？战争的生灵涂炭、生活的窘迫困顿、百姓的流离失所，难道真的就没救了吗？张载放眼四望，岂止陕西如此，举国不也一样不堪入目吗？面对外敌入侵的北宋，面对汉代以来儒学的衰微，张载陷入了深深的思索里……最终，他幡然醒悟，认为人生在世，就要尊顺天意：立天、立地、立人，做到诚意、正心、格物、致知、明理、修身、齐家、治国、平天下，努力达到圣贤境界。张载用了大半生的时间和精力隐居在横渠镇，践行他的理论主张，并且著书立说，兴馆设教，教书育人。张载去世后，人们为了纪念他，就将他读书讲学的崇寿院改名为横渠书院（今为宝鸡文理学院）。在张载的理学思想里，第一次提出了平民参政议政的重要性，形成了理高于势和道统高于治统的政治理念，可以说是中国乃至世界哲学思想的一次巨大飞越。今天，我们回眸张载的关学思想，其核心可以概括为四句话："为天地立心，为生民立命，为往圣继绝学，为万世开太平。"这充满天地正气的"横渠四句"，后世赞之誉之。

这是一个让后人难忘的瞬间，是一个让历史精彩的瞬间，是一个让横渠人自豪的瞬间。走进横渠书院，人们自然想起张载，想起他在哲学领域为政治领域做了思想上的先驱。这在历来君权神授的价值观里，其冲击力可想而知了。

尽管，在历史的长河里，我们总是试图挽留什么，可是，对于不可逆转的历史，我们毕竟显现出了自己的弱小与卑微，先哲们无论是身影还是思想，我们都无法挽留。思想的萌芽总如一道闪电，亮丽了历史的瞬间，然后就消失在历史的滚滚尘烟里，那曾经带给人们心灵震动的大儒张载，随着城头变幻的大王旗，也深埋在历史的尘埃里了。

昔日，那位"西行不到秦"的孔夫子，毕竟有其认识上的历史局限性，他自然不知道当时秦国的现实，故而给后世留下历史的遗憾，给儒学带来传播的缺失。秦国之关中平原，这个号称"八百里秦川"的地方，位居秦岭北麓，由渭河冲积而成，地理环境优越，沃土丰腴，滋养了秦地百姓，其农业发达，人口密集，堪称富庶之地。在这个"仓廪实而知礼节，衣食足而知荣辱"的地方，西汉武帝时期，就已经把董仲舒提出的"天人感应、三纲五常"等儒家理论，作为关中子民的行为规范，进而世世代代都在探求天地正义和民生秩序，这难道不足以证明孔夫子的儒家学说最终还是到了秦吗？只是，儒家学说作为一种哲学思想，毕竟也有其历史局限性，随着历史的发展而渐趋衰微罢了。

唐末宋初，全国再次兴起儒学思想，这种儒学传承于子思、孟子一派的心性儒学，我们称之为新儒学，它是以程（程颢、程颐）朱（熹）陆（九渊）王（阳明）等人的思想为代表的性理之学，即理学。张载就是这种理学思想的代表人物，因其身居关中横渠镇，故称张载宣扬的理学为关学。张载去世五百年后，也就是在明万历二十年（1592年），性情耿直的关中学者冯从吾，在其任御史期间，疏忤明神宗朱翊钧，罢官归里后，与友人萧辉之、周淑远等在西安城的宝庆寺讲授关学学说，一时间名声大震，弟子多达千人。无奈宝庆寺地方狭小，百姓受教有限。明朝万历三十七年（1609年）十月，陕西布政使汪可受等，为冯从吾另择宝庆寺之东小悉园一地，创建关中书院。此时的关中书院闻名遐迩，辉煌一时。然而，由于皇帝朱由校的昏庸无道，以及魏忠贤的飞扬跋扈，不愿同流合污的冯从吾，也遭遇了不公平的待遇。明熹宗朱由校天启六年（1626年），明朝廷下令捣毁关中书院，冯从吾悲愤成疾，次年二月饮恨而亡，终究没能亲眼看到崇祯皇帝给他的恢复官阶，以及关中书院的重新修建。就是这样一位要求弟子"存好心，做好人，行好事"的耿直学者，自己却因践行这样的关学思想含恨而去。呜呼！现实和冯从吾开了一个天大的玩笑。

清初，北京的紫禁城提升了儒家文化的地位，这给远在陕西的关中书院带来了文化的春天。关中书院又得以重建和翻修，然而，终因明朝廷的捣毁之甚而元气大伤，最终也如病牛破车，一蹶不振。清政府为此大伤脑筋，一再强调重振关中书院的意义。如1733年，雍正皇帝拨帑银一千两作为关中书院的经费补贴，以求光复关中书院；又如1756年，乾隆皇帝御赐关中书院"秦川浴德"匾额。

秦川浴德，读起来非常响亮，听起来非常顺耳。秦川，强调的是地理范围。川，河流或河流冲积而成的川道、平原。秦川，秦地平原八百里，足见其水域冲积之平原的辽阔宽广。浴，沐浴，洗浴，也就有了净化的含义。德，当然是仁德，是孔孟儒学的仁德。在八百里秦川平原里沐浴孔孟大儒推行的仁德，或者说让方圆八百里的秦川子民接受儒家学说的教化，而将此教化集中寄寓在一座命名为关中书院的地方，可见，关中书院教化地位之重要，关中书院在传播儒家文化中的分量该有多重要啊！这也真难为了乾隆皇帝，因为乾隆皇帝读懂了中国历史的血淋淋，他心里明白：稳固秦地对清政权有着至关重要的作用。乾隆皇帝不得不将一块象征皇权至上的牌匾赐予陕西的关中书院。如果乾隆皇帝没有渊博的汉学知识，又怎能御赐如此精美熨帖的文字匾额呢！总之，"秦川浴德"这四个大字，即使放在当今的社会，也是颇具文化修养的，也是一种文化的时尚，听着舒服看着霸气。

1771年，清代巡抚毕沅擢升陕西布政使之初，他凭借自己多年的人生经验，总结出"移风易俗，教化为先"的人生哲理，积极推行学校教育，重新修建关中书院，并延请江宁进士戴祖启到陕西主持关中书院，还在全省选拔一批优秀生徒前去关中书院学习。一时间，关中书院迎来了它的黄金时期，人才济济，规制更加完备。如设山长一人，掌管教务；设监院一人，专管庶务；设斋长二人，协助书院管理。关中书院开设的课程有经、史、子、集，考课有诗、古文、词、八股试帖、策论、杂著等，并且还实行每月一官考。其实，说穿了，关中书院不就是明清时期设立的学校吗？而明清时期全中国设立的书院不仅仅是关中书院一座，还有许多和它一样有名气的书院，如河南商丘的应天书院、湖南长沙的岳麓书院以及江西九江的白鹿书院等等，这些书院在传播中国传统文化上都起到了不容置疑的作用，从而形成了中国历史上亮丽多彩的书院文化。

书院文化毕竟是一个历史的精彩瞬间，走过其辉煌阶段，也随着历史的风云变化终将沉寂。1903 年，陕西巡抚升允，一位名为多罗特氏的镶黄旗官员，最终还是将关中书院改为陕西第一师范学堂。所谓师范，"学高为师"，"身正为范"，这不是在延续中华民族几千年的传统文化吗？哦，我终于彻底明白了从我记事起关中书院开始被西安师范学校拥有，今天又被西安文理学院拥有的原因了，也明白了宝鸡文理学院和西安文理学院两所学校兄弟般的情谊了。看来，事物之间总是有着一定的历史渊源，就算在今天，我也不能对西安文理学院独占关中书院遗址发表过多言语。

对于关中书院，因为好奇，才有了探寻的动力，从而知道了关中书院的历史，知道了关学、理学和儒学的关系，知道了孔孟，知道了北宋周敦颐、张载、邵雍和二程等理学大家，知道了明代的学者冯从吾，以及后来的戴祖启先生，等等，还有最近一位写作长篇历史小说《大儒张载》的作家杜崇斌。虽然我与杜崇斌素未谋面，但是，他把沉寂于历史尘埃里的张载重新展现到我面前的时候，还是让我对这位陕西作家油然而生敬意。虽然我还没细读杜崇斌的《大儒张载》，但还是大略地知道了他在书中记叙了关中大地上源远流长的关学脉络。能够这样清楚地阐述关学思想发展轨迹的人，莫不是也在专注大儒张载的经传？莫不是也在阐述孔孟的儒家思想？莫不是也在为生民大众讲述"为天地立心，为生民立命，为往圣继绝学，为万世开太平"的浩然正气吗？

今天，走在因关中书院而得名的书院门街道上，走在有着国槐浓荫的街道上，景致随步变换，墨香依旧弥漫，我嗅着中国历史文化的余香。在古色古香里，我感受到了秦川百姓的耿直与淳朴；在笔墨纸砚里，我揣摩到了秦川百姓的刚正与文脉；在琴棋书画里，我体味到了秦川百姓的仁德与礼仪……这些浸润人脾性的文化滋养，都随了过往的游客蔓延到了中华大地，乃至世界各国。这，可不就印证了乾隆皇帝御赐"秦川浴德"匾额的最初寓意吗？不是一次儒家文化的践行吗？

长安，那场盛大婚礼之后

在中国历史的长河里，长安，是一个永远都读不懂却不容忽略的名词，在这个滋养中华民族几千年的地方，曾经有一场不容世人小觑的婚礼。

568年三月初八，长安的天气还没有暖和起来，一场规模宏大的婚礼热闹了长安的大街小巷。这场婚礼的主人公是北周武帝宇文邕，他将要迎娶的新娘，是突厥木杆可汗阿史那俟斤的掌上明珠——阿史那公主。这是一场因政治需要而走到一起的民族联盟，是北周政权企图依仗突厥的强大势力来对抗北齐政权的民族联盟。所以，北周王朝对这场婚礼寄予了莫大的期望，他们不惜耗费三年甚至更多的时间，不远万里前去北方草原，费尽周折地迎娶突厥木杆可汗的阿史那公主。现在，这场带有民族联盟性质的婚礼大功告成，婚礼的规格自然上升到举国欢庆的级别了。此时的长安城，张灯结彩，锣鼓喧天，热闹非凡。以利为重的商人也暂时不做生意了，勤恳耐劳的小作坊也暂时歇了下来，淳朴良善的市民们载歌载舞，归顺附属的王侯们不远万里，纷纷前来贺喜。在全城狂欢的百姓们的簇拥下，新郎宇文邕弹起了琵琶，新娘阿史那翩翩起舞，随嫁的300多名西域乐舞衣袂含风，漫卷着大漠的气息载歌载舞而来，香染得整个长安城也醉醺醺的。

主张以礼乐治国的宇文邕，政治上，他是一位卓有远见、勤政爱民的君主；生活上，他是一个才俊多情、风流倜傥的青年。像更多的钟情男子一样，他的心里早已惦记上了那个远在北方大草原上的女子，那个容貌与风韵都举世无双的突厥女子，那个精通音乐而又举止有度的女子，那个西域诸国君主们竞相追求的女子。忍不住相思之苦的宇文邕，迫不及待地派出朝中使臣携带贵重聘礼，西出长安，途经阳关，向突厥的木杆可汗求婚，请求突厥可汗将自己美丽的三公主阿史那公主许配给他，作为他的皇后。也就是这位朝气蓬勃的宇文邕，用自己无比的诚意和强大的耐心，几经周折，终于让优柔寡断的突厥可汗，做出了自己最后的决策。568 年，二十三岁的宇文邕迎娶十五岁的阿史那公主。

这是一场郎才女貌的婚姻，是一场强强联手的联姻，是一场琴瑟和鸣的知遇，还是一场妖娆了千年的美丽，更是一场滋养了中华文明的惊叹。酷爱音乐的阿史那公主，带着自己心爱的西域乐舞大队人马，带着他们的西域乐器五弦琵琶、竖箜篌、哈甫和羯鼓等，来到了历史悠久、文化发达的长安。婚礼之日，长安城满城的市民沉浸在轻歌曼舞里，五弦琵琶弹奏出了宇文邕与民同乐的欣喜若狂，突厥舞蹈里旋转着阿史那公主情系大漠的美妙旋律，随嫁而来的知音乐师苏祗婆（白智通）和白明达等，带领西域乐舞队员走向长安的大街小巷，为长安百姓送来了一场大规模的专业演出活动。那粗犷奔放而又动感十足的西域乐舞，使得长安的百姓大开眼界，惊喜万分。这些，让宇文邕的心里得到了前所未有的满足。

这是一位沉浸在幸福里的多情男子，他的痴迷与满足，使得他对自己的新娘充满了感激之情，他希望尽自己的力量来宠爱与庇佑他的新娘，包括她对汉族那些繁缛俗礼的不适。然而，美好的理想终究禁不起残酷现实的百般考验，时隔不久，宇文邕的美梦就破碎了。使美梦破碎的刀斧手，就是来自他周围方方面面的世俗，因为阿史那的身体里毕竟流淌的是草原部落的血液，加之当时草原部落的过分强大，倘若这对草原父女联起手来图谋北周，北周自然有被并入草原部落的可能。这份来自北周朝堂的政治担忧，让宇文邕的内心也变得坐立不安了。面对自己心爱的皇后，宇文邕有了难以言说的忧愁，他不得不有意无意地疏远他的皇后。

满眼的期许、满心的渴盼，满以为从此之后你中有我、我中有你，人生就是琴瑟和鸣、恩爱有加。然而，婚礼的烛光摇曳了满宫殿的亲昵，嗅觉的腥膻掂量着血液的浓度。宇文邕视阿史那的眼光，变成了咫尺天涯；阿史那看宇文邕的眸光，变成了天涯咫尺。他们两个鲜活的个体，竟成了你敬我一尺，我敬你一丈。这一尺一丈里，羁绊着两颗火热的心，丈量着他们的婚姻距离。宇文邕和阿史那公主的婚姻，也如春芽的蓬勃，掠过夏日的狂热、赶赴完一场秋天的绚丽之后，走向了冬藏的长久寂静。

长夜漫漫，灯影幢幢。富贵奢华的宫殿没了温度，青春年少的热情渐减不增，多情女子望穿了双眼，却没有等到她驰骋草原的雄鹰。顶着北周皇后桂冠的阿史那，跳不起了轻快的舞步。她只能躲在黑暗里一声长叹，搁浅了自己心底的黯然神伤。一声沉闷的铁门声，关闭了咫尺天涯的大门。

皇后的桂冠实在是太绚丽了，每个能歌善舞女子梦寐以求想得到，然而，皇后的桂冠又实在是太沉重了，束缚着每个知书达理女子的浪漫情怀，尤其对于一个曾经驰骋草原的公主，她全部青春热情都将在这顶金贵的桂冠下消损殆尽。

宇文邕的外甥女窦氏，即后来唐朝开国皇帝李渊的妻子、李世民的母亲，当时年仅六七岁，却用她超乎年龄的冰雪聪明，给她的舅舅宇文邕上了一堂卓有见识的政治课："四方尚未平定，而突厥强盛，愿舅舅抑情抚慰，以天下苍生为念。还须借助突厥之力，则江南、关东不能为患。"

这是北周皇族里一个小女孩给阿史那皇后开出的一张畅行北周皇宫的便条，也是关系到阿史那皇后婚姻是否幸福的政治筹码。宇文邕自然领会在心，为了北周的锦绣前程，宇文邕决定牺牲自己的个人情感，不敢再冷落阿史那皇后了，开始了他们夫妻间的相敬如宾。

颇具抱负的宇文邕，取得了北周政权的胜利后，开始推行一系列的政治改革，其中礼乐制度的改革也是他众多改革之中的一个部分。在才华出众的阿史那皇后和龟兹大音乐家苏祗婆等人的协助下，宇文邕对中原音乐进行了一些改革，完善了中国古代音乐宫调的理论。如在宫廷雅乐的制定时，宇文邕采用了西域与中原音乐相结合的"戎华兼采"的方针，摒弃西域乞寒舞蹈里裸体跳足、泼水批泥等有伤风化的糟粕，创作出粗犷而不失优雅、奔放而不失细腻的乐曲，繁荣了长安的文化。阿史那公主对龟兹歌舞情有独钟，她蕙质兰心，经常组织演出《胡旋舞》《苏莫遮》等龟兹名舞，令人耳目一新，无不称道。特别是改造后的《苏莫遮》乐舞，深受长安等中原地区各阶层喜爱，因而在长安等中原地区名声大噪，风靡一时。龟兹乐舞也因此被尊为北周的国伎（史称西国龟兹），它与后来北齐盛行的齐朝龟兹、隋朝杨坚带来的土龟兹合称三部，名扬天下。隋唐时期，苏祗婆与中原音乐家们合作，创作出了龟兹乐舞等中华民族特有的音乐体系，奠定了中国古典音乐的基础。这些美妙的中原乐舞，随着遣唐使等留学人员的回国而向世界各国传播，成为中华民族音乐史上令人引以为荣的精神财富。这些，当然是后话了。577年，北周灭北齐，活捉北齐那个人称"无忧天子"的皇帝高纬。这个高纬，身为一国之主，治国无方，但是他的音乐造诣颇高。北周的欢庆宴上，意气风发的宇文邕，怀抱五弦琵琶，奏响了西域舞曲《苏莫遮》。那熟悉而欢快的舞曲，划过长长的天空，飞进阿史那心底的故乡，她随曲而舞，摇摆婀娜，如空中的雪花飘摇，似迎风的蓬草飞舞，把人事的忧乐泯匿于天际苍穹。没想到这种诱惑灵魂的乐舞，使得酷爱西域乐曲的北齐后主高纬身心俱空，竟顾不了自身已经沦为阶下囚的尴尬处境，还以为自己在龙榻之上，他微合双目，为其轻轻击拍，顷刻间也起席跟着美妙的乐舞翩翩起舞起

107

来。痴迷于《苏莫遮》的北齐后主高纬，他的这次滑稽事件，终将给历史留下了荒唐的笑柄。

宣政元年（578年）六月初一，宇文邕去世。这位克制自己个人情感的宇文邕，为了北周的大好江山，他和他的皇后阿史那公主一起生活了九年，也没有给阿史那皇后留下他们的一子半女。这年六月初二，宇文邕和他的妃子李娥姿生下的儿子宇文赟即位，即北周宣帝，新帝尊奉嫡母阿史那氏为皇太后。再一年，北周宣帝宇文赟传位给长子宇文阐，即北周静帝，自称天元皇帝，尊皇太后阿史那氏为天元皇太后，并在册诏里，极力称赞阿史那皇太后的礼仪和恩德。三个月后，宇文赟病逝，阿史那在辈分上又高升了一个台阶，为太皇太后。581年二月，杨坚结束北周政权，建立隋朝。第二年，阿史那公主也走完了自己的三十二个春秋。隋文帝杨坚诏命官府备下礼册，将她葬于孝陵，与宇文邕合墓。

阿史那公主来自草原部落，卒于隋朝开始。在中国历史上，她对自己丈夫的包容理解，让人敬重；在中华音乐史上，她对中原音乐的卓越贡献，众人皆知。可以说，阿史那公主是一位有思想有见识的伟大女性，是草原人民心底的骄傲。然而，又有谁懂得，在民族混战时期，藏在阿史那公主心底的那丝忧伤呢？

梨花香如故

夜里，橘灯送暖。我，半依热床，准备明天的讲义。"岐王宅里寻常见，崔九堂前几度闻。正是江南好风景，落花时节又逢君。"这是唐代大诗人杜甫在《江南逢李龟年》中的诗句，读到深处，我的脑海中自然涌现出开元、天宝时期梨园艺术家李龟年的一幕幕图画。

盛唐开元年间，梨园魁首李龟年，他精通多种音乐技能，擅长吹笛和筚篥，善击羯鼓，能作乐曲，因其精湛的技艺，受到唐明皇的赏识，被任命为大唐梨园总领班，以至于"岐王宅里寻常见，崔九堂前几度闻"。在唐明皇的开创和李龟年的指导下，唐代梨园出现了百花争艳的局面：杨玉环的霓裳羽衣舞，令多少人飘然若仙；雷海青的琵琶，使得多少人耳目一新；李谟的破笛，惊得多少人万分折服；许永新的歌喉，让皇帝的号令也黯然失色；公孙大娘的剑器，使得后世多少书法家叹为观止……然而，就在这人才辈出，争奇斗艳之时，"渔阳鼙鼓动地来，惊破霓裳羽衣舞"。当梨园创始人唐玄宗逃亡巴蜀之际，杨玉环"花钿委地无人收，翠翘金雀玉搔头"；雷海青凝碧池宴上因大骂叛贼安禄山被肢解戏马台；李谟流落江东；许永新流落于风尘；公孙大娘的弟子李十二娘流落民间；而作为一代梨园总领班的李龟年则漂泊江南……中国盛唐所创的梨园辉煌顷刻间在安禄山的反唐铁蹄下陷入了低潮，多少酷爱梨园艺术的艺术家的命运渐趋悲惨。可是，作为一名酷爱艺术的梨园弟子，他们无论漂泊在何处，也不论穷困到何种地步，心中依然执着地坚持着自己的艺术，以至于"头白垂泪话梨园"，将自己对梨园的一腔热血抛撒在祖国的大江南北，使得梨园艺术发扬光大最终流传海外。

今夜，渐趋黎明。我，作为一名文化艺人，将满怀激情地走上讲台，我不但要给学生讲出《江南逢李龟年》的诗意，而且还要给他们讲出梨园弟子的精神。

错过那浓浓的地软味

近来多梦，梦醒之后，多了一些回忆和感慨，想起小时候吃地软菜的一些事情，那浓浓的地软味，竟是那样地回味无穷啊。

幼时，适逢农忙，兄姊们外出做工求学，家里人手不够，父亲便请了邻近的叔叔，和他一同劳作田间。母亲和我负责田间的后勤保障工作，我们烧饭送水，生怕怠慢了田间辛勤劳作的人们。当时，我的家庭并不富裕，平日里白米细面很少吃，但是，淳朴善良的母亲还是将金黄流油的锅盔油圈儿白馍烙好，切成方方正正的几大块放在笼里，准备送到田间。看着只有农忙季节才出现的锅盔油圈儿白馍，馋得我口水不断，伸手也想从笼里取上一大块好好地填饱我的饥肠。母亲制止了我，笑着说那是给田间劳作人的，他们正在干着体力活，急需补充能量，就让他们多吃些。听完母亲的话，我有点儿不高兴了，转过身噘着嘴，独自生起闷气。看到我真的使小脾气了，母亲就将锅盔油圈儿白馍的点滴"下脚料"给我，那细细的形如树棍儿的锅盔油圈儿白馍，将母亲的疼爱传递给我。

雨后初晴，暖暖的阳光将远处十多公里外的终南山推到了我的眼前，一手挎着竹笼，一手拎着罐子，竹笼里碗碟如玉，装着锅盔油圈儿白馍和细如金线的土豆丝，罐子里白米稀饭热气腾腾，我急急地走在通往田间的路上，带着母亲的千叮万嘱，一路都小心翼翼，我不敢抬头看黛青色的终南山，不敢侧目看白绒绒的山羊群，生怕因为自己迷恋山峰和羊群而打翻了手上的食物，终于，我气喘吁吁地来到了我家地头。父亲和叔叔看见了我，停下了手中的农活，来到地头，摘了草帽放在地沿，扑通坐在上面，然后，从笼中取出我带来的湿毛巾，擦把手，取出碗筷等，趁父亲掌勺盛饭之际，叔叔特意取出一大块金黄流油的锅盔油圈儿白馍递给我吃，可是我早已接受了母亲的爱心教诲，微微一笑，用"吃过了"这样的谎言来应对叔叔的关爱。见我不吃，叔叔也不勉强，他和父亲开始边聊边吃。我则静静地等候在田畔地埂，独自玩着赭黄色的土坷垃，不时地将土坷垃扔向远处的终南山。虽然那时的我，不知道终南山离我多远，可我依然能看见山上棵棵松树耸立山崖，银白色的裸石高耸突兀，那背着柴草的人影不停地移动在白练似的山路上……我正惊叹自己拥有千里眼的特异功能，叔叔叫我过去，说夜隔（陕西关中话的昨天）刚下过一些小雨儿，通往村子的那条小路上一定会有很多地软，他让我前去捡拾一些地软，好让我的母亲给我包包子吃。

地软包子，我自然吃过无数次，尤其是在那缺肉少粮的日子里，母亲总是捡拾很多地软淘洗干净，做包子馅儿的主菜。和着土味，拌有胡萝卜丁、豆腐丁、菠菜和粉条等，再配以葱姜蒜末，包成地软包子吃。地软包子，那五彩斑斓的色彩，着实好看，五色蔬菜中一黑为主的地软一枝独秀。入口，润而不滞、滑而不腻，嚼起来如木耳一样脆嫩，鲜味十足。有时候，母亲将地软洗净、去杂，在沸水中焯一下，捞出沥水，配上适量嫩绿的葱花，装盘，加上精盐、酱油等，成为一道凉菜，入口，感觉像粉皮那么柔软爽口。当然，无论包包子还是调凉菜抑或做别的，地软都可谓菜肴中的上品。

我抬起头，顺着叔叔手指的方向，见远处的羊肠小路上，一个戴着草帽的农人赶着几只白羊在小路上缓缓地走着，时不时在地上捡拾……然而，也许由于我生来特别乖巧，为了完成母亲交给我的送饭任务，我终于没有跑去捡拾那满地的地软。

渐渐长大，心也飞了起来，那曾经常吃的地软包子，连同带着泥土气息的地软，也慢慢地淡出了我的味觉，然而，无知的我并没有感到其中的缺憾，还总以为自己就是那一尘不染的仙子，只是因为降临在村俗乡野，才带着地软般的泥土气息。为了纯净自己，我钻入书本拼命学习知识。功夫不负有心人，一位姓卢的老师走进了我的生活。一次深聊之后，她都有点儿羡慕我了，说我这么年轻却能对文学中的大美理解得如此透彻，我微微一笑便不作声了。从此后，卢老师像园丁一样对我这棵文学幼苗百般呵护，她还告知我说她和叶广芩老师是很好的朋友，虽然叶广芩老师当时并不像现在这么有名气。现在回头想想，卢老师当时的言下之意自然是想给我指引一下，希望我能得到叶老师的指导，然而，当时不解人意的我，竟像当年错过捡拾地软那样错过叶广芩老师的指导了。

后来，我便离开了生养我的故乡——高原厚土的陕西，走进了人如蚁群的北京，成了北京的一分子。斗转星移，故乡渐离渐远，那浓浓的地软味儿也渐离渐远，我再也感受不到故乡的泥土气息了。十多年来，北京大城市的生活总是那么忙忙碌碌，还来不及回顾，日子就一天天地过去了，岁月竟是如此匆匆啊！一次偶然的机会，日子翻到唐朝的皇家梨园这页，我才想起了曾经答应过已故的陕西省梨园学研究会创始人李尤白和秘书长刘占先两位老师的长篇小说还未动笔。于是，静下心来，开始埋头完成师者的重托。在小说创作中，为了彰显中国传统文化的繁荣，歌咏中国诗词曲赋的美妙，我尽力让自己的灵魂飞跃，回归唐朝的皇家梨园中，还原那一城文化半城神仙的世界。然而，我毕竟自知才疏学浅，时时需要地气的滋养，考据引经中，我无意间走进了长安人网经营的文化群落，认识了创办公益网站的卢剑利、许海峰等人，静听群里文朋好友的亲切交谈，我终于找到了滋养自己小说的地气。

近年来，叶广芩老师的小说在社会上影响越来越大，我心里自然为叶广芩老师高兴一番，同时也想起年事已高的卢老师，不知真心待我的卢老师现在可好？

　　临近新年，长安文化群里的朋友们议论着旧历新年。无意中，一位常姓文友打听过年买地软包包子的事情，我的心不禁一颤，那久违的熟悉感觉又被勾起了，我又闻着了儿时的味道：清洁的空气里，那一眼能够望穿的终南山，那金黄流油的锅盔油圈儿白馍，那赭黄的土坷垃，那戴着草帽的农人赶着几只白羊在小路上捡拾地软的情景……我终于想起了人与人曾经的美好相处，些许感动夹杂着不尽感激，都是源于那带着泥土的地软。当群里的另一位文友王亚凤答应带给常姓文友一些地软时，我忍不住插嘴也让她带给我一些，虽然，我知道自己远在千里之外，和他们开着玩笑。然而，也许是臭味相投，也许是惺惺相惜，几位文友说起地软来总是那么兴奋异常，仿佛地软是我们久未谋面的友人。为了表达情意，西安市作协主事的文友还倡议以"地软"为题作文，来个作文大赛，让大家尽情抒发对地软的情感。于是，大家你一言我一语，纷纷献计献策，将讨论的气氛推向高潮。唏嘘之后，真诚而厚道的文友王亚凤小窗了我，留下了自己的电话，说过年送我两袋地软尝尝。然而，新年全忙在路上了，我往返故乡又是那样匆匆，我回故乡的时候她正去外地，匆匆之间，我们竟无缘见面。也许是我们的机缘未到，我只能静听她笔端流出的声音：半坡上的酸枣树密密麻麻、满野的白茅草如雪样飞扬，小巧精美的蓝色雏菊守着一份典雅，形似佛耳的"割耳花"紫晶耀目，硕大亮白的"手电花"将希冀召唤，金黄色四五个瓣一枝独秀的秃子花充满遐想，还有那红白紫多色的"打碗碗花"……

　　一晚灯下夜读，看到这样一段文字：清代同治年间，沭阳人吴九龄是一位爱民如子的知府，他在任广西梧州知府期间，修订《梧州府志》。书中记载这样一个传说：相传东晋时期，炼丹家葛洪隐居南土偶遇灾荒之年，无一为食。葛洪就地采地衣为食，不但度过了灾荒之年，还获得了健体。后来葛洪在入朝时将晒干的地衣献给皇上，看着黑乎乎的地衣，皇上问葛洪这是什么东西，葛洪灵机一动，随口说出"天仙米"。既然是天界的仙米，就一定是好东西。皇上这么一想，遂将这"天仙米"赐给体弱多病的太子食用，太子食后病除体壮，皇上为此特别高兴，为感谢葛洪之功，就将"天仙米"赐名"葛仙米"。

细查资料后才知道，这所谓的"天仙米"就是我曾经吃过却错过捡拾的地软。于是，我便心怀浓浓之情，将地软好好研究一番，这才从台湾海洋大学水产养殖系陈衍昌教授那里知道，地软又名地木耳、地见皮、地踏菜和地皮木耳等，是一种最古老、最简单、最原始的蓝绿藻门蓝绿藻纲念珠藻目念珠藻科的植物类群。地软的生长范围很广，它不但产于广西，陕西也有，宁夏更是把它作为特产。地软的适应性很强，它常常生长于不受污染的水中、土中或草地上等潮湿的环境中，平常罕见，大雨过后经常出现。地软是一道美味且富含各种营养元素的高贵食材，营养价值相当高，每 100 克地软含水分 96.4 克、蛋白质 1.5 克、粗纤维 1.8 克……此外，还含有肌红蛋白、胡萝卜素等营养成分。因为有了这么多的营养成分，地软的食疗功能就显得了不起了，它具有清热明目、收敛益气、滋养肝肾等功能。这么一调查，我不由得大吃一惊，想我错过捡拾的地软原来是天地间的宝贝啊！终于，我更加喜欢地软了。

鸾鸟自歌，凤鸟自舞，百兽相群……好一幅人与自然的谐趣图啊！乙丑，风度翩翩的穆天子驾着八匹黑色骏马来到了碧波荡漾的瑶池旁边，反客为主摆下酒宴，邀请那美丽绝伦的西王母共享佳肴。身着华服的西王母坐于龙虎座上，右边有代表祥瑞的九尾狐和持有灵芝仙草的白兔，左边则为西王母取食的三足金乌和把戈的大行伯，龙虎座下，蟾蜍直立操弓而舞……酒酣之时，穆天子提壶再次上前为西王母斟上美酒甘醇，稍一走神，美酒撒了出来，立刻飞溅了无数的琼瑶玉浆，沾着了广袖翩舞的嫦娥的裙袂，似风带雨飘落而去，坠入深不可测的中空之下，地公地婆则用温暖的大床将这降落人间的琼瑶玉浆小心呵护，于是，这落入人间的琼瑶玉浆采天地之灵气，集日月之精华，才凝聚成这黑黑的软软的草间精灵儿——地软。

啊！地软，极具美好品质的东西，我竟然错过了，没想到这么一错过，错过的竟是那浓浓的地软味了。

喝一大碗西凤酒

喝一大碗西凤酒，喝着这曾经被称作的柳林酒，我一醉就是四千年，醉倒在华夏先祖的故里，醉倒在中华民族的历史里。

我醉醺醺地登上了古老的周原，瞅见了山野里走来了一位美丽的女子，由于她的好奇与贪玩，将自己的脚丫踩进了巨人大脚趾足印里，最终，她产下了一名男婴。这位名叫姜嫄的女子不合常理的产子方式，给周原带来了巨大的恐慌与深深的不安。蒙昧使得姜嫄迷失了亲情，她决定抛弃这个不祥的婴儿。她把婴儿丢弃到隘巷里，想让那过往的马牛踩死婴儿，谁知，那过往的马牛却都避开婴儿，不愿去践踏这小小的生命；她再把婴儿丢弃到山林中，想让山林里的野兽吃掉婴儿，谁知，恰好碰上山林里来了好多人，她没办法丢掉这小小的生命；最后，她又把婴儿丢弃到寒冰上，想让冬天的风寒冻死婴儿，谁知，天上的飞鸟飞下来用自己的翅膀温暖这小小的生命。也许，这就是上苍的好生之德，高远的天空充当了温暖的棉被，肥沃的厚土铺就舒适的暖床，这嗷嗷待哺的婴儿在天地间得以生存。初民以为神奇，终于接纳了这个因弃而存的婴儿——弃。

春暖花开，万物复苏。气候温暖的周原之上，更是水肥草美，禽飞兽走。那善射的初民快活地打猎、自在地生活。然而，以打猎为生的初民，在饮食上毕竟有断顿的时候，特别是在寒冷的冬天，周原上草木枯萎，飞禽走兽不见了踪迹，萧索与沉寂主宰了周原的一切，那平日善跑的动物一下子去了哪里？寒冷与饥饿苦苦地折磨着周原上的初民。就是这种可怕的挨冻受饿，激励了初民的生存意志，唤醒了初民对食物的渴求。这时，那位名弃的少年，面对偌大的周原陷入了沉思……最终，他决定冒着生命危险亲尝周原上的百草。经历了蛇咬狼袭、死而复生的生存艰难之后，弃为周原上的初民找到了大量的可食之物，结束了周原初民断顿挨饿的时代。

走进那个名叫柳林的凤翔老镇，我看见了那位名叫弃的年轻人站在教稼台上，给周原初民正耐心地讲解植物的栽种方法，把农耕文化的观念根植于初民的心底。初民不再经受饥饿的折磨，并且开始有了富裕的粮食。初民非常敬重弃，并尊之为后稷。依托周原上得天独厚的农耕地利，依托雍山北麓的"神泉"护佑，那久存的陈粮酿出了醇香甘美的酒水。

这醇香甘美的柳林酒啊！喝上一大碗，便喝出了周原男人的豪情壮志，喝出了周原女人的柔情似水。

那伐纣的牧野战场上，武王亲率战车三百乘，虎贲三千人，步兵数万人，随着震天的呐喊，秦地男儿尽显英豪本色，他们举戈立矛，排齐盾牌，兵戈铁马，霍霍有声，开创了周原岐山的新气象。那凯旋的欢呼声里，西周武王手捧柳林酒，三千将士仰头痛饮柳林酒，喝！喝！喝！喝出咱西周的天地正气，喝出咱西周的国泰民安，喝出咱西周的国庆大典，那才叫一个军民酣畅啊！

那久居凤台的女子，吹出了美妙绝伦的笙歌。美妙绝伦的笙歌里，涌出了凤凰的鸣叫。凤凰的鸣叫里，流出柔情似水的情思。引得潜龙浮面倾听，引得华山的男子急急地赶来……曲罢，这名久居凤台的女子弄玉乘上凤凰，那名自华山赶来的男子萧史乘上游龙，一起飞向了琴瑟和谐的美好境地。好一曲琴瑟和谐的奏鸣曲啊！好一场"弄玉吹箫，有凤来仪"的千古绝唱啊！

　　喝一大碗西凤酒，喝着这曾经被称作的柳林酒，我走进了秦王嬴政二十五年的五月，我看见了嗷嗷秦军大破结盟的六国，秦始皇结束分裂一统天下。好个天下统一，秦始皇挥臂下令：天下大甫。那一大碗一大碗的柳林酒啊！酣畅了开怀豪饮的秦地子民，撂倒了敦厚粗豪的秦地子民，脸红脖子粗的大嗓门里，八百里秦川为之摇旗呐喊。沿着醉醺醺的时光向前移动，我还看见了张骞出使西域馈赠友邦的礼品，看见了汉武帝为抗击匈奴英雄霍去病的饯行壮色……这一幅幅推心置腹的壮观画面，都浸润着柳林酒的甘甜与醇香，都渗透着柳林酒的脾气与性格。

　　喝一大碗西凤酒，喝着这曾经被称作的柳林酒，我醉倒在大唐的春风里，醉倒在柳林镇五里外的亭子头村里。我听见了成群的蜜蜂嗡嗡而鸣，看见了结队的蝴蝶坠地而卧，我还瞅见了护送波斯王子回国的吏部侍郎裴行俭那惊愕的目光。那惊愕的目光里满是此情此景的疑惑：这到底是怎么回事呢？凤翔郡守查明原因后胆怯地报告裴行俭：柳林镇上有一家酒坊刚刚开坛了一坛陈酿老酒，那随风飘至的醇香不小心熏倒这一大片蜂蝶。哦，原来如此！此情此景，莫不神奇？裴行俭即兴吟诗："送客亭子头，蜂醉蝶不舞。三阳开国泰，美哉柳林酒。"美哉，柳林酒！赠君一坛。是啊，好酒岂能独享？裴行俭回朝后，将这坛柳林酒献于唐高宗李治。李治饮之大喜，昭告天下："柳林酒，此乃为皇室御酒。"

　　喝一大碗西凤酒，喝着这曾经被称作的柳林酒，我醉倒在柳林镇的诗歌里，我闻见了"开坛香十里，隔壁醉三家"的贞观赞歌，听见了苏东坡"花开美酒唱不醉，来看南山冷翠微"的宋代歌咏，品到了"烧坊遍地，满城飘香"的明代酒香，察到了"知味停车，闻香下马"的路人驻足……还有那前去品尝柳林酒的苏浚，他的笔尖流出"黄花香泛珍珠酒，华发荣分汗漫游"的浓浓之情……

　　喝一大碗西凤酒，喝着这曾经被称作的柳林酒，我一醉就是四千年，原来我醉倒在当今盛世的喜宴里。那觥筹交错的热闹里，喝出了琴瑟和鸣的韵律，喝出了兄弟难舍的情怀，喝出了知己难觅的感慨，喝出了中华民族的盛世辉煌，我终于还是醉倒在酒香迷人的中华大地上了。

长安，有一块丝路文化的里程碑

昨晚，我梦见自己困在一堆石林里，我走啊走啊，就是走不出石林，还被一块大石碑挡住了。这是一块两米八高、一米宽的大石碑，我用衣袖拂去它上面的灰尘，看到其上的刻痕：大秦景教流行中国碑。哦，我隐约地知道：这是中国丝路文化上的第一碑，我所在的地方，就是丝绸之路的起点——中国长安。

长安，有一块丝路文化的里程碑！这块里程碑源于大秦，那个在我国史书上称为罗马帝国的地方。说到罗马帝国，久远的记忆在我的梦里瞬间打开，历史的画卷一幅一幅地展开到了我的眼前。

七到九世纪，世界上先后出现了经济发达、政治强大的四大帝国：大唐帝国、拜占庭帝国、阿拉伯帝国和查理曼帝国。它们的首都分别是长安、君士坦丁堡、巴格达和亚琛四大著名的城市，其中尤其以唐朝的长安城闻名世界。唐朝的长安城是世界历史上第一个拥有百万人口的大城市，在其发展的极盛阶段，长安一直充当着世界政治、经济和文化的中心地位，吸引着大批外国使节与朝拜者。据可靠资料显示：七到九世纪，先后来长安与唐朝通使的国家、地区多达 300 个。长安，成了东方文明的中心，成了世界闻名的象征。史书上有"西有罗马，东有长安"之说。

长安，一路向西，直到罗马帝国（大秦）有多远？七千多公里；罗马帝国（大秦），一路向东，直到长安，又有多远？一块丝路文化里程碑的路程。长安和罗马，这两个文化差异巨大、意识形态迥异的强大帝国，之所以从相互对抗到最后的和平相处、谋求经济共同繁荣，其中有一个人起了推动性的作用，这个人就是后来被大唐皇帝李世民御赐"阿罗本"名号的古代叙利亚人。

625 年，中原地区历经战乱，民乏耕牛。大唐皇帝李渊为了增强国家的军队实力，希望与以游牧为主的突厥与吐谷浑开展边贸，以此来繁殖中原的牲畜。此时的突厥和吐谷浑也希望与中原地区的唐朝开展边贸，以此来获取他们赖以生存的粮食、布匹、丝绸和茶叶等生活必需品。他们分别请求与唐朝建立贸易关系，唐高祖李渊慨然应允。然而就在这年六月，颉利可汗却率领突厥军队进攻灵州（今宁夏灵武南），唐朝被迫迎战而惨败，突厥趁机向唐朝要求兵粮。在唐朝没有答应的情况下，突厥再次发兵进犯灵州，被灵州都督任城王李道宗击退，颉利可汗被迫向唐朝请和退兵。630 年，突厥被唐朝所灭，大批突厥人迁到大漠以南，疏勒、于阗和莎车等西部国家自愿臣服于唐朝。635 年，大唐皇帝李世民派大将李靖、侯君集和李道宗等出兵进击吐谷浑，吐谷浑王伏允兵败被杀，吐谷浑顺降于唐。

贞观年间，蒸蒸日上的大唐，不停地找寻向外拓展的可能，尤其是在大唐通往边疆少数民族的丝绸之路经济贸易沿线，大唐投入了足够的人力与物力，所以，即使大唐足够强大，边疆上的战争还是连续不断。特别是在东、西方国家经济文化交流的枢纽地区，如伊朗高原西南部的波斯地区，这里的穆斯林总是不断地与西南亚洲美索不达米亚、巴勒斯坦及波斯等地的基督教国家在认识上发生一些冲突，战争威胁随时都有可能进犯中国本土。为了防止边界上突厥民族的入侵，大唐皇帝李世民在技不如人的初期，不得不依靠通婚等方式来化解边疆矛盾，以求确保中国通往欧亚各国交通的丝绸之路畅通。一旦实力增强，李世民就喜欢用强硬手段来处理外交事务。而此时，居住在中亚地区并且广泛接受聂斯托利派基督教的突厥商人，随着唐朝的强大以及丝绸之路的畅通，许多波斯商人以及突厥商人往来于中亚与大唐，甚至最后在长安、洛阳等中原地区定居，并且在中原地区形成强大的波斯富裕人社团组织。

这时，一位古代叙利亚人，到达波斯（今伊朗）地区后，接受聂斯托利派基督教（景教）文化的熏陶，领受圣秩，成了一名优秀的大秦司铎，他就是阿罗本。阿罗本受"神所差遣来的"，开始在波斯地区传播大秦的景教文化。由于他知识渊博，传教明了，极受当地人的爱戴与尊敬，特别是居住在波斯地区的突厥人。从波斯商人口中，阿罗本得知大唐长安是一个无比繁荣的地方，那里的皇帝对各国有才能的人都非常礼遇，对外来的僧侣都非常尊重。怀抱着一腔才能的阿罗本，迫切地想东行长安，将景教文化发扬光大。而此时的大唐，由于前往中亚地区的使臣，在与当地基督教徒在沟通上存在严重分歧，再加上唐朝的丝绸等贸易产品在中亚地区的严重滞销，这些边患问题让大唐皇帝李世民非常苦恼。当他得到波斯国王信中说将派波斯基督教分支首领阿罗本来唐这件事，这无疑让本着"示存异方之教"开放政策的李世民眼前一亮。李世民很想通过景教传教士阿罗本结识当地基督徒，并请他们在对抗回族战争中充当翻译员，从而解除大唐边患问题。基于上述原因，李世民非常看重阿罗本的到来。他特意指派宰相房玄龄率队"迎于西郊，待如嘉宾"，希望用最高规格的国礼来欢迎阿罗本。

635年，奉波斯国王之命的阿罗本率领景教传教团，驮着530部经书、盛装九百瓶葡萄酒的陶罐以及葡萄树苗和其他西域珍品的驼队向大唐长安出发了。他们越过天山、昆仑山，穿过塔克拉玛干沙漠，然后沿着通畅的丝绸之路一路向东。当那端庄肃穆、谦逊有礼的中年学者出现在大唐宰相房玄龄面前时，房玄龄真的被这个饱读诗书、满腹经纶又颇有儒家风范的人感动了。满怀着热望，房玄龄当即把阿罗本迎入大唐宫廷。

李世民详细地询问阿罗本有关景教问题，以及对大唐的影响。阿罗本恭敬地呈上《圣经》、圣像等，并且详细地介绍景教教义及影响等，最后还诚恳地说明他来到大唐传教的目的。李世民还是不太放心，为了进一步了解阿罗本的思想，李世民让阿罗本先到大唐皇家藏书楼去翻译景教经典。

得到大唐皇帝李世民如此礼遇的大秦僧侣阿罗本，很快地和居住在长安等中原地区的波斯富裕商人社团组织取得联系，从而迎合了大唐帝国利用宗教安妥长安城内波斯等异域百姓思想维护社会安定，特别是维护与安定边疆少数民族地区经济发展的需要。此外，阿罗本还将他们携带的部分经书，翻译成汉文呈献给大唐皇帝李世民。李世民不但亲自审阅，而且还在闲暇之际倾听阿罗本宣讲的道义。经过一段时间的考察，李世民发现阿罗本所讲的教义和他所带来的经书，不仅内容丰富、言之有物，而且对治国安邦很有好处。贞观十二年（638 年）的秋天，唐太宗李世民下诏在义宁坊十字街东的地方，由官府资助，为博学的阿罗本修建了一所礼拜教堂——波斯胡寺，即基督教寺，用于安顿景教教士。这样，阿罗本有了礼拜的教堂，他可以安心地翻译《圣经》，广收门徒。由于李世民对阿罗本的传教起了推波助澜的作用。犹如新芽需要阳光才能顺利成长，长安肥沃的土壤、充足的阳光，使得景教的新芽成长很快，发展迅猛异常，全国十道，几乎每道都有景教寺院，以至于达到了"寺满百城，法流十道"的境地，其中不少景教教徒还担任了朝廷和军队中的重要职务，景教的福音真光开始普照华夏大地。

650 年，唐高宗李治继位后，他也是一位支持景教的皇帝，他敕令在长安、洛阳、沙州、周至、成都乃至全国各州等地都修建悬挂上皇帝像的景教寺。"法流十道，国富元休，寺满百城，家殷景福"，就是景教在这一时期发展的写照。据统计，全国景教信徒有 20 余万人。不久，阿罗本升为中国景教的教长，长安也成了中国景教的中心。武则天时期，景教继续在中原迅猛发展。开元年间，信奉道教的皇帝李隆基并不排斥景教，不但亲题楹联，亲书堂门匾额，还诏令将两京（长安和洛阳）波斯寺宜改为大秦寺。755 年，"安史之乱"爆发后，一位景教僧人，投身朔方节度使郭子仪的帐下，"为公爪牙，作军耳目"，帮助唐王朝平乱有功，被大唐朝廷封赏，赐紫衣袈裟。大唐皇帝李亨还命"于灵武等五郡，重建景寺"。唐代宗李豫即位后，不但在耶稣圣诞时给景教寺送香赐馔，还在自己的寿辰"颁御馔以光景众"。唐德宗李适即位第七年，即建中二年（781 年），大唐本着"我建中圣神文武皇帝，披八政以黜陟幽明，阐九畴以惟新景命"的思想，建立大秦景教流行中国碑。来自古代叙利亚的景教"省主教兼中国总监督"景净，撰写《大秦景教流行中国碑》碑文。其中还记载了景教从贞观九年至建中二年 140 多年的历史，尤其突出了景僧辅佐郭子仪平定"安史之乱"的卓越战功和个人善行。

历史的画卷随着我的梦醒渐离渐远，可是，这块沉甸甸的大石碑仍然压在我的梦里。从此，我的梦里多了一块丝路文化的里程碑，虽然，景教文化在其历史发展中可能存在这样或那样的局限性，但是重情重义的中国长安，终究记下了为中国丝绸之路经济贸易做出卓越贡献的大秦僧侣。此刻，在关乎未来中国改革发展、稳定繁荣乃至实现中华民族伟大复兴中国梦的今天，习近平总书记为了应对全球形势深刻变化、统筹国内国际两个大局提出"一带一路"构想，通晓中国历史的我心里明白：中国长安，有一块丝路文化的里程碑。

风渐行，风践行

2016年4月29日早上9点16分，同事说："你们陕西那里写《白鹿原》的作者去世了，享年七十三岁。"我吓了一跳，惊问："谁说的？""微信里说的。"我不信，前不久还看到他和文学爱好者好好的合影，怎么说走就走了呢？我急忙发微信问西安的文友杨广虎，当时，他没有回音，我想也许他忙或正在写文，也不再问西安的其他文友。网上一搜，陈忠实老师真的走了，我顿时觉得天塌了，陕西文学的天塌了，我感到非常悲伤，便将此噩耗转发我们海淀作协群，群里的老师们都很震惊、悲痛，特别是中国作协的老师们想起了曾经与陈忠实老师的交往，想起了陈忠实老师的好。

北京曹雪芹纪念馆馆长李明新老师讲述了这样一件事："有一年，我与胡文彬先生、赵金九先生和崔墨卿老师应邀去西安。主办方问北京作协的金九先生到西安想见谁，金九先生说陈忠实。于是，我们有缘和陈老师同桌聊天、吃饭。大家聊得很开心，我和陈老师以汤代酒，哈哈笑着举碗碰杯，今天回忆起来，音容笑貌宛若眼前。"《劳动午报》副刊主任乔健老师也讲述了一件事："第八届中国作代会期间，我部门的一个西安籍记者自告奋勇，说能采访到住在北京饭店贵宾楼的陈忠实，我说你要是真能采访到，我给你登一版，那孩子去了，果然采访了陈忠实，我也信守承诺，登了一版。记得陈忠实还为《劳动午报》题了几个字，并特意为我也写了几个字，怪我粗心，不知放在哪儿了，连写的什么也记不起来了。但这位大作家这么好求，确是我始料未及的。因为我们还想采访另一位作家却遭到了拒绝。"老师们说着说着就情不自禁地陷入深深的惋惜和极度的悲痛之中……最后，在琚和老师的提议下，海淀作协群向我们尊敬的陈忠实老师默哀三分钟，沉痛悼念！

其实，我和陈忠实老师也仅仅是一面之缘，二十年前的一面之缘。虽说是一面之缘，但当时仗着年轻，敢于直面苛责陈忠实老师《白鹿原》的耿直勇气，现在想起来着实吓了自己一跳。记得那是1994年5月2日，正逢陕西文坛以《白鹿原》为代表的五部文学作品问世，我们学文的小毛兵，有幸去陕西省少年宫参加主题为"发扬五四精神，发展青年文化"的文艺家座谈会，和文艺大家面对面谈文学。当时在座的有陕西省著名的文学评论家王愚老师、作家陈忠实老师、京夫老师和陈长吟老师，还有两位陕西省团委的老师、两位西安市团委的老师、两位《西安晚报》的记者等，因为已经熟读了当时的五部作品并写过文学评论，所以，那次座谈会开得十分热烈与融洽。

在座谈会上，一向被老师视作"空灵之文风"的我，向陈忠实老师提出了一个让他难堪的问题："读您的《白鹿原》，我感觉这本书的基调太伤悲，即使是笑，也是苦涩的。陈老师，文学应该促使人积极向上，可我从《白鹿原》小说中读到了悲与痛，为什么《白鹿原》里的人物给人留下了这么多缺憾？您为什么不让人物得到完满结局呢？"连珠炮似的问题，半天，陈忠实老师才无奈地说："你说得对，文学应该促使人积极向上，可能是我的生活经历就是这样，我实在写不出高兴的事情啊！"我又得理不饶人地说："既然您非要写悲痛的东西，为什么不用另外的东西如浪漫主义情怀代替呢？"总之，对于年少的我那么多古怪刁钻的问题，最后怎么收场了，我已经记不清楚了。不过，那次座谈会老师们都很认真地解答我们文学爱好者的问题。临结束时，我们都请作家、评论家老师们签名留念，好在这些老师确实为人谦和，也没有架子，签名自然也不推诿，给大家一一签名。当时已经在报纸上发表过一些"小豆腐块"文章的我也凑上去请老师们签名。

与陈忠实老师就是这匆匆一面，却一直记着他的音容笑貌，记着他的无奈表情，记着他的深邃目光，记着他的宽厚和蔼。后来，机缘巧合，我稀里糊涂地被拉进了中华梨园学研究会，我和陕西省艺术研究院的王东明同门还成了中华梨园学研究会的两员精兵小将，似乎还成了梨园老人李尤白老师"临终托孤"的关门弟子。这些年，虽然身处京城，我却时时记得已故的李尤白老师的"临终托孤"，我不得不闷头于艰难枯燥的唐代梨园文化研究里，和外界联系比较少。没想到这一闷头，等我回过神之际，外面已经发生了翻天覆地的变化，历史的大浪淘沙，毕竟沉淀出让人敬仰的作家和难以忘怀的文学作品。近几年，我和京城文学圈朋友聊天，当他们知道我来自陕西，他们总是竖起大拇指夸赞陕西文学的厉害，尤其在小说和散文两个方面。听到赞美家乡文学，我自然窃喜，心里很明白陕西文学之所以让京城文人称赞，其中有两位大神级人物在陕西坐镇，即陈忠实老师和贾平凹老师。他们总是那么高高地站在文学前沿，导引陕西文学的现实主义和浪漫主义的风格，我私下称之为"风"与"骚"。而两位大神在导引上又走的是不同的道路：贾平凹老师以"骚"之精神笔耕不辍，他用作品的尝试精进一个又一个的文学高度，犹如探路者，在文学上披荆斩棘，艰难而寂寞；陈忠实老师成为"风"之践行者，他不但用自己的作品真实地记载陕西关中乡土文化特征及自己的写作观念，而且还深入陕西的犄角旮旯，发现、关怀、扶持和培养众多的文学爱好者，确实做到躬身践行。他采撷民风之精华，体验民生之疾苦，和应"国风"之风格，自然也就成为"风"之践行者，由此而获得众多文学大家和文学爱好者的尊敬。也就在前年，当我看到西安文友王亚凤晒出她和陈忠实老师的合影，羡慕之余，还生一丝遗憾，遗憾自己当年没有和陈忠实老师合影留念，虽然陈老师等名家与我们文学爱好者面对面谈文学长达一个上午。当然，也可能是那时候人穷，连个照相机都没有，最后只留下陈老师等名家的墨宝，不像亚凤等，可以晒出和陈老师的合影示人。近些年，当我看到更多的文学爱好者和陈老师合影，我还有些许感慨：怎么每个文学爱好者要和陈老师合影，陈老师都合影啊？陈老师是否有被合影的感觉？现在反过头来听海淀作家群里谈论陈老师这么随和的件件往事，我终于看到了陈老师和广大文学爱好者的亲善友好，这也让我这个身处他乡的文学爱好者更加敬重陈老师的品德，陈老师身上聚集着一种如风的能量，他如风一样渐行于陕西大地，渐行于陕西文坛，温暖着陕西的一花一木，也温暖着陕西的文学爱好者。风渐行，风践行。陈忠实老师始终以陕西长者的姿态，承继着一个宗族或者一个民族的历史使命，既要维持一个宗族或一个民族的历史责任，同时又兼顾繁衍这个宗族或这个民族的道德和文化的生息。能够拥有这种气质的人，难道不值得我们敬重吗？

4月29日下午六点多，西安文友杨广虎传来了他怀念陈忠实老师的文字《一棵树的怀念——沉痛悼念陈忠实老师》，其实，对陈忠实老师的怀念何止一棵树的怀念呢？风渐行，吹过野草，野草染绿了草坪；吹过鲜花，鲜花装扮了花园；吹过山原，山原倏忽着白鹿……风践行，践行于陕西文坛，践行于陕西大地，践行于中华大地……贾平凹老师说陈忠实老师是"文坛扛鼎之人"，我想陈忠实老师扛的就是陕西文学的"风"之鼎，甚至是中国当代文学的"风"之鼎，对于这样的"文坛扛鼎之人"，他的远去，我们这些文学爱好者除了表达深深的悲痛之外，更多的是我们崇高的敬意。

一路走好，陈忠实老师！风渐行，风践行。

第三辑

燕云·晨昏·花村

送你一把荠菜

　　《诗经·邶风·谷风》中云："谁谓荼苦，其甘如荠。"这可能是我国对荠菜的最早描写，春秋时期，我们的祖先不但已经开始享用荠菜的美味，而且还把荠菜写进了美丽的诗歌里。

　　那日，在北京怀柔影视城的大街上转悠，走到一家小商店门口，我看见三五个妇女围坐在一起有说有笑。我好奇地走近一瞧：原来，她们正在择荠菜，那些荠菜的根部还带着点点泥土。哇！好鲜绿的荠菜啊！我的双脚一下子挪不动步子了。我谦和地问："大姐，您这荠菜怎么卖？"她们抬起头陌生地打量着我，好一会儿，一位妇女才说："妹子，想买荠菜？可是，我们的荠菜是在地里挖的，不是卖的。如果你真心想买的话，我们可以卖给你一些。"听说是挖的，我有点儿不好意思了，本想离开，走了两步，还是由于那思之不舍的念想驻足了。我只得硬着头皮问她们："大姐，这荠菜多少钱一斤？"看到我诚心想买荠菜，一位妇女这才一本正经地说："荠菜这东西，在咱们这里多了去，根本值不了俩钱儿，白送给你一些吧。"听到这话，我赶紧表达我的谢意。

　　伸出粗糙的大手，她们连抓两大把荠菜，装进塑料袋子递给我。我赶紧说够了，她们却说不够，连一顿饺子馅都不够，既然诚心想吃，就一定要吃出味道才是，说着，她们又给我抓了一大把荠菜。此刻，面对这些纯朴真诚的大姐，我哽咽了，只觉得一股暖流从心底升起。

　　回到市里，我迫不及待地做了一顿荠菜饺子。当家人将荠菜饺子送入口中的时候，那筋道，那嚼之不尽的野菜清香和着影视城镇子里的真诚，在我们的心底勾起了悠远绵长的回味。

民谚里有"三月三，荠菜花，赛牡丹"的佳话，就是说荠菜花那小米粒般的花瓣，吃在百姓的嘴里，居然赛过牡丹花。也许这是百姓的夸张，但民间百姓确实对荠菜情有独钟。俗话里也说"三月三，荠菜可以当灵丹"，这说的应该是荠菜的营养价值。据资料统计：每 100 克荠菜含蛋白质 5.2 克、脂肪 0.4 克、钙 420 毫克，磷 73 毫克。我不太懂植物的营养价值，只知道荠菜生长于野外，积聚了一个冬天的阳光，自然可以称得上灵丹了。在我们关中地区，人们素来喜欢吃荠菜。荠菜的吃法自然也很多，除了可以做饺子馅外，还可以凉拌，或做荠菜豆腐羹、荠菜神仙汤等，那好听又好吃的荠菜饭，总是让我浮想联翩，有一种回归自然的感觉。

其实，对荠菜吃法最文雅的要数北宋大文学家苏轼了。他在贬官期间，放浪行迹于江湖，采摘荠菜于郊外，用荠菜、萝卜和粳米熬成原汁原味的"东坡羹"，那种"荠糁芳甘妙绝伦，啜来怳若在峨岷。莼羹下豉知难敌，牛乳抨酥亦未珍"的感觉，真的很美妙。第二个会吃荠菜的人是南宋爱国诗人陆游，"雨后初得荠，春荠花若雪……手烹墙阴荠……汤饼挑春荠……"，他平生不但最爱吃荠菜，而且还亲自下厨，真的把吃荠菜作为雅事来对待。

会吃荠菜不是本事，享受荠菜带来的美妙清香才能体现一个人的雅趣。后世的许多文人雅士随喜了《诗经》的抱朴守拙，也将这天然去雕饰的荠菜写进了美妙的诗歌里。苏东坡的诗歌中将荠菜称为"天然之珍"，并赞美荠菜"虽不甘于五味，而有味外之美"。他还在《次韵子由种菜久旱不生》里咏道"时绕麦田求野荠，强为僧舍煮山羹"，更是形象生动地给我们描绘了一幅早春妇孺在野外采摘荠菜时的喜悦画面。陆游也是一位把荠菜写进诗歌的文人，他的"残雪初消荠满园，糁羹珍美胜羔豚""手烹墙阴荠,美若乳下豚"等诗句,都是对荠菜喜爱程度的真实反应,以至于自己最后迷恋到"日日思归饱蕨薇,春来荠美忽忘归"的地步。当然,能将荠菜入诗的诗人还很多,如齐人卞伯玉的《荠赋》有"终风扫於暮节,霜露交於杪秋。有萋萋之绿荠,方滋繁於中丘";明人陈继儒的《十亩之郊》有"十亩之郊,菜叶荠花,抱瓮灌之,乐哉农家";清人郑板桥,在他的《三春荠菜饶有味》云:"三春荠菜饶有味,九熟樱桃最有名。清兴不辜诸酒伴,令人忘却异乡情。";等等,这里不再一一举例。

总之,能够享受荠菜之乐,才是悟春的最高境界。久在市区的我,因为小镇妇女们赠送的新鲜荠菜,感受到了春天蓬勃的生机,似乎知道了春天的滋味,"城中桃李愁风雨,春在溪头荠菜花。"稼轩的词一下子冒了出来,原来,荠菜是春的使者啊!春阳之下,田野里、小渠边、树根旁、洼地处,荠菜遍野。那背着竹筐的先民,在空阔的野外弯腰挖荠菜的情景浮现在我的眼前,"春日平原荠菜花,新耕雨后落群鸦",一股独有草根味的清香扑面而来。

哦!送你一把荠菜,体会一个美好的春天。

在日暮里散步

　　我喜欢在日暮里散步，因为此时是日与夜交替的时刻，日的金丝帐尚未褪去，夜的黑纱帐还未拉开。暗灰色的天空仿佛智者的发须，奠基天地持重而老道的主旋律，给我一种特别适合思想的空间。

　　沿着研究生院的围墙，走在鹅卵石铺砌而成的小径上，躲过坑坑洼洼的卵石，踩着整齐相间的平砖，步随径移，悠然似燕地划出一道美丽的弧线。

　　小径两旁高低起伏的是草坡，草坡之上，绿植透亮，其上，一棵紫荆树如花伞张开，满枝条都是耀眼的紫荆花，如火般熊熊燃烧，似蝶样翩翩飞舞，微风过处，便嗅到一鼻淡淡的芬芳。我脑子里突然灵光一闪，哦！这不是紫霞仙子撒给人间的乌桑吗？据说乌桑的叶能驻颜美发、洗浴爽身，根能益寿延年，这位在天庭看管乌桑树种子的仙子，她又是怎么样把天宫的神树带到人间的呢？原来啊，这位紫霞仙子是王母娘娘的侍女，她因思凡心切，便化作凡女与牛郎结为夫妻，后被王母娘娘带回天庭。无奈，紫霞仙子真情不改，王母娘娘没办法，只能允许她每年七夕与牛郎鹊桥相会。有一年七夕，紫霞仙子得知村里的乡亲们得了一种全身瘙痒、头发干枯的怪病，想起了天宫里能治百病的乌桑树，她就把乌桑树种子装满羊脂玉瓶，带回凡间遍植广种。不巧，当紫霞仙子把玉瓶交给牛郎时，二郎神发现了就前来阻止，紫霞仙子见势不妙，立刻拔掉玉瓶瓶塞，将满瓶的乌桑树种子倾倒人间。乌桑树种子飘飘荡荡落下，

136

遇土生根，逢水长芽，成就了人间最繁盛、最美丽的紫荆花林。面对眼前的紫荆花，我仿佛看见紫霞仙子向我招手，会意地笑了。

继续向前走，草坡旁侧低矮处，伞状的松树枝繁叶茂，树身上，一行充满活力的小黑蚁缓缓地蠕动，队列整齐，待到枝丫处，倏地躲进蚁窝，便再也寻它不着。蚂蚁依树而居，以洞为家，也许自有它的理由，只是我不知罢了。忽然，我想起小时候听过的一个传说：一位征战的皇帝打仗累了，靠在路旁的松树上休息，一只小蚂蚁，认为皇帝侵占了它们的地盘，就爬上皇帝的腿捣乱。疲惫的皇帝不耐烦地说："小家伙别捣乱，等人过去你再来！"谁知这只蚂蚁耳聋，误听为"小家伙别捣乱，等人坐下你再来"。这只蚂蚁向蚂蚁王国传达了皇帝的金口玉言："皇帝说了，等人坐下，咱们就去捣乱"。看来，人依树而憩，小蚂蚁围人而闹，原来是皇帝传下的圣旨啊！

想着自然界这些离奇古怪的事情，我仿佛进入了一个灵异的空间，随喜那里的一花一树、一草一木。正当我凝神静思的时候，草坪上，一只初成的飞蝶扑棱在嫩黄色的小花上，将尖尖的刺儿扎进花蕊贪婪地吸吮，竟然忘记了周围潜伏的危险……蝶恋花！我的脑中突然闪出这样的念头，《蝶恋花》，那不是用来填写多愁善感和缠绵悱恻的词牌？"蝶懒莺慵春过半。花落狂风，小院残红满。午醉未醒红日晚，黄昏帘幕无人卷。云鬓蓬松眉黛浅。"苏轼笔下将伤春女子的复杂心绪跃然纸上；而他的"墙里秋千墙外道。墙外行人，墙里佳人笑。笑渐不闻声渐悄，多情却被无情恼。"那短墙外的二八佳人欢笑，越发增添了青年男子的惆怅。"暖雨晴风初破冻，柳眼梅腮，已觉春心动。酒意诗情谁与共？泪融残粉花钿重。"这位名叫李易安的女子，在黑夜孤馆中，独自怅惘的心境，又有谁知？晏殊、柳永、辛弃疾等人也非常喜欢《蝶恋花》，他们对于《蝶恋花》的领悟，已经成为经久不衰的绝唱。

沉浸在诗词的世界，体会着人生美好的情怀，几乎忘记了自己的存在，正当我低头冥想的时候，耳边传来一阵"嗡嗡"的声音，抬头一看，几只黑色的蜻蜓在头顶上盘旋飞行，它们熟练地把握平衡，稳稳妥妥，原来蜻蜓的飞行也可以创造人类的奇迹啊！草坡高地，卡通图像的向日葵，举着一块淡黄色的牌子，浅浅地微微一笑"请爱护花草树木"。远处，不知什么时候，牵牛花的绿蔓已经爬上围墙，一朵、两朵的牵牛花，如同初恋的少男少女，偎依缠绵，浅尝辄止，极尽羞涩之态。我不由得害羞地低下头，惊喜地发现围墙根冒出一株野菜，一簇翠绿入眼，肥厚紫红色的主茎像翡翠雕成心骨，托起肥厚的叶片，叶片莹润，如同绿宝石一般隐隐地闪着光亮，叶片间浅黄色的小花躲躲闪闪，极尽胆怯，恍如入世的幼婴。哦！好一株美丽的马齿苋啊！然而，我更喜欢叫它一个更诗意的名字"太阳微笑"，为什么呢？因为天上的最后一个太阳就是躲在马齿苋的后面，才免遭后羿弓箭的射杀呀！所以，此后，只要太阳一见马齿苋就露出笑脸，马齿苋见到太阳，也总是舒舒服服的，开着小花，好像对着太阳微笑。这可不就是"太阳微笑"吗？在日暮里，恋恋不舍的太阳即将告别有恩于自己的马齿苋，马齿苋也是莞尔一笑，极尽美丽之容，那情态，又有谁能描绘得清呢？我不由得感叹大自然的鬼斧神工。

停下来步子，浅嗅泥土的芳香，为一丝芳香而感动，尤其在日暮的时候，阳光穿过楼房间的缝隙，将温和而多情的目光汇聚在这里，稳重而大气的灰色犹如智者的身影沐浴在余晖里，可谓恰到好处。前面有一对并排的老夫妇，蹒跚向前。老妇一手拄着拐杖，走得十分艰难。老伴搀扶陪伴，不离不弃。岁月吹灰了他们的头发，稀疏得如同秋后的荒草，荒草中散落了碎花一样相伴一生的浓情，他们就这样走在日暮里，伴着坎坷一路的欢笑。

此刻，走在这条充满灵性的小径上，我觉得自己和自然这么亲近，心灵被无限美好的遐思充盈着，我且受用这里的一切，将一天的思想整理，飞升一个更完美的自己。

保福寺的泥尘

车来车往，车往车来，你待在那里，我心难安。

我踩着保福寺的泥尘，踩着曾经慰藉众多痛苦灵魂的保福寺泥尘，却在不经意间看见了已经成了一粒泥尘的你，我瞬间明白了从明朝正德年间一直延续到二十世纪五十年代的保福寺香火其实并没有超度你的灵魂。你的这粒泥尘，因为灵魂的迟迟不肯离开，最终还是被我踩痛了，这份痛顺着时间的纵轴和空间的横轴两个方向生成了一个痛感坐标平面，一直延伸到了 1906 年的浙江绍兴。

1906 年的夏天，一封电报从绍兴发到日本：母病速归。正在日本留学的周家少爷赶紧回国，等周家少爷回到家后才知道是母亲听闻他与日本女人结婚的事情而骗他回国的。因为早在 1899 年，知县后裔的朱家女子和周氏前京官孙子周家少爷的婚事已经被亲友斡旋说合了；1901年 4 月 3 日，周家老太太在未征得儿子同意的情况下，还亲自到朱家给周家少爷聘下了贱字为安的女子。况且，这门亲家还是周家叔祖周玉田夫人的同族，人家朱家女子已经等了周家少爷五年了，这于情于理都说不过去啊，周家老太太只好装病，逼儿子回国完婚。

其实，在周家老太太眼里，五年前给儿子定下的这门亲事是蛮不错的，女方朱安出身于封建旧式家庭，具备了江南女子天生的温良贤淑，并且被教养成了一个懂得礼数的女子，平日里还和周家老太太谈得挺投机，更有让周家老太太入眼的是朱安比自己的儿子大三岁。也许是因了"女大三抱金砖"的传统思想作祟，因为娶这样的女子不但对自己的男人温柔体贴，还有更重要的一点，就是这样的女子能够帮助周家老太太操持家务，周家少爷就可以一心一意忙碌自己的事业。

然而，出国留学有着新思想的周家少爷，他是因了周家老太太的装病骗婚，才被迫从日本返回中国绍兴与你成亲的，脸上写满了大大的不乐意。小心翼翼的你，听闻留洋归来的周家少爷喜欢大脚女人。为了讨好周家少爷，新婚之时，你收敛自己的内心，将自己那小巧的三寸金莲，装进了塞了棉花的大鞋里。没想到这弄巧成拙的迎合，更激起了周家少爷的一份厌嫌，而正是这份厌嫌，让周家少爷，也就是你的夫婿从此决绝转心，视你作周老太太送给他的一件礼物，使用也罢，搁置也行，那就得看周家少爷往后的心情了。

遗憾的是周家少爷接受的是新思潮，传统的东西在他眼里只是腐朽的古董，更别说他母亲送给他的礼物了，他实在不需要这样的礼物。你也曾试图改变自己：女子的蓝袄坠入河底做了鱼虾的龙床，乌篷船里的故事在水面上摇晃而去，竹角楼上的歌吹在心底里温软搁浅，咸亨酒店里的戏谑凉淡了炉壶上的黄醇，满肚子的繁缛礼节不必啰唆地多讲……我知道你是迈着三寸的小金莲，挪过绍兴的山清水秀，挤到北京的风雪严寒，住进一所叫八道湾十一号的大宅院，再迁砖塔胡同六十一号，后居西三条二十一号，在这一院一院的围墙深宅里，没有床帏之欢，也没有儿女之爱，你只会"吧嗒吧嗒"地抽着竹管里的旱烟，在默默无声的烟雾里，守着朱家台门最后的道德尊严。倘若偶遇外客如阳光般灿烂地闪进了院门，即使小你许多的晚辈，不管是莽撞率真的男生，还是泼辣勇敢的女生，在他们与先生谈笑风生激扬文字的温情友爱里，温淑的你只会似仆人如猫狗寄篱瑟缩在后院，甚至不敢大声喘息。先生病逝后，已近花甲的你即使喝着小米粥就着腌咸菜，也不愿出卖先生的文稿与遗物，以至于自己的生活"竭蹶"。当别人于心不忍要接济你时，"为顾念汝父名誉"，你仍"亦婉谢"。你的这种"宁自苦，不愿苟取"的传统品德，岂是他人不知？人生茫茫世途莫测，又有谁人视你如先生的"遗物"样悉心呵护呢？最终，你孤独地走完了自己的凄苦一生，落土在"西直门外保福寺处"，即一处命名为"中官"的荒郊坟地里。没有墓碑，更无后人祭扫。好在这里有保福寺的香火经诵，是它在为亡者缔结往生的善缘。可是，拥有三百年香火的保福寺，还是没有超度你这粒泥尘上的灵魂，这得有多大的委屈啊。是啊！纵观你寂寞的一生，我知道你真的很累，正如你最后总结自己一生时说你"自己好比是一只蜗牛，从墙底一点一点往上爬，爬得虽慢，总有一天会爬到墙顶的……"可是，你终究没有爬到墙顶，尽管你的三寸金莲能从绍兴爬到北京，终究还是没有爬进一个男人的心里。因为那个男人的世界里没有你的位置，你只是周家老太太送给儿子的礼物，这件礼物自始至终没有被周家儿子启封。经过岁月的风化，你也终究零落被碾作了保福寺的一粒泥尘。此刻，车来车往，车来车往，我真的因你寝食难安了。

其实，他没做错什么，他有他的追求，他在找寻一个崭新的中国，他穷尽一生的呐喊，至死也没有看见崭新的中国；你也没有做错什么，你有你的想法，你在找寻一个心里有你的男人，你隐忍女人一生的委屈甚或身后的努力，也没有走进一个男人的心里。呜呼！原来这人世间的愿望总是那么美好，结局却往往不尽如人意。虽然结局不尽如人意，但是追求终究无可厚非。漫漫前路，谁都会茫然无知，但并不妨碍追梦者的新想法。百年之后，既然曾经的新想法随风而逝、躯体化作了泥尘，真的也就没有必要被岁月再次记忆。那些存在于岁月里的零碎记忆，或许只是用来安妥不平者的魂灵，而你，善良到没有为自己的悲苦鸣不平。其实，退一步说，你或许也完全可以像你同时代的众多女人一样，拥有着一个名不见经传却倍加呵护你的男人，与他生儿育女、与他承继一个宗祠的香火。可你，朱安，这个本不该在历史上留下一鳞半爪的女子，却用你一生的努力着墨了历史的良善线痕，这不是让更多的后来者寝食难安吗？

半个世纪后的今天，在华灯璀璨的中关村街道上，我踩着保福寺的泥尘，看着这个因梦而盛的中关村，看着中关村这个昔日因保福寺香火浸染的善缘福地上的人杰地灵，看着欣欣向荣的大街小巷的车水马龙，看着创新聚能的科技硅谷的龙旋凤舞，看着北大、清华和中科院三所文化院校的三足鼎立……我突然一下子醒悟了，我似乎找到了安妥寻梦者灵魂的物件。我穷尽自己所有力气，阅尽已经化作泥尘的几世芸芸众生，发现了那些残存在岁月里的零星记忆，以及被岁月碾碎的一粒粒泥尘。我知道，我踩着的那粒泥尘上有一个没有被安妥下来的灵魂是你的。你等了这么久，就是为了等待我的到来。

地有桑

芒种时节，阳光暖暖的。我常常立在门前，盼望着自行车棚后碗口粗的桑树赶紧结果。当那紫黑的桑果挂满整棵桑树的时候，我终于松了一口气：桑果熟了。

微风吹过，桑果开始纷纷跌落，跌落在自行车棚上的石棉瓦上，跌落在地上的方砖长道上。过往的行人车辆多了起来，方砖长道上便开始有了斑斑点点的污渍，恰似柔情女子的寸断肝肠，撩得我心里一波一波地冰凉，挠得肠子一阵一阵地疼痛。看着这满地的桑果，我心里那个可惜啊！简直说不出口。再抬头望着桑树上那红晶晶黑亮亮的桑果，终于，我再也忍受不了桑果的再次落地。叫上先生，搬动大方凳，手持扫帚，带好保鲜盒，我们整个一副战斗装备，径直冲向桑树的前沿阵地。

先生踩上大方凳，高举着扫帚，拽低满是桑果的枝条，细心地采摘桑果，一颗一颗地放进我递上的保鲜盒。很快，道旁桑树上熟透的桑果被我们采摘下来了，可惜，还没装满保鲜盒底，胜利果实不多啊。先生又拐进自行车车棚后，踩着暖气管道上的砖台去采摘桑果。谁知，我们的战斗太激烈了，小院里三五顽童也兴冲冲地投入战斗。这些七八岁的顽童，简直没个深浅，顺着暖气管道上的砖台，像猴子一样噌噌爬上自行车棚的石棉瓦上，他们开始游刃有余地采摘高处的桑果。于是，桑树周围都是顽童的吵闹声，四周都是热闹的欢呼声，气得旁边被冷落的椿树吹胡子瞪眼睛的。唉！谁让自己当年抢了人家桑树的功劳，留下了"桑树救驾，椿树封王"的千年诟骂呢！由于所处的地理位置不同，砖台上的先生明显比不过石棉瓦上的顽童战斗激烈。不一会儿，顽童们已经采摘了半水瓶的桑果，高举着胜利果实，得意地向我们炫耀。他们手舞足蹈地在石棉瓦上笔画着，吓得先生和我把心提到嗓子眼了，连忙叮嘱他们小心为好。然而，顽童毕竟是顽童，他们完全沉浸在采摘的喜悦里，将暗藏的危险早已置之度外了。先生开始不停地埋怨我净出馊主意，我也开始自责自己是"始作俑者"。

看着顽童们如此兴致，没办法，我和先生只好开始恐吓道："赶紧下来，保安来了。"也许，只有那带着大壳帽的保安此刻才拥有绝对的威慑力，顽童们这才极不情愿地下了石棉瓦，到了道边。他们举着半水瓶的桑果向我们炫耀，当看到我们这边采摘的桑果不多时，其中一个顽童便像绅士一样，大方地倒给我一些桑果。我急忙推辞，毕竟人家也是冒着生命危险才获得了如此巨大的胜利果实啊！我岂能夺人之爱呢？我开始为自己刚才说谎恐吓他们而内疚起来。原来，我低估了顽童的品行，他们也如我们一样，不是在乎采摘桑果的结果，而在乎的是和我们一同采摘桑果的乐趣啊！

有了第一次经历的喜悦，很容易就有第二次经历了。那日，被那句"保安来了"吓走的孩童，并没有过足采摘桑果的瘾。不知什么时候，他们又偷偷地爬上了自行车车棚的石棉瓦，终于，他们将脆弱的石棉瓦踩透了三个比脑袋还大的窟窿。看来危险确实存在，还好，顽童安全无事。下班归来，望着石棉瓦上的大窟窿，我开始心疼停放门前的自行车，它们是不是从此要经受风吹雨淋了？然而，一想到顽童摘桑果时的快乐，人生难得有如此丰富多彩的童年，尤其是城市的孩子，也罢！

没想到第二天，小院里的物业不答应了。一张醒目的 A4 纸高悬于石棉瓦檐，其上曰"请勿攀爬，防止摔伤"。自从 A4 纸高悬之后，我家门前不再有孩童来采摘桑果了。地上，那熟透了的桑果落得满桑树周围都是，染黑了地上的方砖长道；树上，那后续成熟的桑果，一个赛一个地红晶晶黑亮亮，它们躲在绿莹莹的桑叶里，时不时露出调皮的笑脸，很有诱惑力。不知谁家下班归来的大人，也许受了自家孩童的蛊惑，也许真是受不住桑果的诱惑，还是忍不住驻足。最终，将他那长胳膊从石棉瓦的大窟窿里伸向桑树，然后带着满足的笑容回家。还有那小院里打扫的工人，哪里还有什么绿化意识啊。在她们的眼里，满眼都是甜滋滋的鲜桑果，她们为了采摘桑果，硬是生愣愣地拽折了粗壮的桑枝。那可怜的桑枝，在打扫工人的肆虐下，终于遍体鳞伤。

望着遍体鳞伤的桑树，我心里升起莫名的伤感，这种伤感使得我再也感受不到年少的鲁迅在百草园里采摘紫红桑葚的欣喜。那满地的污渍还是搅乱了我的愁肠。一次偶然机会，我发现几只麻雀站在桑树下的污渍之中，细看，看见一只麻雀嘴里叼着一颗桑果，我激动得心都快要跳出来了：这满地的桑果总算有了好去处了。我赶紧停住脚步，不忍心打扰它们，静静地欣赏着眼前的这份惬意、这份生态和谐。就是这份惬意与和谐的画面，把我的思绪带回到很远很远的上古……我仿佛回到了那个神秘的传说里，耳畔响起了先民们郑重的教诲："山有灵芝海有珠，土有太岁地有桑。"桑树，作为一种长生不老的神树，它与灵芝、珍珠和太岁这些满身灵气的物件并列在一起，被我们的先民们敬若神灵，护佑着一方的风调雨顺。恍惚中，我看见西陵国嫘村山下的"先蚕娘娘"，她正教导先民缫丝织绸的美丽倩影；我看见了桑林祈雨的商汤王，他舍己为民、甘愿赴死的英雄壮举；我看见了"春日载阳，有鸣仓庚。女执懿筐，遵彼微行，爰求柔桑"的采桑女子忙碌情景，还有那"抱布贸丝""匪来贸丝，来即我谋"的"蚩蚩"之"氓"；我看见了吴楚女子因争夺桑叶养蚕纺织丝绸发生争执；我看见了成都地区"机杼之声彼此相闻"的繁荣景象；我还看见了西汉用丝绸铺成的河西走廊，那驮着梦幻的驼队一直向西，而那丝绸般柔软的时光里，回荡着清脆悦耳的铃声。

　　这种异样感觉所带来的快乐，哪里还是门前的桑树能解释得了的呢？我静静地站在门前的桑树跟前，将我此刻的膜拜虔诚地敬上，这哪里还是桑树？这分明就是中华民族的丝绸文化历史啊！我不觉吟哦道："……天有灵芝地有桑。"地有桑，愿中华大地到处都有桑树，到处都是风调雨顺。

目送日落

北京的秋天很美丽。傍晚，天很蓝，西天当值的太阳，将金灿灿的阳光撒向人间，一切开始变得暖暖的，温馨浪漫。远处的西山，极尽线条之美，水墨山水，清爽明晰；近处的路边，两排银杏树站在秋日里，抖着腰身。晚风很柔，银杏叶子如婀娜女子翩然起舞，羞涩柔美里舞出一段风情，描画一份诗意，随后话别枝丫，悠然地落在地上，铺就一地金黄，似柔软的大毯。大毯之上，几位闲散之人或驻足翘首，或珍藏落叶，或拍照留念……把自己也融入有银杏的世界里。

出租车很快就出了北五环，在高速路上一路疾驰。这是一条新修的高速路，车辆还不是很多，宽阔的路面，不但彰显着它的恢宏与大气，更衬托出天际的空旷与辽远。平日里，被大城市拥挤的思想，随着环境的宽松也慢慢地回归自然，舒张了想象的翅膀，张扬了天地的空灵。这是一条向西的高速路，出租车一路奔驰，追着西山上的落日。落日渐离渐远，光芒也渐离渐弱，眼前便有了一幅幻化的画面。面对如此画面，突然之间，我感觉自己进入一个时空隧道，飞越到远古，成了那追日的夸父，一路狂奔，追赶天边的太阳。

落日的余晖慢慢地变暗了，可是，因为它本身的强大，还是映红了西面的半个天空。夕阳散发着慈祥的光芒，将暖暖的慈祥射入出租车的玻璃窗，司机和我满身金黄，沐浴在慈祥的光芒里。车内，一切变得暖暖的、金灿灿的，甚至，眼睛里都是阳光。司机大哥放下遮阳板，出租车便稳稳地急行在高速路上，道旁赭黄的银杏树向我们后方飞奔着。路上，车辆不多，前方老远处才依稀几辆，车与车之间的间隔距离很大，这给了我充足的想象空间，犹如乘着时光之舟，穿行在时光隧道里，顿时，我的心里有了一丝感动，有了存兜夕阳的想法，有了拿出手机，想将这份美好的落日分享给他人的想法。

谁承想，看起来线条粗疏的司机大哥还有情感细腻的一面，他比我反应快，抢先一步，早已迅速地拿出自己的手机，一手握着方向盘，一手举着手机，对着落日"咔嚓、咔嚓"地触屏。原来，他也是想把落日的美丽记忆下来啊！谁知就在这么一瞬间，出租车开始摇晃。我不得不面露难色，想着怎么开口提醒他开车要专一，尤其是在高速路上，然而，面对如此美好的落日，我又不忍心打扰司机大哥的这份雅兴，只能担心地小声说："小心，车有点不稳了。""坐我的车，你放一百二十个心，肯定没事的。" 没想到司机大哥却这么一句，就轻描淡写地把我的担忧撇到一边去了，不温不火地堵住了我的不满。拍完一张，本以为他会停止拍照开始专心开车，可让我没有想到的是，他还是继续一手开车，一手拍照，变换着角度反复地拍，根本顾不上车子的摇晃，也许，司机大哥确实被落日景色迷住了，沉醉在落山的夕阳里了，忘记了自己还是个司机，肩负着此时安全驾驶的重任。我只得自己在心里笑笑，也理解了多年前的困惑：曾经，有一群驴友行至西岳，登上华山观看日出，因为日出的美丽，以至于有驴友自甘坠入悬崖，永远地沉醉在美丽的幻觉里了。看来，日出日落，能让人如此地沉迷，足见其美丽无比了。

再回看眼前，此时的夕阳，在西山的背景下，一去往日激情勃发的粗暴，似一位成熟沉稳的长者。因为要主宰天地和谐大局，他更多地具有了智者的深邃与大气，长者的人性与持重。晨起后，劳作于天地间，顶天立地，大放光芒；傍晚时，退守于西天半空，颔首微笑，远远地眺望东方天际。此刻我仿佛看到了一位白发耕夫，头戴草帽，劳作了整整一天，现在要荷锄归家了。也许此时，月亮婆婆早已炒好了两盘小菜，烫好了一壶桂花酒，正倚门而望。想着这些温暖的人生，落日老人不觉间露出了一丝微笑，归家的步子也更加轻快了。我，一个才疏学浅的人，还没来得及更深刻地理解落阳老人归家的急切心情，他已经迫不及待了，几乎是一瞬间，就跨过山梁不见了，只将一片满天红润留在西山的上空。没有了夕阳的西天，顿时暗淡下来了，司机大哥和我的心情，顿时也暗淡下来了。我们都少了兴致，多了遗憾，多了失落，变得寡言。然而，远处沉静的西山理解不了我的失落，慢慢地继续变暗了，终于，黯然无光了。此时，司机大哥也有了一丝遗憾，嘴里直说："太阳走得太快了，怎么一下子就不见了呢？"也许，他还在东张西望地寻找夕阳的踪迹，可是没有找到，于是便像迷路的孩子一样迷茫起来，嘴里不停地喃喃自语。是啊！落日的速度的确很快，在我们的眼里，落日似乎一下子掉到山那边去了，却没有悟到落日，正在以另一种生命姿态存在于天际间，因而，我们多了些许遗憾，些许惆怅，岂不知夕阳已经走在回家的路上，享受自己的美好生活了。

唐朝诗人李商隐《登乐游原》一诗中云："向晚意不适，驱车登古原。夕阳无限好，只是近黄昏。"他第一次提出"夕阳无限好"的概念，有些许的哀怨，这种哀怨源于他没有看到生命轮回时新的启程，他只看到了生命即将终止的缺憾。虽然这样，但是，李商隐终究还是赞美了落日的美好，想想刚刚离去的夕阳，我的心里莫不升起对生命转换、重生的惊叹，落日在看似安静的黑暗中，正进行着能量的转换，明天，那将是又一个灿烂的朝阳。我想，司机大哥却没参悟到这些，正如我刚才的心境，也许，更多的人也有如此心境吧。

目送日落，犹如送走我们的老人，虽然有些不舍与留恋，可是在不得不这么做的情况下，还是让我们以平和的心态目送日落，送走我们的不舍与留恋，迎来明天的灿烂与美好。

戴面纱的女子

　　银杏树的叶子黄了，飘飘扬扬地落下来，落在研究生院长长的走道上，浪漫地铺就一地绚丽。绚丽里走着一群来自四面八方的年轻男女，有黄皮肤的莘莘学子，有白皮肤、黑皮肤的留学学子，还有那戴着面纱的求学女子。望着这群戴面纱的求学女子，我常常疑心库的女儿也在其中。

　　库是十多年前来中国的巴基斯坦留学生，他来中国时，带着他美丽的妻子和两个可爱的女儿。库和我家先生做着相同方向的学问，两人同处一室，相处自然多了。三年里，我也慢慢地得知了库的一些状况，听说库家在巴基斯坦有着显赫的家族史，父母都是社会上有威望的人，因而，库的身上也带了些许贵族的痕迹，比如为人方面的大气持重，又比如饮食方面的颇有讲究等，当然，这些也许是因为他们本身就有的宗教信仰，所以，我们和库一家人打交道时总得小心翼翼，唯恐冒犯了他们的信仰，即使两家人都非常友善。

　　库刚到中国时，他的大女儿刚刚三岁，小女儿也才一岁多，这对小姐妹的到来，给库一家人融入中国社会提供了诸多便利。比如，库会经常向我先生询问附近的衣食住行、孩子的生活必需等，因为先生向来两耳不闻窗外事，我不免解答得多些。库到中国的第二年，单位组织过一次春游，库一家四口也参与其中。当我们一车人兴冲冲地赶到一处山里，却发现山里除了保持完好的自然村落外，实在没有可以圈点的东西。我们在一家农舍的院子里休息，院子里没有供孩子们玩乐的设施。他们干巴巴地坐在院子的石头上，大眼瞪小眼，很是无聊。突然，那家农舍的半墙残垣上的笼子里一只会说"您好"的鹦鹉吸引了孩子们的兴趣，孩子们便一下子围了上去，叽叽喳喳地"您好"了半天。然而，库的大女儿最终不满足鹦鹉只会说"您好"一个词，她要教那只没有见过世面的鹦鹉学说"Yes"和"No"，中国的孩子们也都跟着她你一句我一句上前教导鹦鹉说"Yes"和"No"。可是，无论孩子们怎么卖力，却始终不能如愿以偿。孩子们的无奈表情，逗得大人们哈哈大笑，细心的库用照相机抓拍下我们一家三口的欢乐情景，事后将照片送给我们留存。

三年的时间一晃就过去了，七月总是让人留恋不已，尤其在我们这样的研究生院子里，每年的这个季节，总要送别一批学成而归的学子，不管是国内的还是国外的。库的一家也要回到自己的国家。那天傍晚，我们设宴送别库一家人，晚宴定在三四公里外的一家穆斯林餐馆。由于是家宴，我、萍和潇等人也以家属身份出席。潇有一辆私家车，我们又叫了两辆出租车，十多个人这才全部挤下。出租车来了，我和萍邀请提前到场的库的两个女儿上车。库的大女儿站着不动，只是死死地盯着我看，眼眸里有些许愕然，我和萍费了一番口舌才把她们哄上车。在驱车前往预定的穆斯林餐馆路上，这个六岁的女孩还是时不时地盯着我看，眼里满是胆怯与娇羞。我以为长时间不见面，她可能已经对我陌生了，或者是我什么地方没有做好，让这个小女孩尴尬了。没办法，我只能更加热情地招呼她们。

一路上，我们用英语和她们聊天，比如几岁了？叫什么名字？在哪儿上学？上几年级了？学校都教什么？什么时间动身回国？等等。从中也大略知道了库的大女儿在中国的国际学校学习，二女儿在中国一家幼儿园上学。由于我的英语扔得时间太长，再加上巴基斯坦人说英语总是带着浓浓的卷舌音，我和两个小姑娘的对话常常出现片刻的尴尬，有时候是我满脸的迷茫，有时候是她们满脸的疑惑。我们的交谈时不时出现一些盲区，沉默总是间断我们的谈话。比如我给库的大女儿讲她的属相属龙，当我给她解释她是一条龙的时候，库的大女儿从愕然的目光里流露出了不太友好的光泽，也许，她在心里认为她那么温顺善良的女孩怎么就成了一条张牙舞爪面目狰狞的大龙呢？她根本理解不了龙在我们中国人心目中是美好的象征，是对各方面才能胜过别人的人的褒奖。总之，当时，这个小女孩的眼眸里有着不理解的困惑，她陌生地看着我，不再和我言语了。后来，还是在北师大读英语专业的研究生萍，将中国属相之说给两个孩子解释清楚了，她们这才眉开眼笑，库的大女儿也不再对我有敌意的神情了。

晚宴中间，库的大女儿跑到我跟前，拽着我拉到一边，附在我耳边，用她不太流畅的汉语对我说："阿姨，你今天穿的衣服很漂——亮，你也——特别漂——亮，我可喜欢你了。你——能和我们一起玩——游戏吗？"

此刻，我才明白我们上出租车前，这个小女孩为什么死死地盯着我，原来她是在惊叹中国女性的独特魅力，或者说是我们中国的服饰文化啊！哦，想起来了，那天，我穿的是一件长长的连衣裙，真丝面料，白色的底料上印着深蓝色的大牡丹花。那件连衣裙可能确实有点儿特别，以至于我的许多朋友都夸我会挑选衣料，还夸裁缝师傅的裁剪得体和手艺精良，我穿着颇增添了几分气韵天成的味道：典雅而神秘、雍容而高贵，恰到好处地将中国丝绸文化的精髓表现出来了。我万万没有料到一个六岁的巴基斯坦小姑娘，竟然也会痴迷中国的丝绸文化。当然，也许是因为具有传统女性气质的我所表现出来的端庄与得体，赢得了小姑娘的喜欢与羡慕，进而获得对中国传统文化的认可与尊重。小姑娘不停地看着我，眼里很是惊愕，眸子里闪着想亲近而又不敢冒犯的光芒。她只是像着迷一样愣愣地看着，远远地欣赏着，以至于让生在中国的我有点不知所措，不知该怎样和这个外国小姑娘相处了。然而，孩子毕竟是孩子，不管是中国的还是外国的，终究是按捺不住自己的情感，她最终还是将自己的美好情感表达出来了。我想象不出她费了多大的劲儿，才将自己的美好情感表达出来的，我又怎么会拒绝小姑娘的请求呢？我愉快地答应和她一起玩游戏。

酒店的走廊成了我们游戏的场所，暗红色的地毯成了我们跌打滚爬的软垫。在温馨浪漫的灯光下，我、我家小孩和库的两个小女孩，我们四个人一起玩了许多游戏，有中国小孩玩的游戏，还有巴基斯坦小孩玩的游戏。在游戏里，虽然我们的语言交流不是非常通畅，但是我们用嘴解释着、用手比画着、用身体示范着，终于，我们将中巴两国流传下来的传统游戏，一个个地清楚地解释给对方。在这些传统游戏里，我们开心极了，库的两个女儿沉醉在中国传统游戏所带来的神奇魔幻里。

送别库一家人回国后，我常常想起那次晚宴中的游戏，想起游戏里那两个快乐的女孩。我想她们也一定记住我们教给她们的中国传统游戏，她们一定把中国的传统游戏教给了巴基斯坦的小孩们，分享着她们的快乐。后来，听先生说库家又增添了可爱的三女儿，我想起了库的两个女儿教导鹦鹉学英语的耐心。她们一定也教会了她们的妹妹说英语，也一定把中国的传统游戏教给了她们的妹妹。这下，库的一家可谓热闹了、快乐了。

窗外雨绵绵，心有万千思。在这落雨愁眠的季节里，我又想起了库的两个女儿，她们也该长大了吧？她们也会像更多的巴基斯坦女子一样戴着面纱，将自己美丽的身体包裹起来，把自身置于一个很高的水平，凭着她们的智慧、忠诚与人格赢得社会的关注。而我，还是像十多年前一样，每日穿梭在这个熙熙攘攘的研究生院子里，我多么希望在某个偶然回头的一瞬，我看见库的女儿，正站在这些戴着面纱的女子里，向我微笑。

光影里的小镇

《尚书·益稷》云："箫韶九成，凤凰来仪。击石拊石，百兽率舞。"吉祥福瑞的北京市怀柔区杨宋镇，传说曾经有凤凰翔舞于此，据《怀柔县志》记载，唐朝时期曾在这里建造"仙圣传院"，金代改名"凤翔寺"，主要是为感念凤凰祥舞于此。如今，杨宋镇这只美丽的金凤凰，在改革开放四十年来，早已成为光影里的小镇。

一早起来，太阳从远处的山脊上缓缓地走了出来，小镇在柔和的光晕里睁开惺忪的睡眼，古老的大槐树伸着慵懒的腰肢，之后，小镇开始了一天的忙碌。街边小铺，开门迎客。油条包子，豆浆稀饭。拉面炒菜，麻辣香锅。各地饮食，美味溢香。往来之车辆，装货或拉人。还有那勤劳的村民，电动车一蹬，突突一声，便倏地奔向远方。这里，已经开启了农村居民从传统农耕生活向市场经济转化的新模式，造就了新时代农村人的致富大梦。

沿街的人行道上，渐渐地多了许多眉清目秀的面孔，多了许多奇装异服的妆扮，多了许多南腔北调的腔音。哦！这些都是演艺学校的俊男靓女。那行走在街上的帅气男孩，热情奔放，浑身洋溢着青春与阳光，言谈充满着自信与乐观；那穿梭在街上的漂亮女孩，灿烂如花，婀娜的身姿里裹挟着云的飘逸、风的柔情、雨的曼舞和电的闪亮。他们，不远万里，心怀梦想，赶赴这里实现梦想。

　　乡镇的敬老院，自是一处好风景！庄重气派的红漆大门，优雅别致的园区院落，鲜花浸漫了小镇的一墙一隅，香染了小镇的一角一落。园区里的凉亭下，朱红色的长凳小桌，一边是楚河汉界的黑白对峙，一边是谈笑风生的家长里短。旁边还有拄着拐杖的老翁，自个儿陶醉在手机的视频里，俨然一副超然物外的神情。敬老院里的老翁、老妪，有一个共同的特点，就是他们的眼角流露着慈善与满足的光芒，成为小镇的一大亮点。这里，真正实现了老有所养、老有所乐、老有所为的新型农民养老方式，成为孤寡老人们安度晚年的好去处。

　　农贸市场，隔三岔五的大集市，电动三轮轮子一转，十里八乡的农副产品都云集而来。三轮车上，应季的蔬菜，青绿鲜嫩；大卡车上，香甜的瓜果，琳琅满目；还有那担筐挑担的，多姿的花卉，争奇斗艳。于是，买蔬菜的、买水果的、买鲜花的，你拥我挤，将一辆辆卡车、一个个摊位，围得水泄不通。这下，可忙乱了摊主的手，笑弯了摊主的腰，乐坏了摊主的心。讨价还价中，将热闹的场面推向高潮。瞧！那边走来了一些身穿古装的人群，还背着个时尚的大背包，旁边戴墨镜的人手持照相器材，歪戴帽子的两人手持灯光紧跟其后。他们停在卖肉的铺子前，镜头对准挥刀剁肉的"屠夫"，"咔嚓""咔嚓"一阵狂拍，连人带景就全部摄入相机。像这样的情景，小镇已经司空见惯，村民们都忙着卖菜买菜，才懒得回头稀罕了。如今的小镇，拍影视剧已经不再是什么新鲜事儿了，咱们村里就有给演员做衣服的裁缝，村委会还组织村民学习如何当好群众演员，别看咱名气不大，说起某某大片的拍摄过程，那还不是如数家珍吗？是啊，谁让咱是其中的群众演员呢？谁让咱是舞台的搭建者呢？全国能叫上名的大导演，咱又不是没见过。其实这些又算得了什么？充其量是个小意思，咱要干就干个大的，咱也建个自己的影视园，专门租给来小镇拍影视剧的摄影组，让他们在咱们的影视园里拍摄影视剧，价格保证便宜许多。不信你们看，咱们的影视园门前，十几幅巨大的红布，写满了开拍影视名称，从高高的楼顶上垂下，甚是耀眼，那一条条标语就是一张张醒目的招牌，阐释了这里光与影的世界。

影视园后面，是咱们村委会组织修建的一个休闲垂钓园，好一片广阔的水域啊！这里，绿树环绕，收纳了树梢后的夕阳，珍藏了拂晓前的月亮，浅湖与柔光相伴，帅男与倒影相映。青砖栅栏，遮挡了尘世的喧嚣，营造了一处旖旎的风光。那驱车而来的几十位钓者，终于退尽了平日的浮躁。一只只钓竿在这里运筹帷幄，一颗颗心灵在这里洗涤舒展。那静谧的时光里，听得见浅草呼吸、鱼群戏水……

夜晚来临了，夜深人静，明月给小镇送来了安逸。小镇一改白天的炎热，成为另外的一番模样：山野风冷，呼呼的笛音奏响了一地的旋律，像壮士吹响的号角，似战马奔腾的蹄音，顷刻间划破万籁俱寂的天地，如同男人的臂膀一样雄劲有力，环抱着这里的一切，此刻的小镇，多了一份粗犷与泥腥，多了一份壮美与野性。

街边的拐角处，乘凉的村民，三五成群，七八相拥，围坐在石阶之上，吹着凉爽的山风，人手一机，网上一游。企鹅微信，入群进圈。纵横南北，神侃天涯。他们，开心地交流着几十年来的奇闻逸事，时不时引来一阵朗朗笑声。那笑声，带着自信与豪爽，带着满足与惬意。烧烤店前，大红灯笼，摇曳生姿，自成了一处风景。偌大的露天广场，桌椅成簇，三男五女，围坐桌前。桌上，一碟毛豆、一盘圣女果、两根黄瓜，几扎啤酒，外加十几串烤羊肉，或者一口烧烤的锅。因为有了众多的人气，生意也变得红红火火。他们，相聚在这里，浅尝辄止中，品味着美满的日子，炫耀着亲友的温情。伙房边上，烟熏火燎中，烤肉的伙计使劲扇着炭火，浓烟还是漫过烤肉，氤氲了一地的客人。这下可忙坏了跑腿的，他们穿梭其中，极尽巧舌，尽量解释。其实，大家早已习惯了漫天的木炭浓烟，唉！谁家还没个点不燃火的时候啊！

公路上，忙碌了一天的车辆终于安静下来，光和影主宰起了这里的一切。灯影绰绰，尽显风姿。那半人高的雪松如星星眨眼，冰雪晶莹；那粉嫩的桃花似姑娘笑靥，喜迎春风；还有那泛着幽幽蓝光的树灯，更是一番魅惑，似乎来自另类空间，让人忧虑又牵肠。再瞧两边那一排排彩灯，在夜色里依次闪烁，延伸至公路的尽头，红了你、绿了他、蓝了我。漫步在这样的小镇，你、我与他，仿佛走进了路边的火树银花，登上了如梦如幻的舞台，演绎着光影里的精彩人生。这些，还远远不够，视野随着光线延伸到几公里之外，高大醒目的广告牌下，新建的梦想家园和北京电影学院，楼群成簇，毗邻相依。据说这里是小镇里的高富帅美，住着来休闲度假的城里居民和前来学习的全国学子。楼群后，树影绰绰，蛙鸣声声，它们，莫不是也在和这里的光影媲美吧？

小镇，在光影里的行走，走得那么坚定，这皆源于北京市对怀柔区科学的规划，怀柔区采取相应的步骤：二十世纪九十年代，科技与文化走进杨宋镇，并发展迅猛。北京凤翔科技开发区成为国家级综合改革试点小镇，星美影视城落户小镇，中影数字制作基地更是为杨宋镇的影视文化产业如虎添翼，接着，北京电影学院、京沈高铁站等等，也纷纷落户杨宋镇。这里，一栋栋高楼拔地而起，一条条道路四通八达，一块块规划正在实施，一处处施工正在隐约成形，那开挖的、运土的工人们，脸上都洋溢着从来没有的幸福微笑。恍惚中，东南西北中，祖国大地的各类人才乘着快捷的交通工具，如凤来仪，似凰栖桐，都荟萃在这光影里的小镇。壮哉！小镇里的光影。美哉！光影里的小镇。

平安是福

  春节，我这个离开老家好几年的人回到了老家，已过古稀的母亲说我变得又黑又瘦，连姐姐的皮肤都不如了。她劝我不管是馒头、稀饭，还是面条、米饭，一定要吃饱，言下之意，我这个漂泊异乡的女儿可能连口热饭都吃不上。

  面对母亲的担忧，我能说什么呢？往日一切的劳累和失意顷刻间化作一股青烟飞走了。我浅浅地笑了笑，说北京的风大，冬天的气候过于寒冷，夏天的阳光又太强烈，皮肤自然吹得不好了，所以啊，我们在北京很少看到面容姣好的美女。过了好一会儿，母亲好像听懂了我的话，领悟了其中的道理，不再和我计较了。我私下里开始觉得母亲说得很可笑，如今这社会，吃饱饭已经不是很困难的事情了，我生活在北京这样的大城市即使吃得再不好，也比农村老家人吃得好，母亲的担忧显然是过了头。过了一会儿，母亲又说："你们这几年买房子了，虽然生活艰苦了点儿，可人是铁，饭是钢，吃饭上的事情，自己总得把自己管好。"我想，母亲可能是看到我那肥胖出奇的先生和我那虎头虎脑的儿子而有感于我的那份饭被他俩给抢着吃了。回家后，我和先生开玩笑说："我妈说你不给我吃饭，把我饿得又黑又瘦的。"先生憨憨地笑了，他认为母亲对我的印象还是停留在几年前，几年不见，她已经将我其间的变化忽略了，相反地，姐姐总在母亲的身边，她看不到姐姐这几年的变化，其实，我们这次回家，明显地感到姐姐也苍老了许多。只是母亲经常见姐姐，对姐姐这种细微的差别感觉不是那么明显罢了。

从这件事上，我感到母亲对儿女的关爱，她不问儿女的钱财，关心的永远是儿女的健康，只要身体好，比什么都好。离家这么多年的我，今天才真正体会到了古人常说的"平安是福"。

远方，那依稀的母爱，使我深深地懂得了人生的一句哲理名言：平安是福。

北京的早市

　　也许真应了"观景不如听景"的俗语，描画者总是尽善尽美地描画某处的自然景观或风土人情，尤其是北京，更吸引了全国人民的瞩目。没到北京时，我早就听人说过北京早市的琳琅满目，可是多年来一直苦于未能亲见。暗怀一份好奇，我开始在心里默默地发誓，有机会一定要去看看北京的早市。

　　几年前，睡梦中的我迷迷糊糊地就被先生叫醒，他说陪我去看看北京的早市，然而，由于旅途的劳累，再加上北京天亮的时间比较早，我翻了个身，仍然睡自己的觉，先生看了半天见我没有反应，嘟囔着说我太懒了。也许他是怕误了我对北京早市的好奇，也许他是不想惯我懒起的毛病。过了一会儿，他又叫我起床，我仍是不起床，谁让我的生物钟还没到清醒的时候呢？反正北京天亮得早，我不起床有我自己的理由。先生没法，无奈地摇了摇头，只好独自一个人去早市买东西。我又呼呼地睡我的觉，也不知过了多久，等我睁开眼睛的时候，先生已经从早市上买回来了许多东西，看着家里的一大堆东西，我开始责备他没有带我去看看北京的早市。

　　人们常说，得不到的时候才是最好的时候，对于北京的早市，我因为一直没有看见，所以才倍感稀奇。

　　几天后的一天早上，看着家里的菜吃得差不多了，我猜想先生又要去早市买菜，这回我可不愿错过了。怀着一份激动，我早早地起了床，想去看看北京的早市。跟着先生，七湾八拐，绕了好长的路，我们才来到了海淀的一处小地方，只见泥泞的小路旁有许多棚屋紧紧地挨在一起，棚屋前的小路两旁，有十来个操着地方口音的小贩扯着嗓子叫卖，夹杂着京腔的市民模样的人蹲在那里挑选菜叶。小贩的面前放着少许的西红柿、黄瓜、空心菜、豇豆、茄子、圆白菜……他们虽然一脸的淳朴，却透着几分机灵，好像在警惕着什么。他们有东张西望的、有左顾右盼的，有低头弄菜称秤的。他们一只手握着弹簧秤，一只手掩着放菜的篮子，样子很急，唯恐被人抢了蔬菜夺了菜筐。倘若一旦真的出现"敌情"——市容城管的人员出现时，他们就慌忙地收起篮子躲到墙角处，或者推起三轮车立即转移阵地。总之，这时候，能捡起的蔬菜就是自己的，捡不起的蔬菜就不是自己的，顺利撤退才是第一要素。我去的那天正好有"敌情"，我还没明白怎么回事呢，菜贩们便"呼啦"一下散开了。他们中有忘了收钱的，有忘了拿菜的，有揣着篮子杵在墙角的……大约半个小时后，"敌情"解除了，菜贩们这才赶回原地来接着卖菜。此情此景倒是惹得买主比卖主还着急，生怕给人家少付了菜钱亏欠了人家。这就是我所见到的北京早市。这哪里是什么早市？这分明是农村集贸市场里常见的卖菜卖东西情景。总之，我的心里感到有一份说不出的失落。

此后，每当周围的亲戚、朋友和同事说起北京这些年里早市的变化，我都是默不作声，因为在早市里的那份失落情绪给我的印象太深刻了。

近年来，非典、雾霾相继笼罩了北京的天空，北京——我们的首都，给我的已不是那份早市里的失落，而是人见人怕的噩梦和污染。然而，乌云终究是遮挡不住太阳的。在党中央的治理下，北京的天空又很快地明亮起来了。

现在，我们变成了实实在在的新北京人。早上醒来，我又不经意间转到了几年前不愿去的早市。临近之际，哪里还有什么小地摊啊，这里分明已经修建了一条宽阔的公路，公路上飞奔着许多车辆，公路两旁的小棚屋也早已被高楼大厦代替了，这里的环境变得整洁而有秩序了。走在这样的大街上，我的心情也舒畅起来了，曾经对北京早市那份失落的情绪早已荡然无存了，这才是我所要见到的北京城啊。回家后，给先生说起了我的感受，先生不屑地说："最近几年，北京市花了很大的力气来治理环境污染，取缔各种各样的小地摊、早市，现在，北京的早市归入市场化、规范化，周围居民特别是新一代居民，都喜欢去超市购物了。"听后，不知是得意自己的远见还是事实本来就应该如此，我欣慰地笑了。

走在帝王祭天的路上

位于北京正阳门东南方向的天坛，为明、清两朝皇帝祭天、求雨和祈祷丰年的专用祭坛。北京的天坛，有一条古代帝王祭天的路，那就是连接祈年殿和圜丘坛的南北大道——海鳗大道。

海鳗大道，又叫丹陛桥，顾名思义，"丹"即红也，"陛"原指宫殿前的台阶，古时宫殿前的台阶多饰红色，故名"丹陛"。"桥"字则是由于其下有一个隧洞与海鳗大道交叉的缘故。海鳗大道始建于明永乐十八年（1420 年），全长 360 米、宽 29.4 米，是一条笔直坦荡的砖石平台大道，由南向北逐渐升高，南端高约 1 米，北端高约 4 米。建造者之所以如此设计，一则象征皇帝步步高升，寓升天之意；二则以表示从人间到上天有遥远的路程。由于是升天之路，自然就讲究大了，海鳗大道的桥面以左、中、右三条纵向条石划为御道、神道和王道。神道居中，是专门供天帝神灵走的路，神道的左侧为御道，是专门供皇帝走的路，神道的右侧为王道，是供王公大臣走的路。

一次，家里来了一位外地朋友，陪朋友游览北京的旅游胜地自然成为该做的事情。当我们走到天坛公园，面对一眼望不到头的海鳗大道，朋友停住了脚步，话也不说了，脸色严肃起来了。他犹豫片刻之后，郑重地提出要走一回帝王祭天的路。

哦！我的心灵震动了一下，我不知道朋友怎么会有这种想法，如果依照中国古代传统的风水学说，天坛是皇帝与天地沟通的场所，是无数皇帝希望借助天坛这个场所，更接近上天的神灵，和神灵交流，以求能够得到天地赐福，保佑江山社稷稳固和长治久安。朋友作为众多游客的一员，登天坛感受神圣的气氛自然可以理解，然而没想到的是朋友要从之初祈祷郑重地走向天坛来完成祭天，从而真正做到祭天的体验。

也罢，本来就是陪朋友高兴的，随他又如何？只见他整顿衣裳、神情从容地大步迈上了海鳗大道上的御道，怀着一份虔诚，一份自信，他稳稳当当地向天坛走去。

清晨的阳光透过茂密的大树，将金灿灿的光芒洒在海鳗大道上，海鳗大道一地碎金，金碧辉煌。一份静穆、一段旷远，和着天地精华。朋友的背影凝聚了他全部的精气神，稳稳当当地向前走着。望着朋友的背影，我仿佛看到了天、地和人和谐统一的画面，那眼前近乎神圣的一幕，简直美轮美奂，让我唏嘘不已。那种从容、那份大气、那梦中才有的画面实在太震撼了。周围立刻围来许多游客，他们开始驻足而立，静静地欣赏起来，更有一些游客倾慕这样的画面，开始学习朋友的样子，随喜我的朋友。

休息的时候，我们静坐在天坛大院里聊天。开阔庄严的天坛让人神清气爽，兴致颇高的朋友向我解释他这些年的发展，我静静地听着，陪同他一起回忆他从前的艰难，体验他化蛹成蝶的人生经历。临到最后，我开玩笑地问了一句："你家的院子有皇帝家的院子大吗？"

一句玩笑既出，我又后悔起来，其实，我的这位朋友早年考大学时分数不够，没有像我们这些骄子跨入人才的行列。不得已，他只好以贩菜卖菜营生，起早贪黑，几年的时间总算积累了一些资本，在农村的宅基地上建了两大院三层高的楼房（他家有两个男孩，按照农村的规矩可以分得两院），买了两辆车。按理说生活也算小康了，可他并不满足，总想和文化沾边，他开始不断地提升自己的文化层次了，费尽了九牛二虎之力，从一个门外汉开始，他不断地学习，不久，他开始在当地开了一家广告公司，后发展为四家广告公司，接着，他在县城买了两处商品房。后来，他又办了闻名城乡的计算机培训学院，他的生意可以说做得风起云涌的，如今可以说已经是地方的富商大贾。可是事业成功的他，并不满足现状，总想做点善事：村里人有困难了向他求救，他总是伸出援助之手；村里要修公路，他自然捐出水泥沙子等……如今的他也算是惠及一方的活菩萨了，现在，他又被选为当地的政协委员，参与地方的重要决策了。

回想我刚才的玩笑话，这明显不是在挑战朋友的炫耀吗？朋友倒是个粗人，也没往心里去。"我家的院子哪有皇帝的院子大啊？"他依然笑呵呵地说，"这次，我来北京利用谈生意的机会到处看看，就是想感受一下皇家文化，开阔自己的眼界。"

"你感受到了什么？当你走在皇帝祭天的路上，都想了些什么？"我想起了他刚才走路时严肃的神情，忍不住笑着问道。

"皇家的恢宏大气给我的是一种心灵的震撼，让我的视野一下子开阔了，同时，我也感觉到曾经囿于一方的渺小、浅薄和微不足道，从前那种稍富即安的思想真的要不得。刚才，我心里一直有个愿望，就是想走一回古代帝王走的路。在走帝王之道时，我就在思索古代的皇帝没有哪个不希望自己的江山万古长存、自己的国家国泰民安，那么怎么达到这种情形呢？除了地利和人和外，上天的佑护也是很重要的，怎么才能让上天佑护呢？只有通过祭天这种庄严的活动来完成。祭天就是在和天进行心灵的交流，一方面，希望把自己的劳动成果贡献给天，表达人们对于皇天上帝滋润、哺育万物的感恩之情。另一方面是希望皇天上帝继续保佑天下风调雨顺，保佑华夏子民安康。走完古代帝王的祭天之路，我终于明白了：要想在自己的村里成为一个带领村民致富的真正领路人真的不是一件容易的事情。所以，明年，我准备参与我们村的村主任竞选，我就不信，我们村有那么好的自然条件和人力资源的优势，我们村的人还走不上富裕之路？"

呵呵，现在都是人民当家做主的时代了，不兴封建思想了，难道你还想走帝王之路？朋友见我面带疑虑，急忙否定自己的帝王想法，说自己只是想着肩负江山社稷使命之人的艰难，我不由得想起了一句话："鸟行高空，其声自远，众子不领自跟；水过山川，其行为途，众溪不导而入。"原来，朋友是想做他们那里的带着村民走向富强的领头人啊！我不由得再次回眸海鳗大街，思绪万千，想象着走在帝王祭天路上的人责任之重大。走一回帝王祭天之路，才知道了当好一国之君的不易，也罢，褒贬自有后人评说，君之当务，胸怀宏图大业，脚踏实地走好富民之路。

是啊！天坛的大气，让我和朋友感觉到自己的渺小；海鳗大街的绵长，让我和朋友感觉到当好国家领导者的不易。风轻云淡之后豁然开悟，浮躁的心终于平静下来了。

纷华不染 粗粝能甘

我和魏淑文老师是坐下来一直聊上五六个小时都不觉得累的朋友，这源于魏淑文老师身上确实拥有北京大格格的气质。

说起北京大格格，哦，想起来了，这是魏淑文老师写的一篇散文《北京大格格》，文中叙述了自己在北京去往香港的火车上，和一位北京大格格偶遇后的过程。这篇散文最亮眼的地方是随着故事的进一步发展，作者和北京大格格两个人在人格魅力上实现了角色的转换。所谓的北京大格格身上越来越显露出她的傲慢自私，以及冷漠狭隘的个性缺陷，而魏淑文老师不卑不亢的行事作风暗含着一位真正北京大格格的气质。我们从这篇散文中感受到一位北京女子骨子里透露出的真诚质朴、低调内敛、贤淑大气以及豁达包容等优良品质。魏淑文老师的这篇散文起初是在公众平台上刊出的，网友们各抒己见，人气很旺。后来，它被《北京文学》的编辑慧眼发现，刊登在《北京文学》上了。

其实，魏淑文老师是一位地地道道的老北京人，祖上属于镶白旗，还有中医世家的渊源。作为地地道道的北京人，魏淑文老师身上具备了真诚质朴、低调内敛、贤淑大气与豁达包容等气质，当然这些气质都源于她走过的路做过的事。魏淑文老师曾经在农村干过农活，后来考上大学，担任过北京六一幼儿院（前身是延安第二保育院）的院长，留学过朝鲜，担任过海淀区文化局（现改名文委）的副局长……这每一段路，都是一段生活赐予她的一段磨炼，这所有的磨炼，最后都浓缩在她的气质里了。

我认识魏淑文老师的时候，是在她褪尽各种社会光环的时候，也是在她浮华后安静修行的时候，更是她的内外兼修升华到最好境界的时候，如她目光的通透、胸怀的开阔、君子的气量，以及在荣损得失面前，她总能一笑置之，等等。我们最初的相遇是在海淀作协组织的一次游园活动中，因为彼此磁场的接近，就慢慢地互相吸引了。魏淑文老师和我都发自内心地喜欢散文这种文体，作为默默中的相惜、寥寥中的相遇，我们有了相见恨晚的感觉。后来，我们和几位写作散文的好友还私下建立了一个散文交流群，魏淑文老师给这个群起名"妙笔生花"，我在群名前又加上"一点即悟"四个字，这个群的全名就成了"一点即悟，妙笔生花"。怀着满腔的热血，认准了臭皮匠合起来也能抵过诸葛亮的道理，我们开始对自己和群友们写作的散文进行麻雀式的解剖和争鸣般的评判。当时，那完全是出于个人小情怀，没有长幼尊卑的繁缛俗礼，本着吸收他人之长弥补自己之不足的原则，我们的讨论可谓激烈，似乎有点儿针尖儿对麦芒儿的刺痛，更有痛感过后的酣畅，以及思路清晰技艺精进的快乐。虽然争论中尴尬处自然尴尬，冷场也是常有的事情，甚至有时候简直都让对方下不了台阶，当然这种争论针对的是书面文字，而从来没有对对方进行人身攻击。无奈，文学这种传统的上层建筑在新媒体这种表现形式的冲击下，毕竟显现出了它的暮气沉沉。大环境不好，自己写作的散文即使修改到精巧雅致还是看不到出路何在。走着走着，心劲儿也就慢慢地懈了下来，人也就渐渐地散了开来。然而，魏淑文老师对散文的那份情怀，可以说是绝对不含半点杂质的，她那份没有功利性的执着热爱，在文学渐走渐冷的大环境中总是感染着我；她那份为人的情谊友爱，在人性逐渐自私、人情渐趋凉薄里总是温暖着我。直到现在，魏淑文老师还在和我私下交流着自己对散文的感觉。

　　散文这种文体的文字，从某种程度上来说确实非常美丽，是一种轻盈而空灵的美丽，是一种发自作者心底而抒发人类共同情感的美丽，即使抒写的是人类或人生的悲剧，也是一种凄婉而含蓄的美丽。散文的存在似乎剥离了人世间难以述说的痛苦，或者是灵魂深处深深的煎熬，轻触一笔，仿佛世间的苦难就倏忽飘过，即刻做了天上的云彩。说实在的，散文是写作文体中最难完成的高度，是写作者最难逾越的理想圣境。散文虽然篇幅短小，写作散文的人也似乎清浅，但是能把散文写得像熨斗熨过的衣服一样平整的人，他们的世界也曾波澜壮阔，他们的情感也曾翻江倒海，只是经过岁月的沉淀，寥寥几字便胜过了万语千言。所以说，没有台下的十年工夫，即使给你一个表演的大舞台，迟早还是会被你拙劣的演技砸了场子。而这台下的十年工夫，需要的是一种在人品和文品上内外兼修的综合能力。只有把自己的修为提升了，你的文字才能触动读者的心弦，弹奏着读者心底的曼妙曲词。

　　北京诗人曹华老师在他的诗词里赞扬魏淑文老师的为人，说她总是"以德报怨"。这句话确实不是空穴来风。魏淑文老师的笔下，没有轰轰烈烈的历史大事件，没有惊心动魄的战事大场面，她多抒写自己日常生活中遇到的真人真事，甚至是一日三餐粗茶淡饭式的"流水账"：先生端来的一杯牛奶、姐姐做好的两碟小菜、看望老友所带的三朵玫瑰、留学异国充满的四五快乐……正是这些平平常常的物件和人事，呈现出她对生活的热爱、对亲友的情谊、对生命的珍惜、对人格的尊重以及对一切美好情感的赞颂，同时也暗藏着魏淑文老师为人处世纷华不染、粗粝能甘的真情与慈悲。她总像邻家的大姐一样，没有更多的慷慨陈词，却能默默地甘愿付出，甚至用自己的真诚潜移默化地影响她周围的人们。比如在火车上偶遇的那位北京大格格，其盛气凌人之态度一定会让接触她的人敬而远之。面对这样一位气势咄咄逼人的大格格，魏淑文老师却能弯下身子帮她放好行李，甚至在大格格对火车上的饭菜挑剔时，替她要上一碗可口的汤。这看似平凡的举动，都说明了魏淑文老师的真诚待人，即使擦肩而过的陌生人，只要比她年纪稍长，她都能无微不至地关爱。而对于比她年纪小的周围后生，她总是竭尽自己所能，用自己的人生经验和生活感受，从物质到精神上给予对方最大的帮助。因此，魏淑文老师的周围，总是聚着一群真情率直的亲朋好友，无论是青春靓丽还是皓首苍颜，大家都愿意与她一路同行甚至促膝长谈。

"浮生若梦，为欢几何？"这是唐朝大诗人李白《春夜宴从弟桃花园序》里的句子，也是李白对人生的感慨。清代文学家沈复尤其喜爱并深有感悟，他还把自己的作品命名为《浮生六记》，言下之意，这里有他的真心付出，这里也是他人生中的欢乐所在。《浮生六记》里的文字虽是沈复自己的日常琐事，中国文学史却给他留下了一席之地，究其原因，可能是被沈复日常的真诚感动了。有网友称赞魏淑文老师的文风有沈复之痕迹，大概是源于她对日常生活的真诚吧。伸出自己的一双手，是温暖别人的前提，也是你和这个社会相处的姿态。记得网上疯传一件寻找幸福的事情：在一间教室里，有50个人和50个气球，每个气球上分别写有这50个人的名字。主持人限时5分钟，让这50个人找到写有自己名字的气球。这50个人都在疯狂地找寻自己的名字，他们碰撞、推挤，教室里非常混乱。最后，规定的时间到了，这50个人中没有一个人找到写有自己名字的气球。后来，主持人又让大家随便找个气球，然后把气球递给上面有名字的人。没想到不到3分钟，大家都接到了自己的气球。幸福其实很简单，这就是我们的人生！每个人都疯狂寻找自己想要的东西，但没人知道它在哪里。你给予他人想要的，你就会得到你想要的，你就会生活得非常幸福。我们在一起时，大家都开玩笑说魏淑文老师身上总是洋溢着满满的幸福，其实她给予别人的幸福自然比她获得的幸福要多得多。记得有一次，因为一段故事的落幕略显酸涩，我犹如喉咙里卡了一根鱼刺，往上走是疼往下走是疼，停在那里还是疼。

我迁怒于那个虚伪丑恶的人，以自己的拙劣演技，将落幕变成了瞬间的尴尬。我知道佛经里记载释迦牟尼有感于人世间生、老、病、死等诸多苦恼，曾坐在菩提树下苦思冥想，企图得到大彻大悟。我不是佛，只是一个平平常常的庸人，被世间纷扰困惑心智的时候，我只能把自己囚禁在屋子里冥想。那天，面对落幕的尴尬，我虽然没有多说一句话，但是，我还是将自己囚禁在屋子里，让灵魂爬行在苦思冥想的道场里，企图得到菩萨的点拨，明示我看不透的纷扰。就在那种心境中，魏淑文老师用微信私我，起初我并不想多说话，是她满满的真情感染了我。后来，我才和她有一句没一句地聊着天，参悟着她认为自己人生中最幸福的事情。那是一件她曾经被人误解了十二年的事情，她用了十二年的隐忍谦让，化解了一直被人误解的尴尬。一周之后，我走出了那段故事落幕时留给我的那份沮丧。回头一看，当我被故事欺骗的时候，陪伴我渡过那份沮丧的有我心中的菩萨。

　　不知是谁说过这样的话："在别人遇到麻烦时，你伸出一双手，你就是别人的菩萨。"魏淑文老师是不是菩萨的化身，我自然不得而知了。此刻，唯愿她此生依然是纷华不染、粗粝能甘。

赴一场玉渊潭的樱花盛会

　　春暖花开时，海淀作协组织会员到玉渊潭公园观赏樱花活动，尽管组织者精心设计了浪漫而诗意的细节，然而，我因俗事羁绊不能前往，想那玉渊潭的樱花不会怪罪吧？

　　说实话，樱花，我并不是没有见过。早在二十年前，我在长安的乐游原就已经领略了樱花的风姿。记得那是三月末的一个黄昏，长安的天空祥云入境、瑞气缭绕。带着一身青春气息的我们五六个同学一起登上了乐游原，走进了佛教的密宗庭院——青龙寺，也走进了樱花的世界。沿着青龙寺后院的小径往前走，不一会儿就看见一大片空地，空地上栽种着许多樱花树，树上正盛开着一朵一朵樱花。那些樱花的品种倒是忘了，只隐约地记得它们的颜色，有的嫩白如雪，有的白里含粉，还有个别的红中藏紫，色彩由白渐红，然而均以白色做了底色。我们行走在樱花道上，嗅着樱花那清淡到无味的气息，目光穿过一蔸团簇在一起的樱花丛，远远地回望青龙寺的庙亭，尤其显现出它的静穆与神圣。怀着纯善的心灵，我们静赏一树怒放的樱花，思想也乐游在一原静雅的幽香中，沐浴着一寺普照的佛光，享受着一份和谐的欢欣。登高远望，天地之野趣尽收眼底，造化之灵秀咸入胸怀。那一刻，樱花临风舞袖，花瓣柔曼婀娜，恍惚再现霓裳羽衣舞姿。透过盈盈如雪的羽衣，我走进了大唐文化的辉煌里，看见了日本留学高僧空海对长安的虔诚与执迷，看见了日本遣唐使对长安的敬畏与朝拜，然而，身处春光灿烂里的我，却怎么也觉悟不了晚唐诗人李商隐"夕阳无限好，只是近黄昏"的无限感喟。

初学吉他时，弹奏的第一支曲子便是《樱花之歌》。不是因为喜爱樱花，而是因为曲谱实在简单，省去了脑乱手忙疲于应付的尴尬。虽然它是一支古老的日本民歌，我还是很容易就学会弹奏了，也知道樱花被日本定义为国花的事实。我常常想，乐游原上的樱花就带着日本的气息，因为那里的樱花是日本友人敬奉自己民族宗教始祖的见证。

其实，我向来对樱花没有特别美好的感觉，即便是在乐游原上与樱花不期而遇，若不是有青龙寺的佛光护佑，我也不会感受到樱花的美好。樱花，在我眼里，确切地说只是众多花树中的一种，再加上它花期短暂，很容易就被世人忽略了。然而，让我不曾料到的是日本人却从这短命的樱花中，抽象出"生命犹如樱花不在长短，在于美丽地绽放"的含义来自勉，这倒让我有点儿惊讶了。我佩服他们对樱花的解读，毕竟这也算得上积极向上的人生态度吧。日本人嗜樱如痴，据说每年春季樱花绽放的时候，他们会相邀众友，携酒带肴，或席地围坐在樱花树下，或载歌载舞于樱花树下，赏樱畅饮，过一个浪漫的樱花节。这倒也能够理解，然而，他们对樱花的喜爱简直有点儿走火入魔了，弄个樱花节观赏也罢，还要搞个樱花祭，把樱花作为生命祭奠，可不走到极致了？随着年龄的增长，我才慢慢地理解了樱花被日本视为国花的理由，因为日本人赋予樱花的民族精神，最终成为他们大和民族的骄傲，即所谓"欲问大和魂，朝阳底下看山樱"，如是之说。然而，略读了中国近现代史的我，因为不喜欢大和民族里的侵略者曾经带给我中华民族的伤害，我开始讨厌这融有日本人血液的樱花了。

怀着这样的民族感情，我对樱花的感情越来越淡了，对樱花的印象也越来越模糊了，即使乐游原上的佛光一再普照众生，也慰藉不了中华民族心底的疼痛。这时的我，只依稀地记得樱花是白色的，和着清明时节的伤感，像死了亲人一样披麻戴孝，满身包裹着白丧。丧，《说文》说："从哭从亡"，表示哭已死去的人，这是对一个家庭而言的。那么，对一个民族而言，丧，殇也，就是国殇。在中华民族的历史里，我明明看见了樱花树下埋着30万具南京人民的尸骸，我明明听见了樱花树下我大半个中国的哀号，我明明感受到了樱花树下趁乱打劫者的丑恶嘴脸……我又怎么还能对樱花抱有宽容的情感呢？

　　如今，我身居京城，不远处就是玉渊潭公园，嗬！光听"玉渊潭"这三个字就稀罕。玉渊潭，可不是积流成渊、渊中卧石如玉吗？事实确实如此，玉渊潭水流来自香山，据说金代时，这里已经积流而成了一个风光秀美的大湖泊。金章宗完颜璟多次春月钓鱼于此，并留下"金章宗皇帝钓鱼台古台"的斑斑痕迹（见《宛署杂记》），文学家王郁坐台池之上，借假钓鱼而潜心著述。元朝时，钓鱼台古台边建玉渊亭、饮山亭和婆娑亭，尤以玉渊亭闻名，故称此湖为玉渊潭。元朝宰相廉希宪构堂池边，绕池植柳，题曰"万柳堂"。到明代时，玉渊潭已经成为一处"柳堤环抱，景气萧爽，沙禽水鸟多翔集其间"的景致。清朝时期，乾隆皇帝还让工匠们在大湖四周堆山石、栽花木、建亭阁殿堂、立宫门及筑围墙等，垒起了一座坐东朝西城门式的钓鱼平台，并且亲自在城门上方自右而左题刻"钓鱼台"三个大字。新中国成立后，玉渊潭大湖区也几经修建、扩建，最终成为今天的玉渊潭公园。近几十年来，玉渊潭公园里栽培了许多樱花，每年春天，樱花盛开，景色迷人，吸引了京城里成群的游客前去观赏。可是，我深知这表面粉饰得如此洁白的樱花却浑身带着血腥的味道，我又怎么能走进樱花的世界呢？二十年来，我没有踏入玉渊潭公园半步。

　　近日看战争片，当日本侵略者口口声声喊着"玉碎"的时候，凭着经验，我知道"玉碎"就是死亡，是一种如美玉碎裂般的死亡。我以为他们玷污了"玉碎"一词,因为我知道中国有句古话叫"宁为玉碎,不为瓦全",表明的是一种高尚的气节。而现在,"玉碎"一旦从侵略者口中喊出,自己仿佛被小偷偷了东西一样难受,莫非在我们的盛世大唐,那来华的19次遣唐使中,有人"偷"走了我们的"玉碎"?不行,我一定要穷究"玉碎"一词。翻开资料,发现"玉碎"确实出自汉语,据《北齐书·元景安传》记载,高洋建立北齐政权取代东魏时,为防东魏皇族东山再起,要将东魏宗室近亲44家700多人处死,以求斩草除根。东魏的远支宗室元景安等人商议请求改姓高,遭到堂兄元景皓的坚决反对,元景皓说:"岂得弃本宗,逐他姓?大丈夫宁为玉碎,不为瓦全!"表明他自毁而不委曲求全的行为。瞧!"玉碎"一词,名副其实的汉语啊!可不是被那来华的日本遣唐使"偷"了去?那么,对于樱花,是否也存在同样的"偷盗"行为呢?带着疑问,我深埋到樱花的世界里,虽然此时,我对樱花仍然有很强的抵触情绪,我还是硬着头皮细究。

没想到这一究,究出道理了。在中国的很多古老典籍和文献资料中,都有樱花的记载。早在秦汉时期,我国的皇宫苑囿已经有樱花了。唐朝时期,私家庭院也普遍栽种樱花,唐人有了赏樱花风俗。中唐诗人白居易有诗如是:"亦知官舍非吾宅,且劚山樱满院栽。上佐近来多五考,少应四度见花开。"说的就是诗人从山野掘回野生的山樱花植于庭院观赏一事。赏樱花是我国唐朝人的情趣,中唐诗人白居易对樱花的感悟是"小园新种红樱树,闲绕花枝便当游"。晚唐诗人刘禹锡的"樱桃千叶枝,照耀如雪天"两句,描绘了唐朝人的赏樱花情景。李商隐的"何处哀筝随急管,樱花永巷垂杨岸"两句,虽然情绪撩拨心弦,但是也同样有力地证明了樱花进了唐人诗画。再查阅日本权威著作《樱大鉴》,里面记载着日本的樱花源自中国的喜马拉雅山脉一带。哦,弄了半天,原来樱花最早生长在中华大地啊!我们再从时间上捋捋:中国的中唐前期(也就是日本的奈良时代),日本人只要说到花,指的就是梅花,如725年春天，日本的第10次遣唐使来华学习时，在奈良都城东春日山下的出征仪式上，遣唐使藤原清河作诗一首："妖娆春日野，祭祀祈神援。社苑梅花绽，常开待我还。"（出自日本现存最早的诗歌总集《万叶集》）从这首诗歌里，我们可以看出：当时的春日山下普遍栽种的就是梅花。到了中国的晚唐时期（大概也就是日本的平安时代），樱花才成了日本的主要花树。由此不难推测，樱花在日本本土的普遍栽种，从第10次遣唐使返回之后开始。只是在长期的生存中，我们中华民族的审美情趣发生了变化，弱化了樱花的存在价值，而日本却从樱花生命中找到了自己的生命意义，并加以发扬光大，升华为自己民族的精神，进而增强了自己的国力。而近现代的中国，由于闭关自守与战乱频仍而落后于其他国家了，落后就会被异族欺负、侵略、践踏与埋葬。终于，我明白了一个真理：只有强大的民族才有自己的民族尊严，只有强盛的国家才不会惧怕异族的挑衅。只有强盛的国家，才能有能力广泛传播自己民族的先进文化，从而获得世界各国的尊重。原来，乐游原上的和谐美好并不仅仅是佛光的普照，而是渗入了盛世大唐的繁华与辉煌。李商隐"夕阳无限好，只是近黄昏"的无限感喟里，毕竟包含了生命如樱花般短暂的含义啊！哦，原来，曾经带给我中华民族灾难的是一度强大的日本侵略者，而不是樱花，我又何苦去苛责自然界不会说话的樱花呢？对于樱花，我们中华子民也有太深的误解，包括我在内，总以为樱花沾染了异族的血腥而嗤之以鼻。

终于，我读懂了乐游原上的樱花，读懂了李商隐的《乐游原》，就在我的居住之地——北京。我也明白了北京是一个物集天华、人文荟萃的地方。这里，一股导引中华民族繁荣强盛的浩然正气正在凝聚、升腾以至大放光芒，它们辉映了整个中华大地，微笑了整个樱花世界。而我，想在这样的盛世里，赴一场玉渊潭的樱花盛会，填一首樱花之词，弹一曲《樱花之歌》，沉醉！

北京的雪花很温暖

二十年前，冬月，北京，那场雪好大啊！我走在白茫茫的雪地里，一件呢大衣抵挡不了天气的严寒，前胸紧贴着后背地凉。漫天雪花迷蒙了我的双眼，一堆无奈的晶莹在眼眶里滚来滚去。说实话，对于这样一座陌生而寒冷的城市，作为一个北上之人，我真的不喜欢北京。远离故乡、远离亲人的孤独，使我在寒冷而寂寥的雪天里更显得无助，所以，栖息一处的温暖，简直成了我在人间的最后奢望。唯一幸运的是单位照顾年轻人，分配了一间小平房，里面有客厅、卧室和厨卫，还有暖气。北京的暖气烧得很热，温暖了寒冷的我，我便觉得，北京的雪花也是温暖的。

雪花是温暖的，温暖记忆在我们的小院。我家对面是一排工作房，其中闲置的一间，单位专门辟为自行车修理铺子。修车的老人是单位的离休干部徐士银师傅，他已经免费为职工修自行车好些年了。

因为是近邻，接触自然多了。孩子咿呀学舌时，来修自行车的职工穿梭小院，临走前的那份快乐，熏染着孩子的童真。孩子蹒跚学步时，来修自行车的职工穿梭小院，临走前的那份幸福，萦绕着孩子的童真。等到孩子骑上小三轮自行车满小院跑起来的时候，他会不时地蹿到徐师傅的铺里，不是捞起气筒，就是动个小螺丝，或者打翻铺门边的水盆。有时候，孩子还会学着大人的模样，徐爷爷长徐爷爷短地要修他的小三轮自行车。童真里的那份顽皮，乐翻了一院子的大人。这时的徐师傅，总是不厌其烦地弯下腰，故作郑重地捣鼓一番，或取出一丝头发，或滴上几滴机油，或轻扳一个把手，或稍转一下车轮……当徐师傅说出"好了"的时候，孩子脸上的那份满足啊，醉了一个小院，温暖了整个世界。

春去秋来，寒来暑往。正常的工作日，正常的上班时间，小院里，总是车水马龙。那往来的人流，总是笑语频频，温暖着小院的真诚。还记得有一年，也是在雪花飘落的早晨，我急着送孩子上学，可是，一连打了十几次气，车胎却仍不饱胀，我只能再次劳烦徐师傅。徐师傅二话不说，接过自行车，拆下车胎，把车胎浸入门边的水盆里。他的双手在水里滑动车胎，一点儿一点儿地检查着车胎。我和孩子静候在那里，雪花不时地飘入水盆，瞬间消失。我心里一热，我多么希望雪花是温暖的，温暖徐师傅浸在水盆里的双手，也温暖徐师傅那颗美好的心灵。待到自行车修好后，徐师傅让我赶紧送孩子上学，他脸上洋溢的那份满足啊，温暖了我和孩子一路。

孩子学写作文，苦于没有素材，作为语文老师的我便点拨孩子要有一双发现真善美的眼睛，从自己的身边开始。孩子悟性很高，在写《我最敬佩的人》的时候，用了他徐爷爷的事情；在写《我最熟悉的人》《记印象最深的一件事》等等作文题目的时候，也都用了他徐爷爷的事情……总之，徐爷爷的修车素材，孩子从小学四年级写到了中考结束，我自然明白，随着孩子的成长，孩子对他徐爷爷的认识肯定会更加深入，可是，幼小的孩子，哪里又能参悟得了徐爷爷已经提出将来捐献遗体的深层含义呢？孩子写的那些有关徐爷爷修车的作文，徐师傅当然不知道了，他还在日复一日地修理着职工和附近居民的自行车，而这些所有的温暖都藏匿在小院的角角落落了。

后来，温暖的小院拆除了，我们也住进了楼房，徐师傅的自行车修理铺搬到了家属区锻炼场的一角。为了方便学生上学，徐师傅还把自行车修理铺的开门时间提前到工作日的凌晨四点半。风里来雨里去，雷打不动的工作日。日复一日，年复一年，徐师傅的自行车修理铺永远都在为职工和附近居民敞开着。适逢冬季，楼房里有暖气，房子暖暖和和的，可徐师傅的临时车铺没有暖气，瑟缩在锻炼场一角。这种情景，对一位年近鲐背的老人来说，毕竟有些残忍。大家都劝徐师傅不要再这么干下去，可他总是说自己的身体还好。还好就好！我们自然希望他老人家永远好下去。相处这么多年，我们不但没听见他对简陋的环境有半句怨言，相反地，我们还常常看见我们社区组织受灾地区需要捐款的活动名单上，不是我们社区居民的徐士银老人，他的名字总是高高排在前面。那红纸上鲜亮的五百元甚至一千元的钱数，总是耀眼了周围居民的视野，温暖了贫寒地区的雪花。

常常，我在心里思考：是什么力量驱使着徐士银老人在修自行车这件事情上行走这么遥远呢？徐师傅说过这样的话："我姓共，共产党的共，共产党人就要为信仰而奋斗终生。"我也经常会趁修车之际，翻阅他桌上的东西，我看见过他曾阅读的《共产党宣言》……直到今天，他的桌上还摆着《习近平总书记系列重要讲话读本》《习近平谈治国理政》等书。哦！原来，作为一名共产党员的徐师傅，总是在思想上与时俱进，不忘学习先进的理论思想，并指导自己的行动，践行自己的信仰。此刻，一幅画面浮现在我的眼前：徐士银，1927 年出生于江苏，经历过旧中国的战乱，目睹了人民的水深火热，从而开始自己的戎马生涯，他参加过淮海战役、渡江战役。由步兵到海陆装甲兵，再到南京军事学院，再到部队服役，到本单位工作。在工作岗位上，他虽为处长，却以公仆要求自己，兢兢业业，做好自己的本职工作。离休后，他更是放下处长的身段，从身边平凡小事做起，为单位职工，后来又扩展到附近居民，免费修理自行车，一干就是二十八年，惠及人数十万人次之多。这幅画的名字叫大美，而这种大美是人间多大的福祉啊！

　　今年的冬天，雪花又飘了起来，飘在了徐师傅的自行车修理铺上。遥望这漫天的雪花，我又忆起二十年前小院的温暖。我的心里即刻被温暖充盈着，我不知道自己是生活在人间呢，还是在神仙居住的仙境。我知道有一种"大美至简"的说法，说的是书画界的一种艺术表现形式，表现的是一幅画内在的精神修养、气韵和意境情趣。那么，对于这样"至简"的徐士银老人，我想，如果用"大美至简"四个字来形容，一点儿也不过分。二十八年的时光，二十八年的尘烟，都没有动摇老人的信仰，没有垢化老人的心灵，这是一个共产党员怎样的精神境界和理想追求啊！徐士银老人的心底似雪花般洁净，洁净了人间，温暖了人间。

第四辑
遥望·星空·花韵

一季杨花慢慢舞

　　《诗经·采薇》里云："昔我往矣，杨柳依依。"每年看见杨柳，脑中总会冒出这样的诗句，喜欢那一季杨花慢慢舞。

　　暖香如玉的春天，走出屋门，满空中都是飘舞的杨花白絮，如白云缠绕山腰，似冰雪澄清尘间，它不时地粘在匆匆行者的头发上、衣服上，甚至贴在行者的眉毛上，挤进行者的眼眶里，钻进行者的鼻孔里。眨眼之际，还是感觉到一丝丝的不适，鼻孔也稍有一丝丝的瘙痒，忍不住轻轻吹动仙气，那飘舞的杨花犹如调皮的顽童一样，挠你一下痒痒，挥挥柔嫩的小手，从你的面前倏地飞走了，却把一个会心的微笑，永远地印记在你的脑海里。

　　而那些早已藏匿于树根周围、绿草丛里、河沟地畔的白色精灵，此时，犹如地界的灵童，争先恐后地冒出小脑袋瓜，吮吸春天的气息。那包裹得严严实实的细细绒棉，像踏青归来的幼童，带着满身的光芒、满脸的灿烂，晃动着天真调皮的小脑袋，招呼你一起享受春天的阳光。哦！这邂逅的一瞬，是那么神遇心悟、让人流连啊！弯下腰，捡起地上一团白茸茸的软棉，小心地捧在手上，犹如捧着一位玲珑小女子，仔细端详她的美丽。一阵微风掠过，不经意间，那小女子揉揉你的手指，又从你的手掌中悄悄溜掉了，把些许失落悬在指上。即使没有微风掠过，那小女子也因实在太轻盈，在你的掌心站立瞬间，便要东倒西歪了，犹如喝醉了酒。不知此刻，你心生的是怎样的情怀？恼怒，或者怜爱？恼怒小女子惊扰了你的清明，或者怜爱小女子不堪一击的柔媚？也许此刻，她遭遇了你不好的情绪：你双手一合，轻轻一揉，等你再张开手掌的时候，那柔弱的小女子便香消玉殒了。或许此刻，你对自己戕杀这样一个毫无反抗能力的小女子怀有些许懊悔，但是，当你抬头看到漫天飞舞的杨花时，你就会没有了刚才的内疚之情，心情也顿时轻松了许多。带着轻松的心情，你可以充分发挥你的想象，将掌中的小女子搓成一只小虫或一条小绳，或者一团小圆球，由你了，只要你高兴。

正当我沉醉在这美好的春光里，微风轻抚柔发，如纤纤素手拨弄丝弦，到处都是柔柳骄杨，鹅黄初染，透着点点的嫩绿、满眼的新生。隐隐之中，耳畔响起了一曲清扬舒缓的春之恋曲。这是春风演奏给杨花的乐曲啊！这一季的杨花就是在春之恋曲里慢慢起舞的呀。哦！原来真正懂得春天心思的是杨花啊！我不由得驻足而立，让自己的思想也随春天的杨花起舞。

杨花，名为杨花，其实并不是指白杨树开的花，而是专指柳絮。翻开《辞源》，杨花即为"柳絮"。在中国古代诗词中，"杨柳"的意象是指柳树，而这柳树一般是指垂柳，这样，杨花解释为柳絮也就可以理解了。梁元帝《折杨柳》诗里也云："巫山巫峡长，垂柳复垂杨。"其实垂杨即垂柳，杨花当然也是指柳絮。至于柳树为什么又叫杨柳，大概是因为隋炀帝杨广开挖大运河时，曾下令要在河堤上种植柳树，后世遂称"杨柳"。杨花柳絮因同季节飘舞，两者乃是姐妹，你飘我舞，给人那份视觉上的效果是美丽的，就算叫错了又何妨。

杨花也好，柳絮也罢，它们的共同特点就是轻柔多情，所以自然成为文人骚客和天涯游子寄托情感的信物。据说北魏宣武帝的皇后胡充华，天性中追求奢靡生活，尤其是对世间美好东西的追求。宣武帝去世后，这位感情细腻的皇后，她的情感世界一直没有着落，直到有一位叫杨白华的男子出现，然而，最终，杨白华逃往南方。这位深通佛经义理、诗词造诣很高的胡充华作词《杨白花歌》，据说那是一首让后世唏嘘不已的词。闲暇之际，我总想象着那是一首怎样的词，如何能在中国文学史上被捧为北朝的代表作品？既然心里有了念想，就时常牵肠挂肚起来了，总希望有机会拜读一下。一次偶然的机会，幸得此词："阳春二三月，杨柳齐作花。春风一夜入闺闼，杨花飘落南家。含情出户脚无力，拾得杨花泪沾臆。秋去春还双燕飞，愿衔杨花入窠里。"乍看，这首词貌似淡水，饮而无味。细品之，才品出了其中的滋味。它像入口的茅台，初饮和其他酒好像没有区别，实则乃为醇酒，须一点儿一点儿地品，一点儿一点儿地想，才能悟出这位美貌如花的女子的细腻情感，那是一种走火入魔的情感啊！哦，《杨白花歌》原来是一曲哀婉动人的怨词啊！难怪后人唏嘘不已，难怪从此后历代文人总要将缠绵哀思、离愁别绪的情感寄托于温柔多情的杨花。

"五九六九，河边看柳。"在中华农谚里，自古柳树与流水为邻，与河堤做伴。伴流水乃增添了柳树的灵性，依河堤则衬托了柳树的妖娆。伴水依堤的柳树如同一位性灵良善的女子，留给世间的是从内到外的通透美丽，而让柳树伴水依堤的灵感据说来源于隋朝的皇帝杨广。相传605年的一天，巡视大运河的隋炀帝，这位在文学上修养很高的皇帝，他对美丽的追求达到了极致，江山美女，都成了他生命里不可缺少的部分。一次酒酣，隋炀帝看到烈日下挥汗挽龙舟的龙女个个愁眉不展，他顿生怜悯之心，为了给龙女遮阴，为了给运河增景，他下了一道河堤植柳的诏书，以求"根可护堤，叶可饲畜，茂可遮阴"。诏书中云，凡在运河两岸栽活一棵柳树者，获赠细匹。这可是个美妙的创意啊！本来植树造林就是功利千秋的壮举，更何况还可以得绢一匹。如此浪漫的诏书，引运河两岸无数百姓竞相追逐。不久，运河两岸，寻常百姓，喜笑颜开，争先恐后，植柳繁忙。几年之后，运河两岸，千里大堤，柳色阴阴，蔚然成景。隋炀帝见状大喜，还派人在堤岸所有柳树上遍挂绿绸，书一斗大的"杨"字，意为坐天下的杨家所创，并封柳树为国树，柳树也被世人称为"杨柳"。

从此，婀娜妩媚的杨柳成为人们视野里的一道风景，随同风雅文人的欢喜与多情，走进了诗歌的圣殿。隋朝无名氏的《送别》诗里云："杨柳青青著地垂，杨花漫漫搅天飞。柳条折尽花飞尽，借问行人归不归？"每读之，心中总是荡漾着一份难以描摹的情思：春天，青柳低垂，友人即将乘船远行，离别的心绪如漫天飞舞的柳絮一样厘不清头绪，不由得伸手折那婀娜的柳条，将依依惜别的情怀传达给远行的友人。哦！那一季诗化的杨花，总是勾起我悠然神往的情感：柳絮乘风天际访，杨花漫漫舞姿轻。兰舟江面呈双影，友趁余晖碧浪耕。多美的意境啊！

杨花依然在慢慢起舞，望着眼前这一季杨花，我突然心生疑问：这一季慢慢起舞的杨花最终去了哪里？带着疑惑，我大脑里翻江倒海起来了。古人有"杨花入水化为浮萍"的典故，如喜好此说的苏轼，他在《水龙吟》里云："晓来雨过，遗踪何在？一池萍碎。"说的大概就是这个意思。这还不够，苏轼还在《再次韵曾仲锡荔支》中特别强调"杨花著水万浮萍"。其中自注云："柳至易成，飞絮落水中，经宿即为浮萍。"杨花入水，莫不成了"水性杨花"？想法刚一冒出来，我自己先吓了一跳，"水性杨花"，此话取水之流动而喻变化，取杨花之多情而喻轻飘，多指女子作风轻浮，感情不专。"水性杨花"历来是因了杨花的多情遭贬，北魏的胡充华就是因为多情而被后世称为"水性杨花"的女子。《说唐》也说"张尹二妃终是水性杨花，最近因高祖数月不入其宫，心怀怨望"。明朝的《小孙屠》更云："你休得假惺惺，杨花水性无凭准。"原来，"水性杨花"早已被历史贴上了贬义的标签了。可此刻，我看到这一季形神并洁、自得天韵的杨花入水的盛举时，却怎么也不敢苟同"水性杨花"的贬义说法，总想为其平反昭雪，可是，我实在找不到为其平反昭雪的突破口啊！既然有了想法，我就不得不静下心来细细思量。终于，一种凝神深思、妙悟自然的感觉油然而生：水的性格是清澈的、流动的，用它来比喻女子，可见这个女子一定是清爽得明澈见底的；杨花的特点是飘盈的、轻灵的，用它来比喻女子，可见这个女子一定是惊艳得炫目的。邂逅如此"水性杨花"的女子，那该是怎样的魂牵梦萦啊！我终于释然了："飞絮淡淡舞起，轻裳浅浅妆成"，想那一季慢慢起舞的杨花，一定是随流水去了神仙世界。

春天，沿河漫步，小桥流水，亭台拂柳，那一季慢慢起舞的杨花，毕竟是经过一番孕育才来到人间的。那四处飞扬的白棉絮里，一颗颗爆裂的小种子手握一把洁白的羽伞，随春风飘扬到各地，生根生长，不嫌土贫，不弃地瘠，将一个完整的生命过程羽化人间，然后，随风随水而去，将瞬间之美镶嵌于大地之上。面对如此短暂而美丽的生命，你还会心生恼怒吗？

让我们怀抱一颗善良的心，来欣赏这一季慢慢起舞的杨花吧！也许它是想抚平人生的伤痕，是想解尽词人的愁绪，是想诉说离人的别恨……可是它毕竟能力有限，最终只能劳损柔肠，入水为萍，飘然而去，完成生命形式的转化。让我们多一分包容，将一季杨花慢慢地欣赏，毕竟，它是经历了生命的艰难才赢得了片刻的飞舞，虽然偶尔稍嫌恼人，最终却将春天的气息传递。

春天采苤苢

又到一年的春天，早已按捺不住喜春的情绪，我走到户外，寻找散落在记忆里的苤苢。

苤苢，也叫车前、车前草等，是一种多年生的草本植物，主要生长在山野、路旁和河边等湿地。我对车前草的喜欢源于小时候听过的一个传说。那个传说大概是这样的：尧舜禹时期，江西多水患，百姓多受其害，常常无家可归。舜让禹的助手伯益前去治水，伯益疏通赣江，直至吉安一带。然而，就在工程快要竣工的当年夏天，工人们却因久旱无雨以及天气炎热，而昏迷发烧、小便短赤等，病倒一大片。禹带医师前往工地诊治，无济于事。一天，一位饲马的老大爷捧了一把草来，说用这种草熬水喝，医好了相同病情的病马和病人。禹和伯益用了老大爷的方法，也治好了患病士兵。因为这种草生长于马车前面，故名"车前草"。后来，也有人将这个传说演绎成西汉名将霍去病救治士兵的故事。总之，不管怎么演绎，车前草治病救人的美名就传扬开了。

这个传说演绎了以植物姿态立身于世的车前草对人类生存的百般呵护，成了我心里小小的美好情怀。此后每年春天，我都要去野外看看车前草，体味它的美好。今年清明过后，天气算是暖和起来，我拎着小担笼，拿着小铲子，又走向了野外。初春的田野如新生儿般鲜活，那淡黄娇小的迎春花早已回应春天的召唤，你挤着我我挤着你，急急忙忙地露出素淡的脸面，热热闹闹地把春天的信息传递给天空、大地和河流；那道旁静默的老白杨，因为反应迟钝，依然将自己的老树虬枝直愣愣地戳向天空；那河边的柳树透出鹅黄的小芽，在风中轻轻地摇动着晶莹温润的小手，晃动起河水的涟漪。还有那粉红的桃花、洁白的梨花，也争相将春天惊世的美丽，迫不及待地展示给来不及品味的你，而那些叫不上名字的野花野草，也都一一冒出了地表，参差不齐地铺点着灰黄的大地：青的、紫的、黄的、绿的……一株赛一株地美丽。终于，在一处阳坡的洼地，我看见一株株根茎短缩肥厚的车前草，它们紧紧贴着地表，叶片向上斜伸，似乎在眺望，并且似乎眺望了许久，等待着我的到来，等待着自己前世的命定。我弯下腰，左手握着平滑的叶片，右手把小铲子对准它莲座状的根部斜插入地面，"嚓"的一声，一株美丽的车前草就跳离出地面，带着些许泥土，鲜嫩调皮。我抖掉车前草上的泥土，满意地放入我的小担笼里，而我的心灵，似乎也在春色里年轻了许多。

其实，我对车前草的美好情怀，不仅仅限于小时候听到的美丽传说，还和现实生活中的一位老先生有着些许的关联。记得上大学时，教我们先秦文学的老师是一位五十上下的老先生，清爽瘦削。老先生的个子中等，常常穿着一件不合时宜的对襟灰色布衣，更奇怪的是，他每次来上课的时候，胳膊下总是夹着一个落后了当时社会许多年的灰布包裹。老先生的这一身行头，把我们生活的时代逆着时光拉得遥远而质朴，或者说我们也随着他所教授的先秦文学走进了遥远而质朴的先秦社会。老先生从来不说普通话，即使在课堂上，他也用地道的陕西方言教学，还声言朗读先秦文学篇章时，一定要用被尊为雅言的秦声朗读才能读出先秦初民的心声。我还清楚地记得老先生在课堂上让我们闭目听他朗读，当他用他那慢条斯理的秦音朗读"采采苤苢，薄言采之。采采苤苢，薄言有之……"的时候，那声音简直像从泥地里冒出的，素朴得像旷野生长的茉莒一样带着一股子泥土的气息。我们虽然身在课堂上，心却随着他的声音走进了清代学者方玉润言说的感觉："读者试平心静气，涵泳此诗，恍听田家妇女，三三五五，于平原绣野，风和日丽中，群歌互答，余音袅袅，若远若近，忽断忽续，不知其情之何以移，而神之何以旷，则此诗可不必细绎而自得其妙焉。"可以说，我们是在老先生特殊而又强大的气场里，寻觅着晃漾在野外的先民身影。总之，老先生教授的先秦文学，总让人感觉出一份遥远而质朴的物事，不像后来教授我们唐代文学的教授，整个人的精神面貌，总是洋溢着唐代文人建功立业的恢宏大志。

记得有一次，老先生来上课，胳膊下依然夹着那个灰布包裹。出于好奇，我特别想知道那个灰布包裹和那节课的关系，可是直到那节课结束的时候，那个灰布包裹还是没有被打开，依然静静地躺在讲桌上。课间休息时，我悄悄地溜到讲台上，小心地打开一看，原来是一本破旧的繁体字版的《诗经》。我刚想翻开看看，没想到在教室后面和同学聊天的老先生急切地走过来了，轻轻地合上了那个灰布包裹。我心里当时就特别不舒服，想老先生惜书也罢，不至于这么吝啬，连看一下都不能，把自己的学生都当成小偷防范了，真是一个吝啬的怪老头！此后，每次见到老先生，我心里总是疙疙瘩瘩的，虽然他的课讲得特别好。也许真的是因为我那时比较年轻，年轻的心里追求的东西自然很多，我也就很快地忘记了那件不愉快的事情，我依然喜欢朗读《诗经》里的美丽诗篇，直至老先生教完我们的先秦文学内容。谁知就在第二年春天，老先生辞世了。听到噩耗，第一反应是嗜书如命的老先生怎么舍得放弃自己的灰布包裹？他才仅仅五十多岁啊！老先生的亲戚不多，丧礼如同他教授的先秦文学一样简朴，我们全班都去送了老先生最后一程。

事后多年，每当我读到"采采茉莒"的时候，不但想起了关于茉莒的美丽传说，还想起了教我们先秦文学的老师，想起了老师那淡雅至极的素朴，那凝聚了中华传统文化精粹的学者风度。苤苢，这个无论是以植物姿态立身于世的意象，还是以人物形象立身于世的意象，都是那么让我感动不已，并且在我的心底烙下了永久美好的印记。几乎每年，我都要在春天里采苤苢，因为我知道我采摘的不仅仅是春天里的苤苢，而是一份于物于人的美好情怀，这情怀里有我年少时的美好记忆。

又是一年三月三

　　时间越来越快，不知不觉中，又是一年三月三了。

　　农历三月三日是我国传统的上巳节。在中国的道教传说中，上巳节是西王母的诞辰，每逢此日，西王母总要举行盛大的蟠桃会，邀请众仙来品尝她那几千年才成熟的仙桃。于是，各路神仙争相赶赴瑶池祝寿献礼西王母，以求得到西王母的长生不老仙丹或者吃上延年益寿的蟠桃。《山海经》的嫦娥，就是因为偷吃了西王母赠给后羿的两颗仙丹，体健身轻，白日飞升，飞进月宫回不来了。还有《西游记》里那位卷帘大将因为在蟠桃会上失手打破一只琉璃灯盏，被罚落人间，寻找琉璃盏碎片；那位天蓬元帅则因酒后失态招惹了嫦娥，转世人身猪面，开始了坎坷人生；更让人唏嘘不已的是那位孙悟空，因地位低贱不被邀请参加蟠桃盛会就大闹天宫，遭遇了长达五百年的五指山重压。这许许多多的故事，莫不和三月三有着某些因缘了。想那蟠桃盛会是何等规格，岂容他人亵渎？

　　三月三日，在豫东淮阳（伏羲建都地）一带，有一种更传奇的说法：宇宙初开之时，天下未有人，美好的人间谁将拥有？面对这样的天地难题，昆仑山上的龙身伏羲冒天下之大不韪想和其妹蛇躯女娲结为夫妻，繁衍后代。可是世间哪有兄妹结为夫妻的呢？女娲自觉羞耻，但想着伏羲的话也有道理，可天理到底容不容呢？聪明的女娲便设计三道难题看看天意如何？第一道难题：伏羲兄妹在昆仑山的南北两边各点一堆火，如果升在空中的烟能绞合在一起，他们就可以结婚，否则只有做兄妹的情分。结果，他们没有想到的是火着起来后，烟还真的绞在一起了。第二道难题：伏羲兄妹从昆仑山上向山下各扔一块石头，如果两块石头在昆仑山下合二为一，则为上天作合，可以成为夫妻；如果两块石头在昆仑山下不合在一起，那么，他们仍为兄妹。这又是一道考验天地的难题，没想到奇迹真的发生了：滚下山去的两块石头，在豫东淮阳一带紧紧地"抱"在一起。第三道难题：伏羲兄妹绕树跑，如果伏羲能追到女娲就成为夫妻，追不到仍是兄妹。这是一道考验人力的难题，因为女娲自觉机灵敏捷，想兄长伏羲无论如何也追不上她。谁承想让女娲说着了，伏羲还真的没追上女娲，却在机灵转身间，让气喘吁吁的妹妹一头撞进自己的怀里。三道难题都落实了，看来，天意如此，他们有做夫妻的缘分。女娲和伏羲便由上天做媒，结为夫妻，繁衍人类，所谓"龙的传人"。自此以后，"龙的传人"不忘上天的好生之德，在滚石紧抱的淮阳修建太昊陵古庙来敬重"人祖爷"，并以此石为膜拜，称其为皋禖之神。"皋禖"后来又写作"高禖"，又称郊禖，即媒神之意。每年农历二月二到三月三期间，太昊陵举行盛大的庙会，善男信女，南船北马，都云集陵区，朝拜人祖。其间还流行吃用七种菜做成的"七宝羹"菜肴等习俗，另外还用五彩丝织品剪成人形或金箔刻成人形的挂件，挂在屏风火帐子上，表达对人祖的敬意。

　　到了周朝，上巳节，郊禖活动更为盛行，郊禖的重要环节是洗濯活动。洗濯自然离不开水，水滨成为郊禖的活动地点。在水滨，袚禊仪式被列上日程。袚：即袚除疾病，清洁身心。禊：修整、净身、洗浴。袚禊的主要内容是举行春浴和高禖等活动。不但民间百姓临水洗浴，而且宫廷帝王后妃也赶赴水滨沐浴，祈求达到消灾祛病和繁衍后代的目的。恰逢春光明媚，清清的河水缓缓地向东流去，黄发垂髫游弋在欢歌笑语的河水里，微风吹来，送来缕缕的草药清香，瞬间弥漫在水滨的空气里……好一幅"东流水上自洁濯"的美丽画卷啊！

后来，朝廷介入其中，主持了祓禊活动，并专派女巫掌管"祓除衅浴"之礼。《周礼·春官·女巫》上记载："女巫掌岁时祓除衅浴。"意思是：女巫职掌每年祓除仪式，为人们衅浴除灾。郑玄注说："岁时祓除，如今三月上巳，如水上之类；衅浴，谓以香熏草药沐浴。"于是，上巳日成为周朝的官定假日。这天，除了到郊外水边春浴、高禖活动外，还有临水浮卵、水上浮枣的活动，以求枣（早）卵（孕）。想这可能源于古人对生育不甚了解，认为上苍所赐，故要去郊外祭祀才能得到。临水浮卵、水上浮枣自然成为人们的美好愿望了。临水浮卵就是将煮熟的鸡蛋放在河水中，任其浮移，谁拾到谁食之，以代表祈孕成功。至于水上浮枣，道理是一样的，即早孕早生，谐音而已。所谓"曲水浮素卵"和"曲水浮绛枣"，如是之说。

春秋时期，上巳节更热闹了。《诗经》里云："溱与洧，方涣涣兮。士与女，方秉蕳兮。女曰：'观乎？'士曰：'既且。''且往观乎！'洧之外，洵訏且乐。维士与女，伊其相谑，赠之以勺药。溱与洧，浏其清矣。……"

好浪漫的情景啊！在一片风和日丽的旖旎春光里，郑国的青年男女，手持兰草，纷纷成双成对地漫游到宽阔的溱洧水畔，散步谈心、你说我笑，倾诉着彼此的爱慕之情，并互赠香草，以结友情，其情其景，令人神往！

到了汉代，将以前三月上旬的祓禊巳日，固定到夏历三月初，即春浴日。魏晋以后，确定为春禊。后遂成汉族水边饮宴、郊外游春的节日。魏晋的士大夫更是风雅，临水浮卵、水上浮枣这些古老的除灾避邪和祈求生育情节已经满足不了魏晋文人雅士的浪漫需求了，他们需要更新颖的艺术形式来庆祝上巳节，那就是进行曲水流觞的娱乐活动。这天，皇室贵胄、公卿大臣、文人雅士，临水祓禊，水滨宴会，环曲而坐，或谈文作赋，或饮酒取乐，将三月的春阳尽情挥霍。他们将酒杯置于流水之中，杯随水动，巧遇主人，赋诗一首，否则罚酒三杯，可谓风雅之至。拥有诗人气质的魏明帝为此还专门修建了一个流杯亭。东晋海西公司马奕也在建康钟山立了一处流杯曲水。更有史料详细记载者：永和九年（353年）上巳日，会稽内史王羲之偕亲朋谢安、孙绰等四十二位军政高官，在兰亭修禊后，举行规格更高的"曲水流觞"活动。兰亭的清溪两旁，那席地而坐的雅士名族，眼瞅着弯弯的溪流中的酒觞徘徊在谁的面前，谁就得即兴赋诗并饮酒。据史料记载，此次游戏，十一人各成诗两篇，十五人各成诗一篇，还有那因为紧张而作不出诗的十六人，在尴尬中被罚酒三觥。最后，王羲之将大家的诗集起来，用蚕茧纸和鼠须笔挥毫作序，乘兴而书。一段"曲水流觞"的逸事，产生了 37 首酒中诗，成就了"天下第一行书"《兰亭集序》的佳话，建树了中国历史上一道独特亮丽的文化景观。南朝宋人谢灵运《三月三日侍宴西池》诗中的"滥觞逶迤，周流兰殿"和梁人刘孝绰《三日侍华光殿曲水宴》诗中"羽觞环阶转，清澜傍席疏"，都是描述君臣禊饮的佳句。

上巳节期间，达官贵人自有自己的风雅，而普通百姓虽然无缘端坐于流杯亭，但是他们也有对美好生活追求的愿望，他们拥向江河岸畔，采集洁白除病的荠菜花，男子佩其于胸，女子戴其在髻，除了消灾避邪外，更多的是野外会友，然后因陋就简地"泛酒"，甚至乘着酒兴，享受野合之美。"三月三日，士民并出江渚池沼间，为流杯曲水之饮。"南朝梁人宗懔《荆楚岁时记》云尔。南朝梁人萧子显所撰《南齐书·礼志》索性称之为"三月三日曲水会"。

唐代诗人杜甫《丽人行》云："三月三日天气新，长安水边多丽人。"就是对唐代长安曲江三月三日郊游赏春约会佳友盛景的描绘。白居易的《春游》里写道："逢春不游乐，但恐是痴人。"更是对春游的赞美。

及至宋朝，上巳节"曲水流觞"的活动经过高丽（朝鲜半岛）远传日本，很快成为日本的曲水宴与洗尘礼仪。

今天，上巳节的活动已经远远大于传统文化意义上的婚姻和生育需求，成为春天郊游的新时尚。游春之际，我不由得想起两千多年前的孔子。《论语·先进》里云："暮春者，春服既成，冠者五六人，童子六七人，浴乎沂，风乎舞雩，咏而归。"说的就是暮春三月，孔子忙里偷闲，放下手头的琐事，穿好春装，同五六个人，带六七个孩子，在沂水中嬉水游玩，闻闻花香，看看河柳，听听燕喃，在春风里起舞而歌，然后一路吟咏诗歌返回。多有情调啊！

又是一年三月三，风筝飞满天，牵着我们的梦幻，去和天上的白云做伴。让我们把自己融入春天的气息里，或者踏青拔河，或者斗鸡荡秋千，或者摘花折柳……总之，走出户外，让自己灵动起来，享受春日的阳光。

陌生的牵挂

春阳上涨，蛰居一冬的我每日下午下班后，总要带一份报纸到环城公园里坐坐。

由西向东，沿着环城公园曲折的小路前行，一边是小桥流水，野趣横生；另一边是厚砖高垒，阻隔着外界的喧嚣。于是，这里，成了一方独立的空间：那小桥流水，若隐若现，让人看不透其真容，而那古朴的厚砖，夹杂着淡淡的膻腥，仿佛在低低地诉说着千年的血雨腥风。脚下，弯弯曲曲的草坪上，各式仿唐的人物雕塑和文化界碑不时地提醒你回溯历史，那"前无古人"和"后无来者"的篆书镌刻，将唐代诗人登峰造极的诗意恰如其分地表现了出来，再加上草地上不时地泛出古典的乐音，还有那轻吟浅诵的隋唐诗词，将我的思绪引入久远的空间，我便觉得自己拥有了一份难得的闲适。

走着走着，历史的羁绊让我踟蹰不前。在一处僻静的地方，有一块石凳，我便坐下来休息。低头，脚旁的洼地上，一条圆嘟嘟的蚯蚓一拱一拱地波浪式蠕动，企图将它柔软的身子钻进疏松的土壤；平视，路旁的小树苗，已经长出浅浅绒绒的绿芽儿，像刚出生的娃娃，浑身透着一股子鲜嫩；远望，环绕砖青色城墙的护城河水，在落日的余晖里泛着粼粼的波光。看来，春天确实来了，我不由得心生喜悦。

　　"您好！"随着一阵清纯的嗓音，一位身着浅蓝色上衣的女孩又一次来到了公园，她二十一二岁的样子，留着披肩发，一看就是那种浑身充满活力的女孩。一个多月以来，由于见面的次数渐渐多了起来，公园里又人迹稀少，她和我彼此形成了一种习惯：相遇从微笑到打招呼，已经成为顺理成章的事情了，这次当然也不例外，随着她甜甜的嗓音，我也与她打了一声招呼："您好！"一声亲切的问候，一份甜甜的微笑，让两个彼此陌生的人相互牵挂。随后，她坐在离我不远的地方，捧起一本厚厚的书看了起来。一个多月来，我们就这样相识了。

　　可是这女孩到底是干什么的？学生、护士、老师、公司职员？我虽然自觉阅人无数，但是一直猜不透她的身份，也许现在的年轻人身份太特殊了，他们一方面肩负着工作的任务，另一方面还在不停地追求更高的文化层次。女孩的身边支着一辆深蓝色的山地车，她肩背锃亮的黑色漆皮包，衣着时尚，个性潇洒，可是，当她坐在那里的时候，像一尊雕塑，静得悄无声息；又似一幅古典的图画，美得不含半点杂质。

　　我也曾试问打听她的身份，她微微一笑，却说："你看我都不去猜你的身份，留份未知，不是很好吗？"所以，时至今日，我一直都猜不透她的身份，可是，这并不妨碍我每天傍晚耳边传来甜甜的"您好！"。

　　今年的春天，在这"吹面不寒杨柳风"的季节，我又独自来到了环城公园。从生死边沿捡回一条命的我，更加体会到活着的牵挂和幸福。我又来寻觅那甜甜的"您好！"。可是，一连几天，阳光依旧灿烂，我却再也没有听到那甜甜的"您好！"，再也没有见到那身着浅蓝色上衣、骑深蓝色山地车的女孩了，那曾经和自然融为一体的美丽女孩去了哪里？正当我为与女孩的缘浅而沮丧时，却听有人说城西的一次车祸中，走了一位二十二三岁的女孩，我心里顿时咯噔了一下，即刻联想到常到城墙读书的女孩，我疑心是她，我深深地为她感到惋惜；后来也听有人说那女孩很有才气，去了外地。如果真要两者选一的话，我自然希望是后者。

　　不管怎么说，从此以后，我再也没有见到过那常到环城公园读书的女孩了。日子过了好些时候了，我依然在内心为她祝福，不知远处的她是否听到？

阳光不再依旧

在风中的柳条儿消磨整个黄昏的时候，我一个人静静地走在回归故乡的路上，心中回忆着十几年来如同云烟般的往事。

此次回归故乡，是多少次梦中的希望，抑或追踪少年时代留在故乡的一段夙愿。

临近傍晚，我走进了狭窄的小巷，在小巷的尽头，我小心地敲着一户人家的门，想象中，昔日严厉的老师或慈祥的师母看到我时一定会惊喜万分，知道他们的得意门生经过人生长长的旅途后还会这么深深地记着他们，即刻，我的全身被幸福的喜悦充盈着……

门开了，一位四十五岁左右的妇女探出了头，面对陌生的面孔，我的笑容僵住了，我怯怯地问：

"这是王翔老师的家吗？"

"错了，王翔早都升职了，他还会住这种破房？"妇人漫不经心地说，随后又用一种怪异的目光上下打量着我，我被她的目光盯得心慌了起来。她看我有点不自然的样子，只好堆上了讪讪的笑容，讨好地问：

"你是王主任的什么亲戚？"

"我是他多年前的学生，这次专程回来看望他们。"我平静地说，也许看到我有些旅途疲惫的面色，她让我进院喝口水再走，怀着对小院特殊感情的我点了点头。

也许是移居了新主人的缘故，小院里变化可真不少，唯有院子里那株淡雅的木槿花勾起了我对往事的回忆：记得学生时代的一天，我们一帮好学的同学去老师家请教问题，老师给我们耐心地讲解问题，师母捧出了最暖心的茶水。等我们起身告别老师夫妇，不料，雨滴落了下来，这时，他们拿出一些雨具递给我们，我们都说算了，雨下得不是很大。老师严厉的目光制止了我们的推辞，师母也过来帮着老师劝我们带着雨具。我们的眼泪湿润了，我们又怎能拒绝长辈对晚辈的这份关怀呢？我们默默地接过了那些雨具，他们笑了，这时，老师说了一句："走好！一路顺风！"

许多年来，在一个个风风雨雨击打我灵魂的日子里，我的耳边总是萦绕着老师那句温馨的话语"走好！一路顺风"。即刻，风雨中困惑的我被一种温暖充溢着。随着时光的流逝，我越来越深刻地体会到了这句话的分量，这次，回归故乡，目的当然是给老师一家人带来了一份精神的回馈。

我给妇人讲述了这段像陈年老酒一样醇香故事，妇人显然被感动了，说道：

"世上还真有知恩图报的人，不过，现在社会上这种人越来越少了。"停了一会儿，她又说，"人生呀，也真是的，'穷在闹市无人问，富在深山有远亲'。"

我即刻敏感起来了，我不知道她这话是对我此次回来人格上的鄙夷呢还是老师什么地方没有做好，我沉默了。

看到我不说一句话，妇人诡秘地附到我的耳边说：

"人也真是，时位之移人，王主任现在正走红，求他办事的人很多，门前车水马龙的。如今这年头，手头不敢有点什么，否则就不知道自己为何物了。"

我沉默了。

夜色起来了，我告别了这熟悉而又陌生的小院，走在夜色里，突然冒出这样的思想：荣耀时远离，落魄时亲近。哦，我知道，阳光不再依旧，心境也不再依旧，多少次梦中的希冀，多少次耳边的暖语，都消失在这夜色朦胧之中了……

淡淡情怀远远爱

　　附近一家裁缝铺搬走了，我却想起了它的好，想起了它带给我十多年的美丽，那份不被人知的淡淡情怀是我曾经的爱。

　　十多年前，我偶然得了一块花色特别漂亮的布料，我甚至能够想象出用这样的花色做成一件连衣长裙，穿在身上一定非常漂亮。带着这种美好的期望，我走进了附近的一家裁缝铺。

　　裁缝铺位于一条背街的一棵大槐树后面，店面既简又陋，小到不留神就看不到。开店的是一对中年夫妇，安徽人。夫妻两人虽然算不上相貌很好，倒也看着比较顺眼，尤其是那女的，三十多岁，端庄丰满，模样周正，身材还好，穿着稍微讲究。望着这对比较舒服的夫妻俩，说不出什么原因，我就对他们产生出几分信任的好感。按照我设计的样式，他们又附加了自己的一些建议，一块漂亮的布料就交给他们了。

　　一个星期后，成衣做好了，望着那件长长的连衣裙，我似乎有点儿不太满意，因为连衣裙的肩膀比我想象得窄了一些，似乎显得有点儿暴露，或者对我这样思想有点儿保守的人来说。看着女主人面带难色不停地给我解释的分上，我最终还是接受了那件连衣裙，反正以后，我或许再也不会在他们家做衣服了。

　　回家后，我给那件不甚完美的连衣裙搭配了一件白色的小披肩，这样就不会太暴露了。没想到当我穿着那件连衣裙走出去的时候，裙袂中裹挟着阵阵飘逸的仙风，简直惊艳了一条街。遇见的每一个人，不管是男的还是女的，他们都夸我的连衣裙好漂亮，穿在身上特别好看，我心里美滋滋的。从那一刻起，我就喜欢上了那家裁缝铺。

因为那件连衣裙，我自然对那家裁缝铺情有独钟了。每年夏季，我都不愿买现成的连衣裙，几乎都要去那家裁缝铺做件连衣裙，没想到自己对做衣服还那么热衷，简直像活在民国时期一样，有那份淡淡的情怀。

今年的夏季，我又看中了一块布料，不由自主地又想去那家裁缝铺做一件连衣裙，可是，当我带着布料兴冲冲地走到那家裁缝铺时，这才发现店铺已经装修，那做衣服的夫妇却不知去了哪里。望着手中的布料，我才知道那份淡淡的情怀是我曾经的爱。

拨舍利

闲暇之际，约了三五个朋友，一同走向西安市长安区杜曲镇东的兴教寺。在风景优美的兴教寺，我们有幸结识了一位法号为静虚的师父，来自慈恩寺，云游至此。交谈之中，博古通今，曲高和寡，各自的理论高度慢慢爬升许多。临别之际，虽然他给我们留下了地址，然而毕竟是云游之僧，以俗身寄存于世间的我们自然不便去唐突拜访为宜，可每每记起他与我们的谈话，拨舍利的事情就浮现在我的眼前。

他说，从前有一个人潜心修行、专心侍佛，每日都将寺庙角落打扫干净。长此以往，此人的精诚感动了佛，一次，这个人在祭扫佛塔的时候，拨出了许多舍利。

舍利子，我略知一二，知道它是佛陀或高僧肉身涅槃火化后的骨烬，如释迦牟尼的遗骨。只有生前通过"六波罗蜜"和"戒定慧"等功德熏修的佛陀或高僧，他们的肉身涅槃火化后才能形成舍利。舍利藏于金属、石质或陶质之容器中，埋土成塔。相传释迦牟尼火葬后，有八国国王分取舍利，建塔供奉。我惭愧自己的佛缘尚浅，无缘眼见舍利。今日有幸在高僧唐三藏师父塔前领悟佛学文化，就问静虚师父唐三藏的塔里是否真有舍利？静虚师父点了点头，我对同伴说咱们也试试手气，说不定还真有运气或福气得到佛家这份最高的馈赠呢。静虚师父笑了，我们也笑了，我知道他一定在心里说我们俗欲如此之重，也只好不再和他说这样的笑话了。等我们笑过之后，静虚师父却说那个人后来将拨出的舍利原封不动地放回了原处。尴尬之后，我们都不再说什么了，回味着静虚师父讲这件事的本意。

游兴教寺之后，我给朋友谈了拨舍利的事。朋友听后，也不无感慨地说："生命是一个过程，而荣誉馈赠只不过是对你前段过程的总结。我们不应过分地奢望，而应注重生命的过程，我们只有让生命的每一个过程走好，那么，我们何愁得不到一份好的回应呢？"

走进《诗经》之外的记忆

　　"昔我往矣，杨柳依依。"凝视眼前这棵蹦出嫩芽的柳树，思想顺着万条绿丝绦，在岁月的墨痕里辗转，继而捻成一串串初春的愉悦，我走进《诗经》之外的记忆里。

　　那天，沿着一条僻静的街巷，我转悠到一棵柳树下的小书店。店老板年近四十岁，个子很高，人比较清瘦，一头艺术型长发蓬松地铺在头上。当时小书店里刚进了一批新书，他忙忙碌碌地低头归置上架，丝毫没有看见进来的我。因为这家书店位于背街深处，平时很少有顾客光顾，所幸的是自己家的门面房，没有房租的压力。店老板性格比较随和，也似乎胸无大志。没人时，喜欢翻翻书，读在其中就忘了生意，有时不免冷落了顾客，可是他好像也并不在意。听说他先前整天和一群狐朋狗友吃喝玩乐，眼看着三十多岁了，才娶上了媳妇，有了儿子。这时候的他，开始疏远了从前的狐朋狗友，开了自己的书店。开书店这几年，虽说经营不是很火，由于他能把握读者的心理，小书店的生意也还勉勉强强。

　　我的进入，丝毫没有引起书店老板的注意，我倒也没有感到受冷落，我挨着书架，一本一本地翻阅着。其实，我也不是很清楚自己找什么书，或者说只是想闻闻书店的味道，让自己的心灵沉静下来。

　　"妹子，找什么书？"

　　不知什么时候，书店老板站在了我的身边。我抬眼瞟了他一眼，心里抵触他从年龄上的那种盛气凌人。我漫不经心地说：

"你忙你的，我自己找。"

"我店里的书我都熟悉，我可以帮你快点找到。"也许看出了我的不屑，老板这时候少了刚才的随意，显出了自己的诚意。

其实，找什么书，我自己也不知道，我只是想这么打发时间，没想到被老板这么一问，我连打发时间的机会可能都没有了。我赌他的店小，就胡乱地捏造了个理由，言不由衷地问：

"老板，你这儿有《诗经》吗？"

老板甩了一下额前的长发，愣愣地盯着我看，眼里带着疑问和不信任。

"《诗经》？你买《诗经》？"那种挑衅的语气让我非常不舒服，我有种被书店老板看低的感觉，我心里不服气地想：我怎么就不能买《诗经》了？我口袋里装着钱呢，我爱买什么跟你有关系吗？你瞧不起我，我还嫌你的店小呢！

"嗯！我就要《诗经》。"其实，那天，我并不是冲着《诗经》去的，然而，被别人瞧不起的情绪牵引着我非将那家书店的老板镇住不可。

"那你说说《诗经》总共有多少篇？你说对了，我给你找出来。"看着书店老板一脸认真劲儿，我觉得他真的是"不识庐山真面目"了，我想笑，只是我最终没有笑出来，我心想：老板啊！你可真小瞧我了，我堂堂一个文学院学生，这一生也许都要和中国古典文学打交道了，我能不知道中国古典文学的源头《诗经》总共多少篇？

"305篇呗！"我漫不经心地说，其实，我是不想和书店老板斗气了。

啪的一声，书店老板转身从我身后另一书架上取出一本两寸厚的《诗经鉴赏辞典》，在手上拍了一下灰尘，来到我面前递给我。

看着自己的"无心插柳"，我心里一阵嘀咕：买还是不买？没想到自己的一个玩笑，却换取了人家的真诚，买吧，我口袋里的钱够吗？不买吧，这不是明摆着就是欺负小女子我才疏学浅。

书店老板看出了我的犹豫，他爽快地说："妹子，看你是个有文化的人，我今天就破一次例，给你打个七五折。这本书市场价 52 元，按七五折算，卖给你只收 39 元。"

39 元，对于 52 元的价格来说，的确是非常有诱惑力的。也许，书店老板是为自己看人失误甘愿埋单，也许他是真的想结交我这个所谓的文化人……总之，他的慷慨让我有了些许感动，我当时口袋刚好装有 40 元钱，我就底气十足地掏出 40 元钱给书店老板。

书店老板从一个黑色的钱夹里抽出一元钱，恭敬地递给我，还送我出门。不知走了多久，待我回头之际，发现小书店老板仍然站在他家书店门前的大柳树下。小书店里，那一声 "妹子"的亲切，以及"只因你是个有文化的人"的话语，再次荡漾起我心底的温暖，永远地陪伴着我走南闯北。

一横一竖间

　　"教书法的老师走了。"康震老师惋惜地说道，而我却连我们书法老师的姓名也不记得，我只记得书法老师在我的宣纸上画下的几个圈圈，那是他认为我写得比较像样的几个字，他还说过我的悟性比较高，很快就掌握了颜氏书法的真谛。然而最终，静不下心的我，大半个人生都过去了也没有习得一手好字。

　　收心、铺纸、研墨，起笔……顺着书法老师当初的教导，我开始拿起了闲置多年的毛笔，一横一竖间，我又看见了书法老师微笑着向我走来了。

　　"横分长横和短横，起笔时向左轻落后，折向右下重按；行笔中转向右，中锋行笔；收笔处长横斜按后转向左收，形似椭圆，短横形可方可圆。"

　　"竖分垂露之竖和悬针之竖，起笔时向上轻落后，折向右重按；行笔中转向下中锋行笔，垂露竖中段较细，悬针竖中段粗壮；收笔处垂露竖轻顿后，回锋向上，悬针竖顺势向下出锋。"

　　……

　　二十年前，教书法的老师这样说道，此刻，犹如《九阴真经》的口诀，从我封存的记忆深处一句句冒了出来，如同久酿的陈酒溢得满屋子都是墨香，我回到自己的书法原点，也回到自己的青春年少。记得那时书法老师让我们临摹的字帖是《颜勤礼碑》，这是唐朝大书法家颜真卿的字帖。对于颜真卿这个人，我仅仅知道他的姓名是由三个字组成的，当时的人物标签也仅仅局限于他是个唐代大书法家的层面，其他的标签我知之甚少。当时班上有一个书法启蒙较早的同学，他拿着颜真卿另外一本《多宝塔碑》字帖临摹，被书法老师看见后，老师建议我那同学最好还是临摹《颜勤礼碑》里的字，因为毕竟《颜勤礼碑》代表着颜真卿书法的成熟阶段，相比于《多宝塔碑》，《颜勤礼碑》更加注重法度与规矩。好处有二：一是结构上，颜碑字已具备了豁达开朗、动静结合、巧拙相生的特点；二是用笔上，颜碑字具备了横细竖粗、藏头护尾，以及方圆并用、雄健有力的特点，特别是竖画，取"相向"之势；捺画粗壮，且雁尾分叉，钩如鸟嘴；点画间气势连贯，生动多姿、节奏感强。

一旁站着的我，听着老师给同学的讲解，虽然不是非常理解，但从老师的言谈和两种帖子的对比里，我看到了两种字帖里的字的笔画变化，确实感觉到《颜勤礼碑》的美观。原来，一横一竖间，还有这么多的讲究；一撇一捺里，看似简单的东西竟然包含着复杂的工序啊！

"要临摹好一个人的字，先得读懂一个人的经历。"书法老师曾经这样对我们说过。那时不懂，后来随着对唐朝文化的深入研究，我慢慢地懂了。比如颜真卿的书法老师是张旭。张旭，也叫张颠，源于他喝醉酒时，把宣纸铺在地上，头发浸入墨汁中，用长发作毛笔，直书狂草。在这种醉酒状态下，张旭写出的字还能落笔力顶千钧、倾势而下，运笔婉转自如，气韵流畅，有急有缓地荡漾在舒畅的韵律中，简直让人佩服得五体投地了。其实，这些和张旭的书法经历有关。张旭幼学王羲之，得其圆转流利之妙，后又受到唐朝皇家梨园弟子公孙大娘的剑舞影响，才具备了能使孤蓬自振、惊沙坐飞之妙的能力。原来世间万物，表象虽然不同，隐含的哲理却是相同的。剑气和书法虽然存在的形式不相同，本身隐含的艺术哲理却是相同的。可惜，年少喜好书法的颜真卿不懂，他拜张旭为师后，他迫切希望张旭老师把写字的诀窍和全部本领都教给他，可是，张旭不是让颜真卿临摹名家字帖，就是带颜真卿爬山游水，抑或赶集看戏，丝毫不提传授书法秘籍之事。颜真卿等不及了，最后干脆直接提出让老师传授自己书法秘籍之事，没想到老师摇了摇头说："学习书法，一要'工学'，即勤学苦练；二要'领悟'，即从自然万象中接受启发。这些我不是都告诉你了吗？"颜真卿说："你说的道理我都懂，我现在要的是你的行笔落墨的技巧。"张旭看颜真卿这么不开窍，只得耐着性子说："我是见公主和挑夫争路而察笔法之意，见公孙大娘剑舞而得落笔神韵，学习书法，除了苦练就是观察自然，没有什么诀窍。"

成功除了观察和苦练外，没有什么秘诀，这就是张旭教导颜真卿的方法。在老师的启发下，颜真卿也开始研究不同人的日常行为，研究公孙大娘的剑舞特点：公孙大娘的剑舞化男人的瘦硬生涩为女人的丰腴浑厚，整体上渗透着气势恢宏、骨力遒劲的特点，表现出一种气概凛然、端庄雄伟的艺术形式。既然公孙大娘的剑舞得源于裴旻将军的剑舞，那么裴旻将军这个人物的生平就不能忽略，这段时间，颜真卿醉心于钻研裴旻将军，他还曾写了一首《赠裴将军》的诗，诗歌里隐含着自己刚正的个性和端庄的美学特点。可惜，好的书法老师我是遇到了，领悟我也有了，只是缺少了勤学苦练，一年后，我终究还是放弃了书法，落得个眼高手低的下场。二十年后，从康老师那里听闻我们书法老师的仙逝，往日的习字情景又一次浮现在我的眼前。

此刻，我铺开宣纸临摹《颜勤礼碑》字帖，那一横一竖间，都是书法老师的音容笑貌；那一撇一捺里，都是书法老师一生中最精彩的演讲。而我，在这一横一竖间，在这一撇一捺里，走着我的人生之路。

流沙笺:
失传千年的国宝技艺复原

2018年8月15日,在北京丰台科技园举办了汉纸艺坊的揭牌仪式,我国造纸界王菊华、李玉华等十几位专家学者出席了这场揭牌仪式。这场揭牌仪式中最亮点之处在于汉纸艺坊团队展示了旗下的品牌产品之一——失传千年的国宝古纸流沙笺制作技艺的复原。揭牌仪式之所以选择在8月15日这天,不是日子上偶然的重合,而是汉纸艺坊团队的有意安排,寓意流失到日本、菲律宾等世界各国的流沙笺制作技艺的正式回归之日。

在这场揭牌仪式中,我国七十八岁的造纸专家曹珍仪老师,当场分享了自己多年来对千年古纸流沙笺研究的心得与复原轨迹,张昊父女现场做了流沙笺制作技艺的演示:将开发研制的墨汁和颜料滴进特制的"药水"里,让墨汁和颜料漂浮于"水"上,经过画梳随意轻划,幻化成美妙图案。最后将一张白纸覆于其上,美妙的图案就拓印在白纸之上。这场揭牌仪式的意义,是我国失传千年的古代加工纸流沙笺新造技艺的正式回归,也是中华传统文化流沙笺制作技艺上的一次传承。

流沙笺,亦如斑石纹纸、薛涛笺等加工纸皆起源于唐朝,是唐朝风月场上的精美笺纸,然而资料却无从考证。宋代传奇小说《杨太真外传》里有关于流沙笺的记载,但毕竟是宋人的传奇小说,不足为据。我查阅唐朝皇家梨园资料，并比对《杨太真外传》记载时间，大概得知流沙笺的出现可能是开元年间的事情。那次事件是这样的：开元年间，唐玄宗与杨玉环去兴庆宫沉香亭下赏牡丹，李白手捧七宝杯品三勒浆，在细密的宣纸上填下了《清平调》词三首。李龟年手捧新词高歌"云想衣裳花想容，春风拂槛露华浓……"李谟吹笛、花奴击羯鼓、贺怀智击方响、郑观音弹琵琶，还有张野狐吹响了觱篥之声。众梨园弟子在李龟年的带领下，改变着《清平调》词曲的节奏，反复演唱。唐玄宗一时兴起，也拿起玉笛吹奏起来。

　　文献终究有限，我无法考证这次事件中所用宣纸是否真的就是流沙笺，但这是唐朝风月场里最具雅趣的事情，所用宣纸自然是当时最好的宣纸。所以，《杨太真外传》里描述当时所用流沙笺自然并非空穴来风，因为当时唐人用笺纸题诗作画的雅趣确实不在少数。比如北京故宫博物院收藏的唐代韩滉《五牛图》，就是在用桑皮涂布的加工纸上作画的；又如宋朝苏易简《文房四谱》中记载："唐薛涛尚斯色而好制小诗，惜其幅大不欲长剩之，乃命匠人狭小为之，蜀中才子既以为便，后减诸笺亦如是。"；明朝屠隆在《考盘余事》中亦说："蜀妓薛洪度以纸为业，制小笺十色名薛涛笺，亦名蜀笺。"桑皮纸、蜀笺、薛涛笺是唐朝出现的加工纸。再联系蜀地官妓薛涛用浣花溪水制造桃花笺的事实，其距离唐玄宗盛世时代不过几十年的时间，所以，流沙笺可能出现于唐玄宗时期，也就成了很有可能的事情了。到了宋代，宋人重文轻武，文人的各种雅趣走向了极致，关于笺纸的记载就更多了，有百韵笺、玉水笺、冷金笺和流沙笺等。北宋苏易简《文房四谱·纸谱》里还特别介绍了流沙笺的制作过程："亦有作败面糊、和以五色，以纸曳过令沾儒，流离可爱，谓之流沙纸。亦有煮皂荚子膏，并巴豆油，傅于水面，能点墨或丹青于其上，以姜揾之则散，以狸须拂头垢引之则聚，然后画之为人物，吹之为云霞，及鸳鸟翎羽之状，繁缛可爱，以纸布其上，而受彩焉。"

这是目前我们看到的最有文献价值的流沙笺的文字记载。

　　然而，发明于中国唐宋时期的流沙笺，最终却在中国失传了，这不能不说是我国造纸史上的一大遗憾。这种遗憾，最终成为中国造纸专家们心底的痛。2003年，一场突如其来的非典，使得北京陷入了极度的瘫痪状态。可是，我国造纸专家王菊华老师等，为了编撰一本权威著作《中国古代造纸工程技术史》的书籍，却在辛勤地收集整理文献资料。老师们严谨务实的治学态度，对曹珍仪老师影响非常大。2005年，《中国古代造纸工程技术史》一书正式出版，在中国造纸界轰动很大。特别是该书中阐述了我国唐宋时期发明的流沙笺已经在中国失传了千年的事实，这让中国的造纸专家们产生了深深的遗憾。

　　就是这份深深的遗憾，让已经退休的曹珍仪老师心里不是滋味，她一次又一次地翻阅着《中国古代造纸工程技术史》一书，反复咀嚼着这份深深的遗憾。怀着浓浓的传统文化情结的曹珍仪老师，她又一次埋头到《中国古代造纸工程技术史》一书中，特别是书中提到北宋苏易简《文房四谱·纸谱》里制作流沙笺的这段描述，她反复阅读，日思夜想，甚至都能倒背如流了，并且在心里暗暗问道："我国古代劳动人民都能造出如此精美的流沙笺，熟悉造纸技术的我，今天能否再次新造出失传了千年的流沙笺呢？"这一念头一冒出，就成了曹珍仪老师心底难以舒展的心结，她开始反复琢磨，产生了把流失千年的国宝流沙笺制作技艺复原的决心。

　　曹珍仪老师决心复原已经失传千年的流沙笺古纸制作技艺了！这一爆炸性的消息刚刚传出，就得到了王菊华老师等专家们的赞扬，也得到了曹珍仪老师亲友们的支持。在以家人为核心的亲友团队配合下，曹珍仪老师凭借着自己多年积累的专业所长，和自家儿子、女儿、女婿张昊及外孙女等一起开始查阅国内有关流沙笺的书籍、搜集整理流沙笺制作的每一份资料，并做了大量的实验。无奈，流沙笺毕竟如指间流沙一样在我们国家已经消失了上千年，他们想看一眼流沙笺的模样比登天还难。可是，这并没有动摇曹珍仪老师一家人的信心，他们开始把眼光拓展到国外，甚至查阅了荷兰海牙图书馆珍藏的流沙笺的有关资料，搜集、翻译了许多有关流沙笺制作的资料，慢慢地，曹珍仪老师一家人的眼前，开始出现了关于流沙笺的清晰脉络：

　　流沙笺、斑石纹纸等加工纸早在中国唐宋时期就已经出现，因其时尚而浪漫，备受世界各国人民的青睐。流沙笺、斑石纹纸等加工纸，首先流传到日本、菲律宾。十六世纪，随着阿拉伯商业路线从土耳其经西班牙、意大利、法国、比利时、荷兰，到英国等欧洲国家。流沙笺每到一个国家，在原料上和操作技艺上都融入了本土元素并有所创新，创作出许多有创意的浪漫作品，乃至流传至今。比如日本的墨流纸，早在八世纪到十二世纪的 400 多年间，墨流纸只是皇室和贵族阶层的专用品。直到 1585 年后，丰臣秀吉执政后才允许平民使用墨流纸。1688—1830 年，墨流纸在数量和质量上达到了历史的顶峰，墨流纸的制作技艺也由以家族为单位的传承，变成了社会化的专业生产。无奈，第二次世界大战后，墨流纸生产技艺虽有，但是墨流纸在日本几乎消亡，只有国家博物馆以及个别私人还藏有古代纸样。日本东京造纸博物馆原馆长 *Kiyofusa Narita* 是这样描述墨流纸的："用在水面上浮着的颜色作出的图案，用呼吸、吹或用针拨动作出图案等，将纸轻轻地放在水面上，然后揭起，每次所做图案都不相同。"这可不正是中国流沙笺基本原理里加入了日本本土的技法吗？*Kiyofusa Narita* 还指出 794—1185 年近 400 年间，日本进入了最著名的时代，那时日本艺术、雕刻和建筑，从原来受中国文化的影响，开始呈现本土特色，与此趋势相呼应，墨流纸作为一种独特艺术和用特殊技术抄造图案，非常引人注目。再比如在菲律宾，现代制作的基本方法是用毛笔沾中国墨或者颜料点在水面上，依靠水的流动性形成千姿百态的图案，并用手工纸吸收。这自然也是沿袭了中国流沙笺的古老造纸方法。另外，在西亚的波斯（今伊朗）、土耳其，甚至欧洲等地，流沙笺也被注入了本土元素，如"云的艺术""大理石纹纸"，以及"欧洲风格作纹艺术起源"等等名词，就是从艺术效果和原料使用上对流沙笺的称谓。所以，尽管流沙笺在这些国家已经变成新的艺术称谓，但是万变不离其宗，他们的基本工艺始终是我国古老的流沙笺技艺的沿袭与发展。

目前，国外的许多国家依然广泛重视与应用流沙笺，如荷兰海牙图书馆收藏的大理石花纹书皮、德国古登堡印刷博物馆仅有一幅的十七世纪大理石纹纸、荷兰纸店里出售的英意生产的大理石纹纸产品及衍生品等，都是国外友人喜爱中国流沙笺的有力见证。可是，在我们中国，流沙笺制作技艺的千年失传，竟是这样地令人扼腕痛惜啊！

二十世纪八十年代，台湾有一位名叫王国财的造纸专家。他前往日本、菲律宾等国家，专门考察流沙笺的加工，终于找回了几十种失传千年的流沙笺，为中华民族文化遗产的传承做出了力所能及的贡献。然而，在大陆，却没有一位造纸专家将流沙笺制作技艺进行复原，这不能不让我们国人感到万分遗憾了。为了让中国人不再遗憾，流沙笺制作技艺的复原也成了迫在眉睫的事情了。

抱着这样的心里，曹珍仪老师和家人们开始了尝试性的试验。首先，在原纸挑选上，选用了上好的原纸。根据唐代学者张彦远撰写的《历代名画记》关于宣纸的最早记载和他的《书法要录》中有关"斑石纹纸"的记载，曹珍仪老师和家人们选用了一千多年前唐代的宣州府（今安徽泾县、宣城一带）生产的享有"纸寿千年""纸中之王"的好宣纸。其次，在颜料挑选时，选择与原纸最佳配合的颜料。曹珍仪老师和家人们通过探索各种国产物料之间的化学特性和物理现象，以及与古纸的配合，反复尝试，从而获得最佳条件，使古纸今生成为可能，并有利于今后的广泛推广。最后，在面糊浓度调配和色彩扩散程度上，曹珍仪老师和家人们也是经过了无数次面糊浓度调配的失败与色彩扩散程度的失败，但流沙笺的制作技艺还是和他们捉着迷藏。他们始终不得其法，依然不能制作流沙笺。可是，曹珍仪老师和家人们并没有放弃，因为她，毕竟也是中国造纸行业里响当当的专家，家人们在理化方面又多有研究，他们都制作不出流沙笺了，还有哪位老师有精力制造出这美妙的流沙笺呢？抱着撞破南墙的精神，曹珍仪老师和家人们反复琢磨，并不断试验。终于在 2013 年初，流沙笺技艺的复原，才有了突破性的成果，2013 年 12 月份，流沙笺技艺的复原作品在社区里首次亮相，得到我国纸品协会的支持，并做了相应的报道。随后曹珍仪老师和家人们就千年古纸流沙笺制作技艺复原成功这件事情，申请了国家指南针计划项目，当时在提名上已经通过，无奈终因国家指南针计划项目的名额实在有限，一次很好的传承与创新国宝古纸流沙笺的机会，就这样与他们擦肩而过了，实在太可惜了。然而，就是在这种情况下，曹珍仪老师和家人们对国宝古纸流沙笺技艺复原的事情还是坚持做了下来。功夫不负有心人，如今，国宝古纸流沙笺制作技艺日臻完善。2018 年 8 月 15 日，在北京市丰台科技园区的汉纸艺坊，我国失传千年的大唐风月流沙笺制作技艺，重新回到了祖国的怀抱。这是多么令人兴奋的事情啊！流沙笺的新造成功，标志着中华民族的传统文化遗产传承下来了，并且将古为今用，更好地发扬与创新。中国纸业网、中国青年网、千龙网、天佑论坛和京华社区等多家网站和论坛对这一事件进行了及时的报道。

此刻，我久久地凝视着眼前这张流沙笺的美丽图案，思绪穿越了千年的时空，回到了那个变幻着流动色彩的美妙时刻：那是一个清风徐来的午后，酝着心中的思念，落墨一滴。在水波中流动着相逢的瞬间，记忆如诗情画意，在静寂中化作一段温润如玉的轻描淡写，随了流水，勾画了了，盛开成一朵水中的鲜花，继而漫延成一幅婉约唯美的画面。此刻，风也有，花也有，漫卷西风，墨迹斑斑成了相思之泪。经年之后，泛黄的流沙笺纸里，浸透着生命里最美的邂逅，抒写着心底的雅韵情愫。再回眸，苍山已老，岁月风烛，斑驳成了流年里的花朵，馨香再次盈润了自己的双眸。

此刻，我的心是恭敬的、谦虚的，也是非常仔细的，因为我知道流沙笺的制作工艺是复杂的，我怕自己稍一走神，指间流沙，那复原的细节就可能与我擦肩而过了，远得再也找不回来了。

今天，在北京市丰台科技园的汉纸艺坊，我又见到了美丽了千年的流沙笺，也见到了复原流沙笺制作技艺的曹珍仪老师及其家人们，还见到了弘扬我国传统文化的宋春好、崔玉英等老师们。从这些众多老师的身上，我看到了他们为了弘扬中华传统文化流沙笺古纸新造的传承与创新默默地奉献着。的确，如果没有这些老师的努力付出，国宝古纸流沙笺纸制作技艺的复原，可能依然会蒙着厚厚的灰尘。是啊！在国宝古纸流沙笺技艺复原的道路上，完全不是一己之力可以完成的，而是几代人共同努力的成果，如王菊花老师等造纸专家搜集文献并编撰成书，造纸专家曹珍仪老师及家人们查阅资料、琢磨经年以及试验成功，宋春好、崔玉英等老师们共同创建的汉纸艺坊平台的鼎力支持与广泛传播等等，才使得我国流失千年的国宝古纸——流沙笺制作技艺得以复原，流沙笺的美丽图案也终于有机会和观众见面，以至于流沙笺制作技艺的文化得以传承，并在今后的众多领域得以创新、发展。回眸远眺，这毕竟是一条漫长而艰难的路，唯愿一路走好！

月里的女子叫嫦娥

中秋的夜，我好像走丢了自己的灵魂。

贴着城铁墙根，我跟跟跄跄地走，走在幽僻的小路上。几棵国槐，黑魆魆的，伫立在路旁；几只蝙蝠，灰头灰脑的，穿梭于树间。天上，一轮圆月，孤零零的，没有星星做伴，也没有薄云相依，它闪烁着朦胧而清冷的眸光。这朦胧而清冷的眸光，最终还是触动了我心底的忧伤，尤其是在今晚，在这条冷清的小路上。也许，那一路上熙熙攘攘的人群都已回家团聚去了。此刻，唯有我，揣着一份执着的念想，一头扎进今晚的月光里，独行此刻的宁静。

前面百米远走着一个女子，背影如竹竿般纤瘦，沉甸甸的背包几乎覆满整个脊背。她行旅匆匆，不知是急着回家团聚还是约会好友，反正，在这么寂寥的月光里，我是懒得往深处去想了。天上，月亮走近了我，我隐约地看见里面晃动着一个女子的身影，体态袅袅，娉婷秀雅。就在她回眸的一瞬，眸光清明。我不知她翻转了几世的光阴，才把夜拉进遥远的时空，也把我拽回遥远的时空，我那通透的心灵终于走进了远古的浪漫。

一个藏匿了千年的传说，渐渐地浮现到我的眼前，继而清晰起来了：在美丽的云之南，生活着一群自称德昂族的先民，他们认为人类是从葫芦里出来的，而从葫芦里出来的男人模样无二，分不出你我；从葫芦里出来的女子，却各自有别，但都清爽无比、美丽异常。更美妙的是这些出了葫芦口的女子，身轻似燕，可以满天飘飞。可是，那些从葫芦里出来的男人，因为带着满身的浊气，一出葫芦口就自然下沉落在土地上，行走在尘世间。当他们看到美丽的女子在空中飘飞的时候，贪婪的邪念就生起来了：一定要把这些飘飞的女子拽下来，据为己有，为自己繁衍子孙。这可吓坏了空中飘飞的女子，难道自由自在的空中生活不好吗？干吗要让这些有邪念的男子抓住呢？她们开始躲避男子，尽量不被追到。地上的男人抓不到空中的女子，非常沮丧，表情也是一样傻呆。后来，一位仙人想了个办法，他从面貌上让地上的男子有了区别，又教男人计谋：抓飘飞的女子时，一定要趁飘飞的女子昏了头，并且没防备的时候去抓，抓住女子后就用藤篾圈做成的腰箍套住女子。从此，这个被腰箍套着了的女子就失去了飘飞的能力，被迫和男子一起生活，给他生育子女了。

袁珂先生在《中国神话传说》里阐明自己的观点：德昂族流传下来的这个神话，说的是生活在母权制、母家的女子，在行动上是自由的，不和男人生活在一起，不受男人束缚，但戴上腰箍（意味着嫁到夫家）之后，便失去自由了。

想着德昂族遥远的传说，我不禁替天下清丽的女子打抱不平了，原来天下的女子都是会飘飞的，没有烦恼、没有忧愁的。饥了，吸食树之结晶；渴了，饱饮山之清泉。那是多么逍遥自在的生活啊！

晓得了德昂族遥远的传说，自然就不难理解他们心目中嫦娥了。昔日，那位叫嫦娥的美丽女子，也是为了自己心仪的男子——那个曾经射下九个太阳的英雄。为了他的长生不老，嫦娥不顾一切地飞向长着桂花树的月宫，盗取白兔替西王母捣的蛤蟆丸，结果，自己被变成了月宫里的蟾蜍。一个美丽的女子，本来可以无忧无虑地在天空中飘飞，可为了心中的那份痴情，为了一个英雄的长生不老，幻化成了一只丑陋的蟾蜍。

这种人间的壮举，本应该加以歌颂。然而，历史终究是没有耐心的，禁不住父系社会的千年演绎，那个至今还封印在月里的女子，终于成了偷盗英雄长生不老灵药的孽障，她，被牢牢地钉在中国传统文化的叛逆者之列了。历史，最终还是和她开了个天大的玩笑。

想着想着，脚步渐走渐快，终于轻快得飘了起来，我也如同那漫天飘飞的女子，像风一样倏忽，似云一般轻盈，在天际间自由自在地飘飞。此时的我，才知道自己已经能够放得下世间的一切，能够神游于广袤的天地间，仿佛那位叫嫦娥的女子就是自己的前生，而我，已经有了不愿幻化蟾蜍的心理。

正在与嫦娥进行着天地沟通，不料一道刺眼的光芒射来，绿森森的，接着又是一道光芒射来，还是绿森森的，两道绿森森的激光仿佛魑魅的双剑横劈过来，惊扰了我与嫦娥的沟通。我有点儿不高兴了，想谁在这月圆之时不和家人团聚，却来骚扰别人的宁静？走进一看，不觉心生怨气，原来是两个打工男子手握激光笔，正乐癫儿乐癫儿地狂扫世界，宣泄他们对世界的激情：一柱阴绿的激光向前，直指千米之外；一柱阴绿的激光向上，直指天穹深处。这两柱肆虐着阴森森的激光，刺伤的不仅有我，还有月里的嫦娥。

当然，在朗月晴空的夜晚，在僻静幽深的小路上，这两位打工男子也许真的是不能回家团聚，才生出一段无聊情绪，买了两支激光笔，躲在这样少人的小路上，将他们对故乡的思念，对城市的恐惧，肆意地宣泄到极致，却不料，偏偏碰上了我这样独行的女子，讨得了一份厌嫌。细想一下，他们的前生可能是没有套住女子的男子，也是在这样的圆月里寂寞难耐，给自己找个乐事玩玩，想到这里，我不再责怪他们叨扰我的思绪了。

坐地化石的女子

　　《尚书·禹贡》记载大禹治水："导河自积石，至龙门，入于沧海。"盯着这几个字，我敬佩这位名叫大禹的英雄，像众多的膜拜者一样，敬佩了他几千年。然而此刻，面对这几个力透纸背的文字，我却心疼极了，因为我隐约地看到了一位坐地化石的女子，一位善良柔弱的女子，我不知该称她为大禹的妻子，还是情人呢？总之，就是这样一位美丽的女子，她把我带入了一个灵异的时空。

　　四千年前，沧海横流，洪水滔天，天下苍生不得安宁，尧用鲧治水，劳而无功。舜继尧位，诛鲧。身为人子的禹，奉了虞舜的命令开始了他的治水生涯。

　　昔日，西王母跟前，聪明的九尾白狐发下宏愿，一定要修炼到美好的境界。这事被瑶池旁的树林里一只力大无穷的黑熊看到，这个心系苍生的黑熊便认定了那九条尾巴的白狐一定会成为自己的祥瑞。他们共采天地灵气，拥有美好精神追求，向往美好生命行为。后来，聪明祥瑞的九尾白狐，经过千年的追求，才修炼成涂山的美好女子，她的出现，就是为了帮助那些需要帮助的人；而那当初瑶池旁的树林里力大无穷的黑熊，也在千年之后修炼成了一名伟岸的男人——禹。

　　千年之后，为了治水，禹身背劈山斧，跋山涉水，走南闯北，当他行至涂山的时候，他遇见了已经修炼成人形的小女子。也许是前世的因，才有了今世的缘。一见钟情啊！禹一下子就认定了眼前的小女子就是自己一生的祥应。挥一挥熟悉的手，那美丽的小女子便心领神会。莞尔一笑间，她羞涩地跟他到了桑树林里的台地上。天为被来地做床，相拥相抱，共享人生美妙一刻，两颗久违的心儿终于相通相融在一起，从此，你中有我，我中有你。

这位涂山的美丽小女子叫女娇，自幼父母被洪水淹死，苦命的她被涂洞老妇收养。涂洞老妇有三件降服怪兽的神物：太极帚、子午神针和乾坤带。因为女娇的苦苦哀求，涂洞老妇这才不得不将自己的太极帚和子午神针两件宝贝交给为民治水的禹，却将乾坤带偷偷地留给了视如己出的女娇，并悄悄地告诉女娇，乾坤带不但是降服怪兽的神物，而且是女人拴住男人心的绳索。然而，当善良无比的女娇看着为治水被怪兽撕咬得遍体鳞伤的禹，她心如刀绞，落下了伤心的泪水，权衡利弊之后，还是拿出了乾坤带送给禹做治水之用。后来，禹治水有功，得到封赏，继续更伟大的治水工程。

涂山之阳的山路上，身体笨重的涂山氏在侍女的陪同下，望穿双眼地等候着南巡未归的禹：她遥望南方，反反复复地咏唤："候人兮猗！候人兮猗！"那音调时而哀怨，时而凄凉，时而悲绝，时而低沉，时而激越，时而如鸟鸣，时而似兽狂……此刻，山川为之动容，江河为之澎湃，不必说树木的叶落簌簌，也不必说侍女的涕泪涟涟，就是涂山上的山石也潸然落泪了。

然而，那巡视南方的禹何曾听到？因为他的整个身心都扑在水患之上，他又何曾记起桑树林里真男挚女野合时美妙的一刻？也许，他和她之间的感情纠葛，只是他前世的缘、今世的果，他是不屑为涂山的小女子掬一掬同情之泪。然而，痴情的涂山氏却始终不能忘记千年共修的那个男身。看来英雄的光环总是掩盖了英雄的缺陷，没想到男人的轻轻挥手，却造就了那个痴情女子一生的悲剧。

三过家门而不入的禹，辗转辗辕山时，面对雄伟的大山，他显得筋疲力尽了。为了开山导流，禹用自己的千年功力还原了自己最初的熊身，奋力地刨抓在山腰之间。大石滚落山崖，间歇间一低头，他看到自己的女人大哭着跑向远方，才想起自己还原了熊身，一定是吓坏了自己的女人。他忘了幻化人形，拼了命地追赶自己的女人，这次，不是为了伤害而是为了解释，然而，那早已幻化人形的女子却不知道。她挺着个大肚子，跑啊跑啊，最后实在跑不动了，坐地化石，将永恒永远地定格了。

鲁迅先生在《理水》里这样写道："禹太太呆了一会，就把双眉一扬，一面回转身，一面嚷叫道：'这杀千刀的！奔什么丧！走过自家的门口，看也不进来看一下，就奔你的丧！做官做官，做官有什么好处，仔细像你的老子，做到充军，还掉在池子里变大王八！这没良心的杀千刀！……'"鲁迅先生用幽默的笔调写出了禹太太的泼辣。其实，如果涂山氏如若鲁迅先生小说里这般泼辣，她又怎会将她拴住男人的绳索拱手让给大禹治水呢？所以我认为，传说中的涂山氏远远要比鲁迅先生小说里的人物好上几千倍。

每当我反复吟咏屈原《天问》里"候人兮猗"的诗句，那遥远而凄美的一幕再次让我心疼起来，我便觉得自己进入了两难的选择：面对水患，面对自己心爱的男人，那不得不割舍的爱是那么强烈地撞击着我的心灵啊！若我为涂山氏，面对这样的情景，我又该做何选择呢？放弃是为了成就自己男人的事业发展，这样的放弃也许很傻，却是凄美。感慨万分之后，我终究还是谅解了英雄的禹。让我们怀着崇敬之情来看待我们的英雄禹，就算他和涂山氏有那么一段可悲的情事，"人溺己溺"的禹，终究还是远古的英雄。即使"候人兮猗"的诗句没有挽回男人的事业心，却依然开创了"南音"的先例，成为中国诗坛上的永恒。

远古的神话滋养了华夏文明，美丽的涂山女子最终坐地化石了，至于她坐地化石的地方，后世的人们一向争来争去，有的说是在嵩山，有的说是在蚌埠，有的说是在……追根到底，人们无非是想将美好的涂山女子定格在自己的家乡罢了。其实，涂山氏早已成为一个美好女子的象征，永远地活在人们的心里了。

"戏剧状元"的真情高歌

我与被陈忠实老师誉为"戏剧状元"的冀福记老师相识二十年了，其间虽然是聚少离多，但是，每每想起他，冀老师那传承与发展中国传统戏曲文化的初心，以及溢于言表的幸福总是浮现在我的眼前。

这事儿还得从冀福记老师的童年说起，1942 年出生于陕西省商洛的冀老师，童年丧母，在父亲离家出走的情况下由外婆抚养。在他十二岁时，商洛剧团破例将他带进了革命阵营，开始了他学艺之路。在党的正确引导和精心培养下，冀老师从商洛剧团演员到西安易俗社社长达半个多世纪的时间里，他一次次策划演出大型花鼓现代剧《六斤县长》、首创大型秦腔和舞剧《秦俑魂》、秦腔现代剧《郭秀明》、大型歌剧《杨贵妃》和大型眉户现代剧《香包》等一系列具有社会轰动效应的传统戏曲，并在《西游记》《西游记后传》等电视剧里成功地塑造了伶俐虫、接引佛祖等令人难忘的角色。冀老师就这样一步步成了弘扬中国传统戏曲文化的国家一级演员和著名编剧，同时，在自己的人格魅力上，冀老师身上散发出来的气息也是让周围的人们非常钦佩的。

冀老师家里有一张非常珍贵的照片，照片上面是一位慈祥的老人和一群人握手的情景。这看似平常的照片，怎么会是冀老师非常珍贵的照片呢？据冀老师讲：二十世纪八十年代初，他还在陕西省商洛剧团担任团长，他带领商洛剧团在陕西蓝田县焦岱镇演出时，适逢秋雨阻道，剧团成员不得不暂住农民家里。这时，冀老师看到了各级干部置贫困农民于不顾而忙于给先富起来的万元户披红戴花，他心生担忧，就打电话和当时在丹凤县河南公社深入生活的陈正庆商量，准备写一部提醒干部扶贫帮困的大戏。不到一年的时间，由冀老师策划的、以提醒干部扶贫帮困为题材的陕西花鼓现代剧《六斤县长》，就与观众见面了。没想到《六斤县长》在西安的人民剧院一连演了3个多月，深得陕西的广大人民群众喜爱，场场满座，声名远扬。1983年春，时任国务院副总理的习仲勋老人家，听说了陕西老家花鼓戏《六斤县长》的内容后，就亲自将花鼓戏《六斤县长》上调北京，在怀仁堂为中央领导同志献演。演出结束后，习老接见他们全体演职人员并合影留念。习仲勋老人家握着表演贫困老人南有余的冀老师的手，亲切地说："在扶贫的问题上，你们艺术家作了政治家的事。我安排把这个戏从北京启程赴津、沪和汉等主要省会巡回演出，演它一尺子，让我们的干部看看，在致富的路上千万不能忘了穷人呀。"

习仲勋老人家对陕西花鼓现代剧《六斤县长》这部戏的主题肯定，成了冀老师文艺道路上前进的航标，也成了他内心深处的最高追求。他深深地感动了，静思中华民族几千年的历史，我们广大的人民群众莫不是一直在遭受苦难，一直被贫穷折磨，在艰难中顽强挣扎。中国共产党最大的贡献就是让广大的贫苦群众翻身过上了幸福的生活，然而，在社会主义改革开放初期，国家鼓励一部分人先富起来的过程中，如果不切实地做好扶贫帮困工作，势必会导致新时期的贫富差距。具有爱民赤子情怀的习仲勋老人家鼓励戏剧演员们走进人民群众，与人民群众同甘共苦的殷殷教诲深深地鼓励着冀老师。冀老师读懂了习仲勋老人家的惜民心切，从此，在他的戏剧文化艺术创作上，他开始不惜余力，耗费大量时间和精力、投入大量思想和情感，去探寻广大人民群众思想深处最美好的东西，并以人民群众喜闻乐见的戏剧文化艺术形式反映广大人民群众的心声，从精神层面上给予广大人民群众以最大的安慰和鼓励，让传统戏剧文化服务于广大人民群众。比如在冀老师担任西安易俗社社长期间，由他亲自创作并导演的秦腔现代剧《郭秀明》，这又是一部讲述在奔小康的路上，为脱贫致富而献身的农村党支部书记郭秀明感人事迹的现代剧。秦腔现代剧《郭秀明》在西安易俗大剧院上演后，连演了130场、巡演各地有200余场，场场都是满满的观众，陕西的人民群众特别爱看，他们自发在易俗大剧院门前敲锣打鼓，祝贺《郭秀明》连演百场而上台为主创人员和主要演员披红戴花，此情此景多年罕见！展示了真人真情的现代秦腔剧《郭秀明》的艺术魅力和感动古城西安的社会效应！后来，秦腔现代剧《郭秀明》又被搬到央视上，在央视连播18次，深受全国人民喜爱。秦腔现代剧《郭秀明》还获得中国秦腔第三届艺术节优秀剧目奖、编剧奖和导演奖；又比如2010年，冀老师创作歌颂环卫工人的大型眉户现代剧《香包》在西安与观众见面后，就得到西安古城广大人民群众的喜爱，后来大型眉户现代剧《香包》又展演中国艺术节，并由陕西电视台《秦之声》栏目录播。诸如此类，举不胜举。总之，冀老师创作的这些现代戏剧都是以反映广大人民群众的心声，从精神层面上给予广大人民群众以最大的安慰和鼓励，让传统戏剧文化服务于广大人民群众的。

冀老师不但在戏剧文化艺术上反映广大人民群众的心声，满足广大人民群众对中华传统戏曲文化的精神追求，他还在自己周围的生活中处处以一个共产党员的标准严格要求自己，急民之所急，帮民之所困，真正做到了帮助那些需要帮助的人民群众。记得陕西省著名作家孙见喜老师在2016年年初写过一篇散文《难忘那场倒春寒》。文中讲述了这么一件事情：在西安市文艺路大街一家建设银行的屋檐下，有几位河南到西安的进城务工人员，夜晚蜷缩在倒春寒的风雪严寒里，孙见喜老师接到电话告知后于心不忍，就想到正在建苑宾馆里领着一伙人收集与整理中国传统戏剧剧本的老乡冀老师，并将这件事情告诉了他。没想到身为共产党员的冀老师二话没说，放下手中的活儿，以己之所能，马上联系所在宾馆的经理王琳女士，王琳女士自筹棉被七床。然后，他们三人冒着风雪严寒坐车一起赶到文艺路上，把暖和的新棉被盖在蜷缩在倒春寒里的农民工身上，虽遭到那七位农民工的羞辱却无怨无悔。当我读到孙见喜老师的散文《难忘那场倒春寒》后，带着我的感动与疑惑，我就这件事情的真实性求证冀老师。没想到他对此只字未提，却说："这是个真实的经历，文中如实地道出了真情，时至今日，我仍钦佩这位出生军人家庭的才女王琳！"此刻的我无话可说了，我不知道我应该把我自己的最大钦佩送给王琳女士呢？还是送给冀老师呢？抑或是送给孙见喜老师呢？或者说送给他们三位呢？也许，在帮贫送暖这件事情上，冀老师可能认为自己只是尽了一个共产党员应尽的本分，要感谢就感谢孙见喜老师和王琳经理，他们才是那具有悲悯之心、惜我中国之穷苦百姓的大好人。

冀老师就是这么一位"闻其饥寒为之哀"的老友，他的心一直和广大人民群众连在一起，不但从生活上关心人民群众所遭受的疾苦，而且还从中国传统戏曲文艺创演上与广大人民群众站在一起，从物质到精神真正地扶贫那些需要扶贫的劳苦大众。当然，这也是冀老师30年来时刻铭记习仲勋老人家昔日的谆谆教诲，践行他作为共产党员的社会主义价值观。对于这样一位心里装着广大人民群众并在戏剧界里享有极高荣誉的冀老师，我——这个相识二十年的忘年交老友，能不由衷地敬佩吗？

今天，在以习近平同志为核心的中国共产党领导下，我们伟大的祖国正在发生着翻天覆地的变化：新兴产业的蓬勃发展，大数据、云计算和物联网的广泛应用，人工智能的进一步开发，人类新的四大发明"高铁、移动支付、共享单车和网购"等都是以云为底层技术的应用场景创新。这些人类未曾出现的先进生产力，必将把中国带入更加繁荣与辉煌的明天，同时，也将中国带入更广阔的先进领域。在繁荣与先进的时空纵深拓展领域，生产关系上也势必将出现广大人民群众在物质和精神方面的某些两极分化，也势必会潜藏着某些不稳定的社会因素。面对如此迅猛的生产力发展，我们的习近平总书记，他作为新时代的引领者，他高瞻远瞩，亲定"精准扶贫"的"大爱决策"，让我国人民群众摆脱千年贫困，共同迈进富裕。冀老师深深地领会30年来一代代国家领导人"精准扶贫"的"大爱决策"，他常常怀着一颗共产党员的赤诚之心感染自己周围的人们：一定要珍惜我们伟大祖国来之不易的美好生活，一定要用自己的全部身心建设我们伟大的社会主义国家，一定要以中华民族自豪的心理歌颂我们的新时代。是啊！回顾历史，我中华民族总是在艰难中顽强前行，真可谓天道酬勤，造就了一代代引领中华民族奋进的脊梁式人物，这更是我中华民族五千年人文积淀和龙脉传统的必然。同胞们！我们要满怀热情，理直气壮地珍惜新时期，高歌新时代！

后记

我在道旁看花

　　我带着与生俱来的速度，慢悠悠地行走着自己的人生之路，由乡村走向县城，由县城走向省城，再由省城走向京城。走着走着，我突然发现自己的灵魂慢慢地离开了自己的身体，离开了渐趋嘈杂的繁华之地，反向循着一条安静的道路行走，走向大自然里那些静谧所在，走向那些听得见花开花落声音的道旁，而我，就在道旁看花。

　　"正月腊梅凌寒开，二月茶花欲开放。三月玉兰白似雪，四月桃花红艳艳。五月玫瑰红似火，六月栀子大街卖。七月荷花藕田开，八月月季开得旺……"童音实在太纯净了，蘸着道旁那"哗哗"流动的溪水清脆，一蹦一跳地歌唱着《四季花谣》里的精妙。道旁那些蜡梅、茶花、玉兰以及桃花等，似乎得了歌谣里的精神，依次踮着轻盈的脚步，摇曳着柔软的腰身，舞动着季节的浪漫：揣着紫色梦幻的木槿花开了，一只赭黄色的蝴蝶，扑棱着自己那亮黑如羽的翅膀，匍匐在深红的花蕊上，一晃一晃地荡着童谣里的歌声，优哉游哉；你拉我扯的荷花挤满了小溪，挤得荷叶下的小青蛙趴着溪岸"呱呱"地叫个不停，而草丛里那只呆头呆脑的蜗牛，却一直低着头向前费力而执着地爬着，它爬过了我的脚边，也爬过了自己的花开花落；清秀淡雅的琼花已经落尽了洁白如玉的花瓣，花蕊缔结成鲜红的果子，挂在高高的枝干上，涅槃出一树晶莹绚丽的迷人景象；风冷冰寒之时，一簇簇落尽红叶的紫锦木，用它们那灰黄的瘦枝，团簇成花朵的姿态，企图牵住道旁的衰草枯叶一同跳着苍老而雄劲的舞姿……四季更迭，花开花落，我那包裹着感动的真诚，也在这满是生机的道旁，播下了自己生命里的一颗花种。

　　我在道旁看花，看花里的世界、世界里的花朵。我静静地站在道旁，邂逅着每个季节里的每一朵花，甚至是那些在寒冷季节里还不辱使命努力盛开的花朵，我就特别地感动，也更加敬重地端详着它们的生命状态：快乐的或者苦涩的，辉煌的或者落魄的……无论它们呈现的千姿百态，都是它们生命里最迷人的姿态，都是它们生命里最本真的性情。我必须向它们报以自己最起码的尊重、最衷心的祝福，因为毕竟四季还在更迭，花落还会花开，而我们每个生命的花朵却只能在现世里盛开一次，往生或者来世，或许只是灵魂的自我安慰。抱着这样的思想，我久久地凝视着道旁正在盛开的花朵，从它们每一朵花的花瓣看到花蕊，再从每一朵花的花蕊看到花瓣，特别是那些经过岁月的擦磨而落土为泥的花朵，它们一定是经过了不同时间和不同空间的挤压沉淀，才显露出了它们自己最曼妙的姿色。我每看一次，都有一次新的体悟。不知道哪位高人告诉过我这样的话："花开看容，花残看蕊。"我时常牢记在心，生怕自己白忙活了半天，依然看不透花里的世界、世界里的花朵。特别是随行在熙熙攘攘的人生道路上时，幸运也因了季节的青睐，如盛开的鲜花一样馨香扑鼻，命运也许会让我随行一路的欢歌笑语。而这欢歌笑语恰恰会成为一种充满诱惑的色相显现出来，会蒙蔽我纯净的双眼，让我没有可能与自己那个纯净的内心合二为一，从而也就看不透花开花落的奥妙，也看不透天地之间如花开花落的人生了。

我在道旁看花，看花里的世界、世界里的花朵。或许是因为太执着，我在有花的道场里沉迷，甚至走火入魔。我忘了有花的道场中还有与我同行的朋友，他们一直不离不弃思想游离的我。或静心等待，等待我的幡然醒悟；或用力牵拽，牵拽我的心有旁骛。不知过了多久，我也终于从思想的游离中走了出来，看到了有花的道路，看见了道旁行走着的朋友。我的朋友，我看见您走路的姿态依然那么迷人，我愿用自己那盛开着真诚的鲜花，来祝福您的健步如飞。

哦，我的朋友，走着走着，您没看见我。原来，我在道旁看花。